薛原◎著

旧纸边上

JIU
ZHI
BIAN
SHANG

金城出版社
GOLD WALL PRESS
·北京·

图书在版编目（CIP）数据

旧纸边上 / 薛原著 . —北京 : 金城出版社有限公司，2024.6
ISBN 978-7-5155-2529-7

Ⅰ . ①旧… Ⅱ . ①薛… Ⅲ . ①中国文学—现代文学—文学评论—文集
Ⅳ . ① I206.6-53

中国国家版本馆 CIP 数据核字（2023）第 197223 号

旧纸边上

作　　者	薛　原
责任编辑	雷燕青
责任校对	张礼文
责任印制	李仕杰
开　　本	880 毫米 ×1230 毫米　1/32
印　　张	10.875
字　　数	200 千字
版　　次	2024 年 6 月第 1 版
印　　次	2024 年 6 月第 1 次印刷
印　　刷	小森印刷（北京）有限公司
书　　号	ISBN 978-7-5155-2529-7
定　　价	68.00 元

出版发行	**金城出版社有限公司**　北京市朝阳区利泽东二路 3 号　100102
发 行 部	（010）84254364
编 辑 部	（010）61842768
总 编 室	（010）64228516
网　　址	http://www.jccb.com.cn
电子邮箱	jinchengchuban@163.com
法律顾问	北京植德律师事务所 （电话）18911105819

代序
写日记的理由

写日记还需要理由吗?

在一个读书群里，有书友说到当下出版的各种人物日记，其中一位斥责说：正派人谁还写日记、出版日记呢！

说者或许无意，但听者有心。譬如我，看到他一竿子打倒一片的话起了反感，我并不认同写日记的是不正派的人这一看法。尽管我也对许多当代人出版的日记不屑一顾，但并非认为这些日记出自不正派人之手，而是感觉有些人的日记不值得一读罢了。

当然，我没有自恋到好像只有我的日记才值得一读，至少我出版的日记还有值得一读之处——譬如前些年出版的《海上日记》。此书虽然有副题“赤道太平洋科学考察实录”，但并非是科学考察故事，可读之处在于提供了一个案例：一个人在极端环境下的日常和读书状态——

在大洋上航行了140多天，记录下每天所见所感和孤独寂寞。

这就说到为什么要写日记和出版日记了。我写日记，源于当时在实验室里养成的习惯，我曾跟着微体古生物放射虫鉴定分类专业的谭先生学习，他三番五次地叮嘱我，要养成写工作日志的习惯，就是把每天的案头工作记录在日志簿里。起初觉得没啥可记的，但日子久了就养成了习惯，尤其乘科考船出海时，在船上写日记也就成了消遣。

虽然船上的生活单调寂寞，但总有一些有趣的碎片值得再次回味。这种日记掺杂着读书笔记，也是打发海上漫长无聊生活的自娱方式。

有一年，深圳的梁二平兄来青岛，在我的书房里看到我在船上的日记，他当时任《深圳晚报》副总编辑，正组织海洋文化的专栏，说可以整理一下开一个专栏。之后我陆续整理了50多篇海上日记，在《深圳晚报》开了专栏，后来结集出版了《海上日记》，算是给自己的海上生活做了一个总结和纪念。

如果说之前的海上日记是打发船上无聊生活的方式，那么在女儿出生后写的陪伴女儿成长的日记则是有意为之了。自1999年女儿出生后，一直到她高中毕业，我在日记中记录着她的成长，准备作为18岁的成人礼送给她。后来我发现，与其说是送给女儿的，不如说是父母送给自己的礼物。

写日记并非就是为了出版。

就个人阅读而言，我喜欢读历史人物和现代作家、学者的日记，譬如《鲁迅日记》《竺可桢日记》《吴宓日记》《顾颉刚日记》《夏鼐日记》等，这些日记除《鲁迅日记》的规模稍小一些，其他都是大部头，因为他们的日记记录了漫长的人生，从日记里可以读到他们的生活，当然也有日记之外的内容。

再如，当代文人学者的日记，例如扬之水的《〈读书〉十年》，记录的是1986—1996十年间围绕《读书》杂志的人与事。从她的日记中，看到的是那十年读书界、学界或文学界的一个侧面。

再如，苇岸的日记——《泥土就在我身旁》。这三卷日记，我常常随意抽一卷打开看，看苇岸记录的日常生活，回忆里的往昔画面。他的日记也是对琐碎生活的点滴感受和思考。日记属于个人生活，苇岸说他之所以写日记，是因为在他看来，没有日记的生活是一种无痕的快速的生活，似乎丧失了意义。苇岸以散文集《大地上的事情》著称，被誉为“中国的梭罗”。其实，他是不是中国的梭罗并不重要，而且也没有必要从西方找一个作家来说明他散文写作的价值和意义。从苇岸的日记里，能找到他写作《大地上的事情》的来龙去脉，更能看到在日常生活里苦闷与忧伤的真实的苇岸。对于读者来说，从他的日记里，读到了一个人真实的精神求索和对日常生活里向下坠落的坚决抵抗。

他人的生活就是我们的镜子，是真实而又有精神品质的个人日记留给我们的阅读价值和意义。这就是我在阅读现代作家、学者们的日记时的感受与收获。

目录

物质生活里的大先生

偶然看到一枚鲁迅百年诞辰的纪念邮票，上有茅盾在 1981 年题写的墨迹：鲁迅 100 周年诞辰。真快啊，转眼又 40 多年过去了，鲁迅已经 140 多岁了，难以想象，总感觉鲁迅的离开并不遥远，甚至鲁迅的背影还依然清晰，但从时间上看，鲁迅的背影已经离我们越来越远了。

印象中鲁迅仿佛永远定格在 50 多岁，线条刚硬的面庞，挺直的腰板，一副桀骜不驯的斗士形象，犹如那些描绘鲁迅的绘画作品里所呈现的永不妥协的文化斗士的形象。

当然，真实生活里的鲁迅也有普通人的一面。若用今天的眼光来看鲁迅最后的人生之旅，一位四十七八岁的著名作家、大学教授，离开在北京的家，和自己的女学生跑到上海同居，并有了一个儿子，这样的故事定会成为网络热搜。当然，我们不能以今天的眼光来看待现代历史上的人和事，就像读胡适的日记，对他羡慕马寅初身体好坚持冬天洗凉水澡，进而对马寅初有两位妻子感到释然时，不能责骂马寅初道德有亏，因为在那个时代，这种现象并非为世俗道德所不容。

鲁迅人生的最后9年是和许广平在上海度过的，在这9年里，他一共出版了11本杂文集，一本短篇小说集，翻译了果戈理的长篇小说《死魂灵》，还参与发起了“中国左翼作家联盟”“中国自由运动大同盟”“中国民权保障同盟”……这个时期的鲁迅，其思想和影响都达到了巅峰。关于鲁迅的传记和研究已经汗牛充栋，但这些研究者对他最后9年在上海的日常生活，往往着墨不多，与他的思想和作品相比，他的日常起居显得被“忽略”了许多。

施晓燕的《鲁迅在上海的居住与饮食》描写的就是鲁迅最后9年在上海的日常生活：从1927年10月鲁迅定居上海后着手，聚焦他的居住状况和饮食细节，通过查阅、研究鲁迅的日记、书信以及各种档案资料、报刊记载和友朋回忆，梳理了鲁迅晚年在上海的物质生活。就像该书的简介里所说：在鲁迅先生的文字中，我们看到的是追求光明、追求真理，但深入探究他的居住环境，才发现他在创作时所面临的种种现实困难。他的饮食生活，既体现了个性又蕴涵着生活痕迹的密码，可以看出他的交游关系网、大事脉络和内心世界。

之前，我读过一本关注鲁迅日常生活的书——赵瑜的《花边鲁迅》。赵瑜说，日常生活里的鲁迅是一个有血有肉的真实的鲁迅。在赵瑜眼里，鲁迅其实是一个有趣的人，例如他读鲁迅的日记和书信，冷不防就会被鲁迅逗笑。

以鲁迅日记为例："1912 年 9 月 6 日，阴。上午赴本部职员会，仅有范总长演说，其词甚怪。"还有鲁迅刚到教育部上班时的日记，"枯坐终日"。在日记里，鲁迅不是说上司的坏话，便是陪着上司谈话时打瞌睡，实在是一个不怎么热爱工作的职员。然而，作为当时的教育部职员，鲁迅在"五四"之前的一年突然成了一个知名作家。这一点，连鲁迅自己都没有预料到。

1919 年 4 月 16 日，北大学生傅斯年办了一份杂志《新潮》，向鲁迅约稿，鲁迅回信说："《狂人日记》很幼稚，而且太逼促，照艺术上说，是不应该的。来信说好，大约是夜间飞禽都归巢睡觉，所以单见蝙蝠能干了。我自己知道实在不是作家，现在的乱嚷，是想闹出几个新的创作家来，——我想中国总该有天才，被社会挤倒在底下，——破破中国的寂寞。"

从鲁迅的自谦里，可以看出《狂人日记》的成功实在出乎意料。1923 年 8 月，随着鲁迅第一部短篇小说集

《呐喊》的出版，鲁迅才真正成了知名作家。在鲁迅和许广平的《两地书》中，及1925年至1927年他致友人的书信中，有不少章节段落里写到做“名人”的苦……

在赵瑜看来，做了名人以后的鲁迅，并没有多少坏习气，相反，更加普通了。赵瑜列举了鲁迅成名后做的事情：谈了一场恋爱，出了不少本书，吵了不少架（其中一次还差点打官司），帮助了不少年轻人。最有趣的，还和人争风吃醋过。

成名以后，鲁迅并没有找经纪人搞签名售书，而是不停地帮助年轻人编杂志，给韦素园看病，给李霁野挣学费，给高长虹校稿子，给李秉中做励志课老师，等等。赵瑜说，他看到萧军、萧红慕名给鲁迅写信立即得到鲁迅的回信，感觉很温暖。鲁迅是当时中国最有名的作家，收到一个陌生的写作者的信便马上回复。“如果我现在给中国最有名的作家写一封信呢，我不敢想那封信的命运……”

不过，赵瑜也承认，成名后的鲁迅很少吹捧别人，几乎都是在批评人，包括对他的老朋友和亲弟弟。比如，他批评周作人写一首五十自寿诗，一大群文人无病呻吟地唱和，将无趣当肉麻。

鲁迅去世后，林语堂写了一篇忆念文字，说鲁迅与周作人一热一冷，他喜欢鲁迅的热。鲁迅内心里总有一堆干燥的木柴堆在那里，许广平点了一把，他便着火了。“不仅仅只是许广平，还有很多‘左’翼的青年，他们每一个人都拿着一根火柴，将鲁迅先生当作火柴盒上的火药纸，用力地擦一下鲁迅，便点着了手中的火把。仔细想一下，整个二三十年代，鲁迅就是那个火柴盒子，那么多年轻人围在他身边，便因为他内心里有一股火，有温度。”赵瑜说，鲁迅的这个温度一直没有变凉过，鲁迅在中国，已成为一个神话，和他文字里一直藏着的这个火把有关吧，他要么照耀我们，要么温暖我们。

《花边鲁迅》关注的是鲁迅真实的一面，还原他人生的日常面貌，在诙谐里呈现鲁迅的本来面目。而《鲁迅在上海的居住和饮食》则聚焦了鲁迅人生最后 9 年在上海的物质生活。

陈子善为《鲁迅在上海的居住和饮食》写的序言里，概括了鲁迅人生最后 9 年在上海的日常和写作，还有该书的特色：1927 年 9 月 27 日，鲁迅偕许广平在广州搭乘“山东轮”赴上海。10 月 3 日午后船抵上海十六铺码头，两人入住码头附近的共和旅馆，正如本书作者在“楔子 – 共和旅馆：南下还是北上？”中所说的：“共和旅馆，这是鲁迅生命中最后 9 年定居上海的起点。”而“共和旅馆”也成了这本《鲁迅在上海的居住和饮食》的“起点”——作者从查考鲁迅和许广平入住的共和旅馆的历史切入，从会友、饮宴、内山书店到定居的四个方面，梳理了鲁迅下榻共和旅馆五天时间里发生的事情。10 月 8 日，鲁迅就移居虹口景云里了。在这忙碌的 5 天里，除了给各地友人写信通报已到上海，鲁迅没有留下其他文字，但这 5 天里鲁迅做出了定居上海的决定，从而开启了他一生中最后辉煌的 9 年。

陈子善指出：以往的鲁迅研究汗牛充栋，但就他所见到的，似乎都没有充分注意到鲁迅在共和旅馆的这 5 天。该书首次正式提出并较为全面地解答了这个问题，不能不说是慧眼独具。在这 5 天里，鲁迅先后与李小峰、林语堂、孙伏园、许钦文、郁达夫等友人和学生相见，还到内山书店购书，到影剧院看电影，等等。该书一一拈出，并进一步分析鲁迅与这些友人在这 5 天里频繁宴聚的意义。虽然后来鲁迅与林语堂闹翻了，与李小峰也一度很不愉快，与孙伏园又疏远了，但与创造社的郁达夫一直保持深厚的友谊。

鲁迅和许广平之所以定居上海，该书给出了翔实的答案：鲁迅留在上海，可以跟兄弟比邻而居，亲密的朋友都离自己不远，“左”翼文化人活跃，与文化相关的产业欣欣向荣，还拥有当时最具国际视野的内山书店，饮食上也能满足口味。这样的氛围对鲁迅来说，非常适合定居，而共和旅馆的 5 天，让鲁迅敏锐地觉察到了以上一系列因素，从而使他决定定居上海。

用陈子善的话说，作者的这个结论无疑是令人信服的。该书重点回顾了鲁迅在上海的居住与饮食，譬如鲁迅在上海所住过的景云里（三处）、拉摩斯公寓和最后的大陆新村，还从鲁迅宴请做东和鲁迅的家庭食品及其零食嗜好等方面展示鲁迅在上海的日常饮食和交游，描摹了鲁迅在上海的各处住所及其特色，追述鲁迅到过的各个餐馆（这些餐馆绝大部分已不复存在）及渊源，特别是这些风味餐馆在鲁迅生活中起过什么作用，等等。

鲁迅在上海时，虹口一带是日本人的势力范围，日式料理馆数量繁多。鲁迅曾留学日本，在上海又结交了许多日本朋友，例如开书店的内山完造等，所以有些与日本友人的聚餐就在日式料理店进行。1935 年 10 月 21 日，鲁迅应日本《朝日新闻》报社上海分社社长之邀去虹口一家有名的料理店与日本诗人野口米次郎见面，同坐的还有内山完造。野口是作为东京《朝日新闻》记者来上海的。11 月 12 日，《朝日新闻》刊载了野口的《与鲁迅谈话》。1936 年 2 月 11 日，鲁迅应内山完造之邀，与日本创造社社长山本实彦会餐共享鹌鹑；两周后山本实彦做东，介绍鲁迅和来上海的日本小说家横光利一见面。这些日式宴会，就像一张不停延伸的网络，令鲁迅认识了更多的日本友人。

从鲁迅日记里，不难发现鲁迅在上海时最喜欢吃的食物是蟹，因为这个字眼在鲁迅日记里出现最多，而且吃蟹的季节也非常有规律：即每年10月至11月进入吃蟹时节，这段时间鲁迅日记里时常出现相关的记录，例如“夜食蟹饮酒，大醉”……吃蟹之外，鲁迅还喜欢吃火腿，不仅自己吃，还喜欢请朋友一起吃，或当作馈赠佳品。例如1934年，曹靖华到上海看望鲁迅，在鲁迅家住了一个多星期，临别时鲁迅就送了他一条火腿。除此之外，绍兴的特产干菜，还有笋干、酱鸭、风鸡、酱肉等都是鲁迅喜欢吃的食物。而且，说来也怪，鲁迅以骂战出名，与许多同时代的文人朋友都翻了脸，却还喜欢热闹，直到他病重前，都喜欢在家里请年轻朋友们吃饭。这从冯雪峰、萧红等人的回忆中不难发现。

也就是说，鲁迅在上海最后9年里，不仅是一个横眉冷对的作家和斗士，更是一个烟火味十足的普通邻家男人。

那个熟悉又陌生的书店老板

正如《花甲录》译者刘柠所说：在中国，内山完造并不是一个陌生的名字，而是有很高的知名度。当然，这是因了鲁迅：上海的内山书店，也是鲁迅人生最后十年常去的地方。内山完造在中国的年代，仅上海一地，日侨人数便从万人增至日本战败前夕的逾十万人。

刘柠说：内山完造骨子里并不是典型的商人，经过他们夫妇的苦心经营，内山书店几经搬迁越做越大，最后于 1929 年在上海公共租界的黄金地段北四川路落定，并在英租界开了一家分店，成为当时日本在海外最大的书店。

1926 年，日本作家谷崎润一郎访问上海时，曾在随笔中记录了内山书店的繁盛和与店主的交游。内山书店不仅是当时中国最大的人文书店之一，而且兼营出版。店中附设茶座即文艺漫谈会，由中日两国的作家文人“轮流坐庄”。老板内山也顺理成章地转型为“漫谈作家”，生前出版了20余种随笔集。书店提供的“左”翼进步书籍，据不完全统计，仅20世纪30年代，由中国“左”翼作家翻译出版的外国文艺书籍中，原版书源自内山书店者逾330种。

内山书店的影响力远远溢出了文化圈。店内常常高朋满座，用内山完造的话说，“中国第一代社会主义者中的李大钊、陈独秀，都是书店的顾客”，而最著名的当属鲁迅。在鲁迅所结识的日本友人中，经内山引荐介绍者达160余人。鲁迅去世前一天，最后一通便笺是致内山完造的。鲁迅生前唯一为人作序的书，是内山完造的处女作《活中国的姿态》。一·二八事变中，鲁迅和胞弟周建人一家在内山书店避难；鲁迅逝世后，内山完造是名列治丧委员会的两位外籍人士之一（另一位是史沫特莱）。八·一三事变时，内山完造出面搭救被捕的许广平；郭沫若、陶行知、夏丏尊等进步文化人，也曾得到过内山完造的营救……

看内山完造回忆录，那些熟悉的人物名字和与他的故事，读来有着不同的意味。譬如，他写1927年夏天，江西南昌，“左”翼阵营的贺龙、郭沫若等人与蒋介石分道扬镳，一路穿山越岭，历尽艰险转战至广东汕头。此前在蒋介石北伐时，郭沫若作为宣传部部长曾大出风头，在汉口作为武汉政府政治部主任辅佐邓演达，是备受赞誉的名外交家。此行则越发有名，“后来他脱离汕头，乘一条小渔船逃往香港，可偏偏这条渔船是海盗船，幸好船上有一个青年水手知道他的名字，好歹算转危为安到了香港。接着，又马不停蹄地逃到上海，落难于寒舍。郭先生不久便回汉口去了。”恰是在这一年，“鲁迅先生从广东来到上海，就住在离寒舍极近的东横滨路景云里二十三号。凡夫俗子如我者，连做梦都没想到竟然能与鲁迅先生如此亲密接触。实际上，鲁迅先生住在景云里的事我是后来才知晓的。鲁迅先生与敝店的缘分其实是在与景宋女士结婚之前”。内山完造说，有一次鲁迅对他说：“老板，我结婚了。”他便问：“和谁呀？”鲁迅爽快地回道：“就是和那个许广平呀。”

不过，与鲁迅结缘的具体时间，内山完造说已经记不得了。在他的记忆里，1927 年大概是他与鲁迅结识的开始，最初鲁迅给他留下的印象：每次照例吸着香烟，喷云吐雾而来，选书、买书，然后又喷云吐雾而去，一来一去都有种飘然的感觉；但从来没有煞有介事地自我介绍，诸如“我是鲁迅，前来买书”那种。“先生最初的自报家门也并非鲁迅，而是周树人。”内山完造说，有一阵子，鲁迅先生会带着年轻人一起来店里，有时是一个人，有时是几个人，柔石也是其中之一。鲁迅先生尝言：

“学生们年纪轻，没经验，常被骗子们利用，当作垫脚石。没有比骗子更令人痛恨的了。他们为了构筑和稳固自己的位置，或者为了自我标榜，动辄把思虑欠周、血气方刚的青年当作踏板……”说这话时，鲁迅的表情显得很激动。

内山完造回忆，和鲁迅在1930年做木刻版画展，从另外一个角度还原了鲁迅当年对现代版画在中国的兴起所做的开拓之功。内山完造说：鲁迅先生关注木刻（木版画），从很早时候起便收集了许多优秀作品。每每观赏，他都会被那些虽然只有黑白线条，却气场十足的画所深深吸引，觉得越来越有意思。有一次，他跟鲁迅先生谈起，是不是办一个展览会，把这些收藏面向一般公众展出，鲁迅当即便爽快应下。接着，便按照自己的格调，把作品一幅一幅异常仔细地装进镜框，再一一用中、日、英三种语言注上说明，然后由内山完造印制成图录。这个由70余幅作品组成的袖珍画展，于北四川路狄思威路一家供销合作社二楼展出了两天。可中国观众很少，多为日本人，两天时间来了大约400人。无论如何，这是新木刻（现代版画）运动在中国的首次展出。更应该强调的是，此画展与中国美术界全无关系。后来，鲁迅先生复制了一套苏联作家革拉特珂夫的小说《士敏土》中的木刻插画，由内山书店代售，购买者也多为日本人……

回看当年出入上海内山书店的文化人名单，如鲁迅、郭沫若、田汉、夏丏尊、谢六逸、沈端先、张资平、查士元、崔万秋、黎烈文、黄源、汪馥泉、钱歌川、胡仲持、葛祖兰、刘大杰、樊仲云、钱稻孙、包天笑、陈望道、李达、楼适夷、丰子恺、孙俍工、欧阳予倩、冯雪峰、章锡琛等人，均是内山完造所熟知的朋友。这个名单也让内山完造感慨不已："说起来，三十年弹指一挥间，内山书店竟然与如此众多的中国文化人交游过往，能不感慨系之！"这些人都是内山书店的主顾，这还只是和他相知较深的人。"如果把作家和其他文化人一一枚举的话，将是一个相当冗长的名单……"

1945 年 8 月 15 日，日本投降。内山完造把内山书店资产均分给中日两国 30 余位店员，同年 10 月 23 日，上海内山书店作为"敌产"被上海市政府接收。1946 年 12 月，内山完造被限期离境，且禁止携带任何行李，只穿了一件对襟毛线衣便上了回国的轮船。回日本后，内山完造撰写了从出生至自上海回国的 60 年回忆录，即《花甲录》。1960 年 9 月，《花甲录》由日本岩波书店出版。2021 年，九州出版社出版了由刘柠翻译成中文的《花甲录》。

追寻“永远的新青年”

石钟扬的视野与写作一直围绕着五四学人这一主题，秉持以史料为依据，有几分证据说几分话的原则，挖掘陈独秀与同时代学人交游的细节——从细节处勾勒还原现代学人的风骨。他以陈独秀为中心线索，通过梳理陈独秀与蔡元培、胡适、鲁迅、周作人、傅斯年、章士钊、苏曼珠、台静农等人的交游，呈现出现代学人的独特个性和时代风貌。

譬如，他的《永远的新青年》一书，内容就如副题所示——“陈独秀与五四学人”。此书其实是石钟扬之前出版的《酒旗风暖少年狂：陈独秀与近代学人》一书的增补修订版，新版更突出了陈独秀与五四学人这个主题。

石钟扬说，《新青年》创刊是五四新文化运动的起点，“《新青年》派”文化精英群体的出现，也是中国知识分子走出传统、迈向现代化的标志。在近代中国的思想历程中，五四新文化运动无疑是一次最为壮丽的精神日出。以前的一切，似乎都汇集于此，彼此激荡奔腾；以后的一切，似乎都由此生发，造成了种种历史的巨变……而作为五四新文化运动的精神领袖陈独秀创办的《新青年》，实为这个“最为壮丽的精神日出”的标志。

杨振声在《回忆五四》里说：“像春雷初动一般，《新青年》杂志惊醒了整个时代的青年。他们首先发现自己是青年，又粗略地认识了自己的时代，再来看旧道德、旧文学，心中就生出了叛逆的种子。一些青年逐渐地以至于突然地，打碎了身上的枷锁，歌唱着冲出了封建的堡垒，确实感到自己是那时代的新青年了……”

在《谁是五四时代的狂人》一文中，石钟扬通过对鲁迅小说《狂人日记》中主人公原型的探寻，解读了五四时代陈独秀的“狂人”形象。鲁迅《狂人日记》中的“狂人”到底是谁？在石钟扬看来，回答这个问题，有两个层面，一为生活原型，一为精神原型。生活原型学界多有考证，而精神原型却乏求索。找出“狂人”之精神原型，即回答了谁是五四时代的狂人。关于生活原型，周作人晚年在《鲁迅小说里的人物》一书中说，鲁迅《狂人日记》中“狂人”的原型乃是鲁迅的一个表兄弟。而精神上的“狂人”原型又是谁呢？石钟扬层层剥笋，一步步探寻梳理。

《狂人日记》问世前夕，已涌现出一大批文化新人，例如陈独秀、蔡元培、李大钊、胡适、鲁迅、吴虞、周作人等。

他们中蔡元培、李大钊有领袖气质，然不属“狂”之列。因为蔡元培如陈独秀所说“是一个无可无不可的老好人”，他令人佩服之处在于有坚守大节的倔强，容纳异己的雅量，尊重学术思想自由的卓见。这也大致可代表鲁迅的蔡元培观。而李大钊在鲁迅心目中的印象是“诚实、谦和”，模样“有些儒雅，有些朴质，也有些凡俗。所以既像文士，也像官吏，又有些像商人”。尽管蔡元培曾被严复视为“神经病”，李大钊后来被军阀绞杀，但他们却不曾有过狂态。

钱玄同、吴虞反孔且有狂态，却无领袖气质。胡适于新文化运动之初，虽“暴得大名”，且陈独秀誉之为首举义旗的急先锋；但如鲁迅所言：五四运动前一年，胡适之先生所提倡的“文学革命”，却没有法国革命的“革命”那么可怕，不过是革新，改换一个字，就很平和了，也就称为“文学革新”罢……

所以，在鲁迅心目中，胡适“很平和”，还算不上“狂”，尽管当时社会上也有人呼之为“过激派”。至于周氏兄弟自己，虽骨子里都有点狂，但表相都很温厚，鲁迅充当“左”翼作家联盟领袖则是10多年后的事。因此，石钟扬说：五四新文化运动中的狂人兼领袖，非陈独秀莫属。

对于陈独秀个人，梁漱溟评价说：“才也大，气也大，欲也大。”“才”不必说，“欲”指的是风流性情，“气”则是指性格刚烈。陈独秀一生 5 次入狱，对自己认定的真理绝不妥协。但对于知心朋友，即使有负于他，陈独秀依然看重交谊，宽恕他人。例如，鲁迅在 1926 年发表文章，对托洛茨基派是持肯定态度的，1929 年托洛茨基被苏联驱逐出境，鲁迅的托洛茨基观并没有改变，直到“左联”时期受瞿秋白影响，才不再引用和提及托派的观点。1936 年，托派中人给鲁迅写信，希望得到他的支持，得到的回应是《答托洛茨基派的信》。此时的陈独秀已以“共党要犯”身份被逮捕入狱，身为中国托派的陈独秀看到此信，对鲁迅强烈不满，他认为鲁迅之于苏联（共产国际），无异吴稚晖之于国民党，受捧之余，感恩图报，决不再有不计利害的是非之心。

尽管如此，在 1936 年鲁迅逝世的时候，陈独秀仍然给予了鲁迅高度的评价，肯定他的“独立思想”和精神。直到 1992 年胡风遗著《鲁迅先生》发表后，才披露这件事的真相：《答托洛茨基派的信》并非鲁迅所写，而是冯雪峰给鲁迅代笔的一封信，并在鲁迅病榻前念给他听，鲁迅只是点头同意。冯雪峰事后对鲁迅还颇有微词，认为鲁迅不如高尔基，因为高尔基对秘书班子代笔撰写的言论往往选择“爽快的签名”。

从《新青年》时期到陈独秀晚年，石钟扬细致还原他的人生历程，感叹说：陈独秀的一生犹如屈原“路漫漫其修远兮，吾将上下而求索”。他充当着“终身的反对派”，也如屈原“众女嫉余之蛾眉兮，谣诼谓余以善淫”，虽“哀民生之多艰兮”，唯有“长太息以掩涕”，“既莫足与为美政兮”。暮年的陈独秀其心灵主旋律还是：“沧溟何辽阔，龙性岂易驯”“相逢须发垂垂老，且喜疏狂性未移”。晚年避居江津的陈独秀其实并不乏亲朋好友，且不说他嗣母、大姐、第三子等相继聚集江津，也不说江津的国立第九中学师生中多安徽人氏。而对其生活有着重大影响的人也能点出一串，如延年医院的邓仲纯，既是老乡又是医生，既充当保健医生又充当联络员，陈独秀有三病四灾多在延年医院调治，来往信件也多从这里周转，陈收寄信的地址“江津黄荆街 83 号”就是延年医院所在。

江津富绅邓鹤年叔侄景仰陈独秀的学识与人品，多次邀请陈独秀到其“康庄”小住疗养。邓氏“康庄”在江津西门外的长江边上，风光宜人。陈独秀小住时驻足游目，不止一次感叹“得此佳景，平生足矣”。1942 年 5 月 27 日，陈独秀在贫病交加中逝世，邓氏家族慨然捐出衣衾棺木与“康庄”前坡之墓地，了却陈独秀之夙愿。时任川康绥靖公署少将参谋的杨朋升，不断救济陈独秀，有时故意向其索字，然后以润格的名义寄钱。北大同学会更是关照陈独秀，先有罗汉（在重庆大轰炸中丧身），后有何之瑜继承此项使命。时任教于重庆复旦大学的郑学稼，也像北大同学一样崇敬与关怀着陈独秀，晚年撰写《陈独秀传》，以“公开”陈独秀的思想，1987 年 6 月完成初稿，同年 7 月 13 日病逝于台北。而台静农则堪称陈独秀晚年知己。

陈独秀 1932 年 10 月 15 日被捕入南京监狱，直到 1937 年 8 月 23 日，因全民族抗战爆发而减刑出狱，辗转武汉、重庆，1938 年 8 月初应同乡同窗好友邓仲纯之邀，避地江津。到江津两个月后初见台静农，此一老一少竟一见如故，遂订忘年交。台静农晚年写了长文《酒旗风暖少年狂：忆陈独秀先生》，记叙他和陈独秀之间的交游……陈独秀晚年，身边像台静农这样的年轻朋友不乏其人。在石钟扬眼里，他们对陈独秀亦师亦友，既折射出“台静农们”的奉献精神与高尚情操，也见证了陈独秀的伟大人格魅力：“更重要的是人间情感是互动的，人们所爱的是可爱该爱值得爱，同时也是爱我的人。无论是谁与谁，单向的爱终是难以持久的。正因为陈独秀在江津虽艰难困苦，他对身边的这班年轻人从来关怀备至，掏心掏肺，他没有倚老卖老，躺在那里享受那些学生辈朋友的敬仰之情，而是以亦师亦友乃至慈父般的关爱投向他们，这才以心换心，赢得他们发自内心的尊重、敬仰、爱护。”

常书鸿：愿为敦煌燃此生

在关于敦煌的回忆中，有两本书或说两个人是与敦煌无法分开的，也可以说，这两个人成了敦煌守望人的代名词：这就是常书鸿和樊锦诗。两本书，一部是樊锦诗的《我心归处是敦煌》，一部是常书鸿的《愿为敦煌燃此生》。前者是樊锦诗口述，后者是常书鸿自传。这两本书呈现了两代敦煌人为敦煌奉献一生的精神和历程。

常书鸿，被誉为“敦煌守护神”。“没有常书鸿，就没有今天的敦煌。”

常书鸿，1927年赴法国留学，学习油画，作品屡获大奖，并被法国国家博物馆收藏。1936年回国，供职于北平艺专，全民族抗战爆发后，随校南迁，辗转于杭州、昆明、重庆。1942年参与筹备敦煌艺术研究所，随后担任首任所长，举家迁居敦煌，并从重庆招聘了一批画家和学者，在物质条件极其艰苦的情况下，率领大家在敦煌莫高窟展开了一系列石窟保护、壁画临摹及研究，结束了敦煌石窟长期以来无人管理的状态，使石窟不再受到人为的破坏。1949 年后，常书鸿历任敦煌文物研究所所长、名誉所长，敦煌研究院名誉院长等。在他人所写关于常书鸿的文章里，我对高尔泰的《常书鸿先生》印象最为深刻，尤其是写到晚年客居北京的常书鸿回不去敦煌的那种落寞和不平：他把一辈子都给了敦煌，到最后却无法再回去……

《愿为敦煌燃此生》是常书鸿晚年的回忆：以看似波澜不惊实则极具深情的笔触，回忆巴黎留学 10 年邂逅敦煌的心路历程，回国 7 年才得以奔赴敦煌的波折无奈，以及 50 年舍身保护敦煌的艰苦、呼吁与奋斗，嵌入其各时期的艺术创作感想，收录了非常珍贵的历史照片，并以彩插形式收录了不同时期创作的与敦煌有关的画作，以及女儿常沙娜临摹的不同时期的敦煌壁画。

常沙娜在推荐序中评价父亲常书鸿和他的这部自传："他一生中的坎坷成败，悲欢离合，他那锲而不舍的奋斗精神，和对中国文化艺术事业的无私献身精神，时时都在滋养着我的思想我的心灵，深深地影响着我的人生观和经历。重温爸爸的回忆录，回顾我的幼年、青少年直至成人，我都是跟随着他的足迹，按照他的塑造一步步走过来的……爸爸经常说：自从他在巴黎塞纳河畔的书摊上见到伯希和的《敦煌石窟图录》以后，他后来的命运，包括我们全家的生活都与敦煌紧紧地连在一起，并结下了不解之缘。半个世纪以来，爸爸与我们全家虽然先后在敦煌都经历了人间的悲欢离合，但情和魂却永系敦煌。”

在常书鸿晚年的回忆里，当年初入敦煌莫高窟的画面还非常清晰：“1943 年 3 月 27 日，当一轮红日从三危山嶙峋的主峰背后升起的时候，骆驼客用平淡的声调指着日出的方向说：‘喏，千佛洞（莫高窟的俗称）就在太阳的西面、鸣沙山的脚下！’我们从他指点的方向望去，只见戈壁和沙山延伸到一望无际的远方，看不见一草一木或什么寺庙人家，更没有石窟绿洲的一丝影子。大家正焦急间，骆驼客却慢悠悠地打趣说：‘千佛洞是仙境，时隐时现，凡人的肉眼哪能一下子望见它的真身哩！不要慌，跟着我走就是了。’”留在常书鸿耳边的依旧是“叮叮当当的驼铃声”，眼前浮现的依旧是缓慢平稳而有力的骆驼队有节奏地前进着，“在沙地上留下一个接一个莲花瓣似的美丽的足印”。

“你们看！”常书鸿指着白杨树后面崖壁上一片密如蜂房的洞窟说，“那里才是胜过江南，值得我们骄傲的伟大的民族艺术宝库的所在啊！”

“这时，三危山上的太阳，透过白杨的柔枝嫩叶，照耀在洞窟中的彩色绚丽的众多壁画和彩塑上，产生出不可思议的动人心魂的宏观异彩。一阵按捺不住的发自内心深处对于伟大祖国民族艺术传统的爱慕之情，像电流震撼了我的全身，我长途跋涉的疲劳顿时一扫而光。”

不过，当时呈现在常书鸿眼前的莫高窟还是断崖残壁、沙土堆积、危楼险阁……到处是一派遭人遗弃的劫后余生的荒凉颓败景象。尽管如此，也磨灭和掩盖不了这人类历史上存留至今的稀世之珍的丰采和魅力。常书鸿说，他第一次如此近距离地瞻仰了从公元 4 世纪到 14 世纪千余年间中国民族艺术传统的全貌，中国古代无名的艺术家和无数的劳动人民创造出如此珍贵的文化遗产——绚丽多彩、富于民族风格的壁画、彩塑和装饰图案。以汉代为标志的中国民族艺术的传统，贯穿从 4 世纪的十六国经北魏、隋、唐、五代、宋、元各代的石窟艺术中，经千余年而不衰。20 世纪初叶，曾经一度震撼世界的敦煌石室秘藏，在 1900 年 6 月 22 日，被道士王圆箓发现后，经过斯坦因、伯希和等西方学者传播，大量石室文物宝藏流失海外……

常书鸿写道：“我默默地站在这个藏经洞中央，在空荡荡的窟主造像的坐坛前，愤怒使我久久说不出话来，心想：石室秘藏的发现已过去 40 多年了，敦煌文物一而再再而三地被外人大肆盗劫，这样的事今后绝不允许再发生！此情此景，我感到压负在我们肩上的保护和研究工作的责任将会是多么的艰巨而繁重啊！这时，忽地砰然一声巨响把我从沉思中惊醒过来。这声巨响来自崖面第三层上面的第 444 窟五代造的危檐下崩落的一块岩石，随之而来的是一阵令人呛鼻的飞扬沙土。这难道是对我们今后工作艰巨性的一个及时警告吗？但我宁愿把它看作敦煌石窟为欢迎我们这批初来乍到的爱慕者而发出的一声见面礼炮声。”

从 20 世纪 40 年代莫高窟的下层洞窟大多被积沙所掩埋，上层洞窟大多无法登临，危崖处处的敦煌，到今日举世闻名、成为文化遗产保护样本的敦煌，“敦煌何其有幸遇到常书鸿，我们的文化史何其有幸有一个常书鸿！”

张大千：吾道有传人矣

张大千，当年海内外弟子众多，但他在大风堂和后来的八德园，教授弟子书画学艺的情景只能从他的弟子们的回忆里了解。美国硅谷亚洲艺术中心的舒建华说，他们之所以办《八德园岁月：王旦旦》书画展，一个主要目的就是以实物和书画真迹向世人呈现：开启中国传统绘画向现代转型的张大千是如何教学生的。

王旦旦，名曦，已故书法家王植波先生之女。1949年生于上海，1957年随父母移居香港。8岁时，父母偶然发现她的绘画天赋，开始请老师教她学画，譬如她曾跟着赵少昂等名家学画花鸟和山水。她的父亲是书法篆刻家邓散木的弟子、香港电影界的知名人物，母亲也是香港电影界的明星，亦善丹青。本来王旦旦有一个幸福的家庭，但在20世纪60年代初，父亲因为飞机失事不幸殒命，母亲逐渐淡出电影界，专心教育三个未成年子女。1965 年底，王旦旦于纽约在父辈的介绍下拜张大千为师，次年，17 岁的她跟随张大千前往巴西圣保罗的八德园，在张大千身边随侍学艺三年。王旦旦与张大千的弟子孙家勤、张师郑等一起在八德园游于园林沉潜艺术。1967 年夏，在张大千安排下，王旦旦和张门弟子孙家勤等在圣保罗美术馆举办了联合画展。1969 年春，王旦旦离开八德园，并于 1971 年与张门师兄张师郑在纽约结婚，婚后移居旧金山。1975 年，张师郑患脑癌不幸病逝，王旦旦为了生计逐渐从绘画转行经商。

王旦旦在八德园的那三年，深得张大千赏识，张大千称赞她："用功甚力，人物仕女效李公麟、王舜国；山水竹石效石涛、渐江；书学唐人写经；皆能各摄取神髓，不斤斤于绳墨。"1966 年，张大千在王旦旦临石涛的画作上题道："旦旦临之，极为神似，吾道有传人矣。"次年，张大千又在王旦旦临的石涛《张公洞图》图卷上题曰："清湘老人此图吾家所藏第一，世间流传第一，予从不轻以示人。女弟子王旦旦酷好清湘，不远万里来从予游，每与讲论也慧解，因嘱临写。二岁为之，快极。不悉暮年得此传人也。"张大千还将自己珍藏的唐人写经卷送给王旦旦嘱咐她临摹研习。王旦旦回忆说："1967 年初，老师去加州前夕，有一天拿出这个卷子，说小楷有古意，你按这个练写，可以配你的画。还说这个卷子在他这里三十年，有欧美博物馆想购藏，只愿出五百美金。就送给你，好好练。”张大千还题写了“此盛唐人书，犹有陈隋间意”。即七世纪时的手笔，但保留五六世纪时代的气息。张大千还让她对临大风堂珍藏的名作《江堤晚景图》。

王旦旦说她喜欢石涛的笔墨，不适应宋人的青绿山水。张大千说：学艺者要广取博收，不能只局限一己之趣味，尝试与自己趣味不合者才会有更大长进。由此也可以看出张大千对王旦旦的赏识和指教。

舒建华说，张大千在八德园时期和加州时期是他后期创变最重要的阶段，在2010年春策划举办张大千弟子孙家勤的画展时，曾邀请孙家勤讲述他在八德园时期跟随张大千学艺的岁月。但遗憾的是，孙先生于当年秋天病逝于台北。当时，孙先生为画展先后两次来硅谷时，向舒建华打听小师妹王旦旦。因王旦旦转行已经30年，没能打听到她的下落。

2018年，在旧金山州立大学一位教授的帮助下，舒建华终于联系上了王旦旦。于是，才有了王旦旦提供的珍藏，呈现“张大千的八德园岁月”的文献与作品展，这也是《八德园岁月：王旦旦》画册的由来。这本画册主要有两部分内容：一是张大千送给王旦旦的作品、藏品以及手札；二是王旦旦本人的画作，呈现其在张大千身边作为入室弟子的学画历程。这些画作也从侧面记录了张大千在海外八德园时期的艺术生活。

如果说王旦旦作为张大千的入室弟子时间很短，只是呈现了张大千八德园时期的一个侧面，2021 年 11 月 7 日晚伏文彦老先生在美国旧金山仙逝（享年 102 岁），则为张大千的艺术做了传承久远的见证。

伏先生与青岛有缘：1920 年 8 月生于上海，童年居青岛，从小对绘画产生极大兴趣，一直到 17 岁才离开青岛。1937 年赴北平考艺专，正值七七事变，后南归，1938 年考入上海新华艺专。1941 年拜汪亚尘为师，成为其入室弟子。毕业后留校任助教，教授中国画，并加入中国画会。1946 年经汪亚尘推荐师事张大千，入室大风堂，成为张大千上海时期的弟子及助手。

“抗战胜利后，张大千长居上海，伏文彦每日拜访，目睹张大千绘制精品不下五百余幅。在大风堂早期弟子中，他是最受张大千器重的，可以在老师的内室细细观赏重宝《韩熙载夜宴图》和《董源潇湘图》真迹。”

“1946 年到 1949 年，是张大千精品迭出的盛年期，在上海就办过四个大展，每次都是一百张画作，许多都是吸收敦煌壁画和宋代绘画精粹又有强烈个人风格的精工之作。伏先生如入宝山，在张大千身边，专心看老师画，恭听老师的言谈，花大力临摹老师的作品，一丝不苟、分毫不差地把老师的许多代表作《文会图》《肖翼赚兰亭图》《贵妃上马图》《天竺舞女图》，都用白描勾线的方法临摹下来。”

1949 年初，张大千离开上海，临别前召伏文彦和陈从周，将“大风堂同门会”印章和“大风堂同门录”交于二人，自此师生天各一方……

1949 年后，伏文彦在上海担任中学语文和图画老师，1962 年起应邀在上海戏剧学院教授美术，1978 年后聘为上海文史馆馆员。1989 年夏移居旧金山后，将画室命名为“可定居”，致敬张大千在加州的故居“可以居”。

2016 年 3 月，硅谷亚洲艺术中心为清癯温雅的伏先生举办大型回顾展《风雨一顾盼》，从早期勾临大千先生敦煌仕女的白描，到成熟期“尽得翠色迎人，烟云供养之致”的山水画作，涵盖伏文彦一生的艺术轨迹。

现在，张大千那一代艺术大家和他的弟子们也渐渐走进历史，不过张大千和大风堂的艺术风景还未淡去……

丁悚：海上艺坛四十年

在20世纪80年代的阅读里，有两个人物的名字对我来说没有丝毫的关系。多年以后，才恍然醒悟，原来这两人是父与子啊。这对父子就是丁悚和丁聪。

丁聪就不用说了，每期《读书》杂志上画人物肖像和漫画的“小丁”，而丁悚在当时我读到的却是丁慕琴，而且也根本想不到这个丁慕琴和丁聪会有关系。

我从郑逸梅的《艺林散叶》里读到的丁慕琴，和明星周璇有关：周璇有“金嗓子”之称，生前常赴丁慕琴家，故周璇的照片，丁家特别多。在这条散叶札记之外，还有一条关于丁家的描写：丁慕琴家门前，以较细之树枝，一纵一横，钉于门上，恰成一个“丁”字，非常朴雅。当时读到这条札记，瞬间记住了丁慕琴这个名字，而且对这个人物也产生了联想。当然，这个名字也是和上海滩的鸳鸯蝴蝶派的那些文人联系在一起。郑逸梅还写有一条散叶：丁慕琴著有《四十年艺坛回忆录》，刊载于《东方日报》。当时看过也就过去了，没有想到多年以后，还能读到丁慕琴的这部回忆录。谁能料到，30 多年过去，现在这部《四十年艺坛回忆录》就摆在我的案头。

年轻时，读鲁迅和“左”翼文学以及茅盾、巴金等作家的小说，对鸳鸯蝴蝶派的文人及作品印象不佳。当年，读郑逸梅的《艺林散叶》犹如读明清文人笔记，所描写的那些近现代上海滩的人物，当然不是鲁迅、巴金这样的新文学，不过他所记述的那些文人轶事，却给我留下了难忘的印象，记住了许多鸳鸯蝴蝶派中的名字，其中就有丁慕琴。

当丁慕琴和丁聪的名字联系在一起时，已经是多年以后了。再来看这些上海滩的文人们，也就理解了当时真正影响和反映海派文化的恰恰是这些不“左”不右的既传统又新潮的文人们，丁慕琴就是典型一例。

当年丁慕琴在上海滩的生活，从同时代人的回忆里可以了解大概。例如作为丁聪好友的黄苗子曾写过，1932 年他第一次走进丁家的情形：“那天大约是个星期六晚上，一大堆当时的电影话剧明星分布在楼下客厅和二楼丁家伯伯的屋子里，三三五五，各得其乐，她们有的叫丁悚和丁师母做‘寄爹’‘寄娘’。由于出乎意外地一下子见到那么多的名流，我当时有点面红心跳，匆匆地见过丁家伯伯，就赶快躲到三楼丁聪的小屋里去了。”

在当年的上海滩，丁悚（1891—1969）也就是丁慕琴，是文人艺人圈里的中心人物。用陈子善的话说：“20世纪前半叶的上海滩上，丁悚是一个家喻户晓的响亮的名字。他多才多艺，又融汇中外古今，博采众长，在美术（包括漫画、月份牌、广告、插图、美术编辑和教育等）、戏剧、电影、摄影乃至文学创作等众多领域里都卓有建树，影响深远，是海派文化史上开一代风气的不应被忽视的代表人物。”

1912年，丁悚和乌始光、张聿光、刘海粟等创建了上海图画美术院，即后来的上海美术专科学校，丁悚担任第一任教务长兼教员。1918年，上海《世界画报》创刊，27岁的丁悚担任编辑，18岁的张光宇成为丁悚的助理编辑。自此丁悚和张光宇成为搭档，画月份牌、广告牌、期刊封面等，还与友人共同组织成立中国最早的漫画家团体——漫画会。

在这部《四十年艺坛回忆录》里，反映了丁悚丰富精彩的生活，可以说他的生活，既有传统文人的雅致，又有上海滩的新潮，在美术之外，听戏、摄影、唱片、电台、电影、文学，都有深入的涉猎。与各界人物交游更是广泛，艺人、歌星、影星、画家、作家、导演，等等。用陈建华的话说，丁悚的这部回忆录，与同样性质的陈定山（即陈小蝶）的《春申旧闻》、陈巨来的《安持人物琐忆》，还有郑逸梅的掌故之作都属佼佼者，而丁悚的回忆录皆出自作者亲见，持论平允厚道。例如，有关上海美术专科学校的几则回忆，叙及与周湘的师生之谊、雇用模特的经过及刘海粟“艺术叛徒”的别号等，皆可作信史观，能纠正坊间的一些传说。

从丁悚的回忆录里可以看到他与友人的生活状态和上海滩的文人圈。这部回忆录的文章都不长，看他当年的这些专栏文字，若放到今天，犹如在看每天一更的个人公众号或微信朋友圈：所谈所写都是个人生活里所见所闻，不过在叙述里有鲜明的态度。

例如，写《张丹斧怀恨严独鹤》：严独鹤待人接物一向抱不得罪人宗旨，尤其是在文人圈里，更是谦和；但张丹斧却一遇机会，就在文字中极挖苦之能事，有几年之久，直至死后方休。严独鹤也一直不知获咎缘由。后来才得知，原来《新闻报》没有副刊，后仿效《申报》副刊“自由谈”拟开类似副刊，物色主编人选时，张丹斧有意此职。不过报馆觉得张丹斧文字固佳，但不太符合大报副刊体裁，最终还是聘请严独鹤担任副刊主编，严独鹤的报人生涯也由此开始。“丹斧逐鹿不成，眼巴巴一个优越的地位，给独鹤占了去，他如何不恨呢。因是一遇机会，就在《晶报》上尽挖苦之能事。”看到这段，等于给之前出版的三卷本《严独鹤文集》里，严独鹤的副刊生涯做了很好的注释。当然，张丹斧绝非等闲之辈，在当年上海滩也是一位人物，例如郑逸梅在《艺林散叶》里说：张丹斧藏有红豆数枚，乃印度诗人泰戈尔所送。

在丁悚的回忆里，他与艺人明星们的交往占了很大的内容，也看出在当时报纸副刊上，这种明星八卦也是大有读者的。

张光宇：在平淡中创造神奇

张光宇（1900—1965），中国现代设计艺术奠基人。其作品形式感极强，艺术风格被誉为西方现代艺术和中国民间艺术的无痕融合。张光宇深刻影响了叶浅予、丁聪、张仃等一大批画家，开辟了中国现代美术新路，是“一代漫画家的领路人”。

张仃认为在中国现代绘画中，张光宇应与齐白石、黄宾虹并列，各代表着一种美术流派。

装帧设计别致的《张光宇小集》精选收入了张光宇的代表作：《水泊梁山英雄谱》《民间情歌》《西游漫记》等。其中，张光宇创作于1945年的《西游漫记》被评价为中国现代艺术里程碑，用黄苗子的话说，这部作品证明张光宇“开创了被称之为装饰艺术其实是中国式现代艺术的画派”。夏衍、黄苗子等同时代人回忆张光宇的文章，收入在《彩笔千秋》别册中。

张仃在1993年4月曾说，中国现代美术史有一大漏洞：主要篇幅叙述正统艺术与艺术家，中国画、油画，齐白石、张大千、徐悲鸿、刘海粟，而大批杂志画家很少接触（除版画外，漫画、插图、装饰画、实用美术很少介绍），张光宇以及20世纪30年代一批老艺术家的作品深入千家万户，其社会影响之大，较之中国画、油画有过之而无不及。在张仃看来，张光宇从事艺术创作的方面很多，不仅是现代漫画的奠基人，还在插图、黑白画、电影美术、舞台美术上有很深的造诣，也是一位色彩大师。

对于今天的大多数读者来说，张光宇这个名字也许是陌生的，但若说起新中国动画片《大闹天宫》里孙悟空的形象，从20世纪60年代成长起来的几代读者，恐怕很少有印象不深刻的。动画片里孙悟空的造型设计就出自张光宇之手。

在20世纪30年代的上海，张光宇是个非常活跃的角色，用夏衍的话说，他是最早从事装饰艺术的，涉猎创作的范围很广，除装饰画、讽刺画、插图、舞台布景外，还有烟标、家具设计等。

在20世纪30年代的上海文化界，张光宇与叶浅予、鲁少飞等人合办中国美术刊行社，定期编辑出版《上海漫画》周刊，这也是开风气之先的漫画摄影类刊物，叶浅予风行一时的漫画《王先生》在此周刊上断断续续刊载了三年。《上海漫画》后来改为由叶浅予主编的《时代画报》。张光宇还与新月书店老板、诗人邵洵美合作，把中国美术刊行社改为上海时代图书公司。由此，他们的漫画出版事业也更上层楼。

全民族抗日战争爆发后，张光宇投身到以漫画为武器的抗日文艺中，并成为一个为人民而拿起笔的斗士。之前的张光宇是作为广告装饰、漫画出版、主编刊物和追求生活情调的画家；之后他的创作和人生都有了很大的改变。

20 世纪 30 年代，张光宇的艺术代表作是漫画连载《民间情歌》，也是第一个为冯梦龙整理的民间山歌做插图的，这套作品与抗日胜利后创作的讽刺当时重庆现实生活的《西游漫记》，在风格上已有很大变化，从而体现了张光宇从单纯的艺术家到“左”翼战士的人生转折。

在新中国成立之初，作为“左”翼艺术家，《人民美术》创刊号发表张光宇在北京写的《华南美术界的动态》一文也可看出：“10 月的尽头，港九美术界还突击完成了巨幅的毛主席画像……该画在香港完成后，即于 11 月 1 日由广九铁路华南段通车的第一天第一班火车运送赴穗，护送的同志有关山月、杨秋人……和我诸人……”

作为新中国国徽设计人之一的张仃说：张光宇也参

与了国徽设计，提出了一些设计建议，不同意梁思成先生以“璧”为基础形象，坚持以天安门为基础形象的构思，张光宇的建议得到了周恩来总理的支持。应当说，这恐怕是张光宇对新中国的“装饰”提出的最重要的意见。作为当年受过张光宇提携的张仃，对张光宇的评价不可谓不高 ：“如果中国画可以因为有李可染先生而荣幸，那么，张光宇先生的装饰艺术则是亚洲人的骄傲。”

新中国成立后，张光宇先后在中央美术学院、中央工艺美术学院担任教授。他是中国装饰绘画学院教育的开创者之一，除讲授装饰艺术等课程之外，在创作上主要以装饰性的插图为主，如《神笔马良》《孔雀姑娘》等，还为冯至的《杜甫传》画了插图，“是中国现代插画艺术最出色的、经得起时间考验的作品”。这些作品后来大部分收入 1962 年出版的《光宇插图集》里。

张光宇全身心投入到工艺美术教学和创作中，他自己曾说 ：“我要做一名新时代的民间艺人。”

1956 年，张光宇的身体出现了一些问题。在突患高血压等病症后，经过治疗又回到了讲坛。当年秋天，转到新成立的中央工艺美术学院。作为一名非科班出身的教授，张光宇在课堂上带给学生们的影响更多的是亲身示范，而非滔滔不绝的理论，他的学生如丁绍光、袁运甫等后来回忆起老师，都是赞叹有加。

1957年，邮电部通过中国美术家协会组织为苏联十月革命40周年设计一套5枚的邮票，张仃、张光宇、钟灵和丘陵4人参与设计。丘陵回忆说：当时很多点子都是光宇先生提出来的，例如邮票的边框是天安门城楼的门洞，意思是从中国看苏联……特别是鸽子的造型，新颖别致，这往往是光宇先生高人一筹之处，能在一般中创造特殊，更能在平淡中创造神奇！

1960年，张光宇担任动画片《大闹天宫》的美术设计，这是中国第一部彩色动画长片，也成为张光宇新中国时期美术设计的代表作。8月，张光宇和叶浅予一同到青岛海边休假，在海滨游泳时再次病发脑出血，身体瘫痪，生活不能自理。病中的张光宇是不甘心的，1962年，他在《病榻杂感》中写道："绝不向病魔屈服，我要站起来，我要工作，再工作多少年，哪怕二十年、三十年都可以。"

直至临终前数日，张光宇还要每天伏在书案上临几页心爱的《西岳华山碑》。

1965年5月4日，张光宇去世，终年64岁。

让他俩站到一起

实话实说，在现代作家书法中，拿鲁迅和胡适的字相比较，我喜欢胡适的字。

于书法，我是十足的门外汉，谈胡适和鲁迅的字，仅仅是从一个读者的角度谈一点感性的偏好，与作家和书法艺术的高低无关。

在我自己，看胡适的字感觉清清爽爽，舒朗挺拔，柔美中透有力道。之所以拿胡适和鲁迅的字相提并论，是因为两册布面精装的纪念本——两册的书衣都是蓝底布面，一个是海蓝色，一个是湖蓝色，装帧风格相似，都是封面书名烫银，一本是《鲁迅写诗》，一本是《胡适写字》。

这两本书分别是胡适和鲁迅的手稿墨迹选。鲁迅的书都是他写旧体诗的墨迹，胡适的书则是给别人的题跋或书信。若将两册放到一起，可以看作是一套特制的作家手迹纪念版。我说不出胡适的字好在哪里，当然也说不出鲁迅的字又不好在哪里，所谓喜欢只是我自己的印象和感觉。这种喜欢，实在没有道理可讲。就是看胡适的字，感觉舒服；再看鲁迅的字，觉得有些沉重和复杂。相比而言，胡适的字简洁单纯，还有一点硬朗，看在眼里如一片波平如镜的湖水。

胡适写字几乎都是一笔一画，即便是行书，也写得一丝不苟端端正正。不管是给别人题字留墨宝，还是一封简短的书信，胡适写字的态度和笔画始终如一。读胡适晚年秘书胡松平编著的《胡适之先生晚年谈话录》一书，可以看到胡适对写字的态度：在胡适眼里，一个人字写得规矩与否，能够反映这个人做事为人是否负责任。一个人的字甚至和道德牵连在一起，“写字叫人认不得是一件不道德的事”。

胡适对待一个人写字的态度，看上去有些极端，却体现了胡适对写字认真的执着。这个观念对于现在流行写“丑书”的许多大大小小的书法家来说，显然是落伍和保守的。但体现在五四新文学作家中，即便他们当年竭力倡导并身体力行浅显的白话文新文学创作，在写字的态度上依然保持传统的观念，写字就是要端庄、工整。

胡适的字如此，再看周作人、茅盾、叶圣陶、丰子恺、俞平伯等人的字，往往都是一手娟秀工整的毛笔字。

他们未必觉得自己的字是书法，但把字写好却是一种久已养成的习惯和最起码的态度。即便是鲁迅、郁达夫等人的字，相比于胡适的字更显大胆率性，但他们的奔放也是在有章可循的法度里，并非随意乱写一气。

现代作家的手稿墨迹有许多藏家在追捧，前些年曾在网上看到茅盾的手稿被拍卖出了天价，然后又有周作人的字，尤其是胡适的字更拍出了天价，甚至于胡适的字达到了现代作家手稿墨迹的最高价。若是鲁迅的字出现在拍卖场上，真是不可预估。不过，鲁迅的墨迹基本都收藏在博物馆里，很少有再流出的可能，而且因为收藏在博物馆里，也就没有了鲁迅墨迹的作伪问题。尤其是现在《鲁迅全集》的手稿版都出版了，鲁迅的手稿墨迹也就成了公共知识遗产。因此，胡适手稿墨迹自然当仁不让，拍出天价，毕竟胡适写给别人的墨宝大多仍藏在私人手里。随之而来的困扰，就是胡适墨迹的真伪问题。再加上胡适的字鲜明归鲜明，若模仿造假也同样相对容易些，就像启功老先生开玩笑说，那些摹写启功的字比他写得好多了。

20 世纪已经成了逝去的历史，能够一直流传到下个百年，甚至更久远的现代作家其实不会有多少，而鲁迅、胡适等人的文章和墨迹，即便在下个百年仍能称之为典藏。

不管是胡适的字，还是鲁迅的字，对于普通读者来说，都是近在咫尺又遥不可及的风景。但是，若从欣赏的角度，像《鲁迅写诗》《胡适写字》这样精印的墨迹文本，一册在手，已经足够我们欣赏和把玩了。

在我的书架上，我喜欢把一些相关或不相关的作家的书排列在一起，譬如周氏兄弟，尽管他们失和后再没有在一起，但在书架上，也可让周家大先生和二先生站在同一级台阶上；而并非鲁迅好友的胡适，更是让他们择邻而居；与胡适并排的则是被鲁迅贬为“资本家的乏走狗”的梁实秋和闲适派的林语堂。

现在，这两本“蓝皮”的《鲁迅写诗》和《胡适写字》，更是让他们相拥而立，或者说让他俩站到一起。

两个艺术“疯子”的相遇

这本《张仃灰娃诗画集》放在案边已经有些时日了，时而拿起来翻阅，与其说翻阅，不如说在掂量这本合集的分量。当然不是说这本书的重量，而是对于张仃尤其是灰娃的意义。

《张仃灰娃诗画集》收录了张仃的80余幅国画作品和灰娃所撰的50余篇诗歌，以诗画穿插的形式呈现。张仃的大部分作品为山水画，间及人物和花鸟画，作于20世纪五六十年代至21世纪初。灰娃的诗作于20世纪七八十年代至今，内容包括生活的点滴记录、与张仃二三事、怀念张仃等。同时收录了张仃、灰娃不同时期的照片，展现着不同时期的故事，也是他们俩艺术成就、文学造诣、生活片段的全面展现。

从某种意义上说，这本书是他俩相遇与相知，尤其是晚年结合到一起的见证。这里的相遇，并非只是字面上他俩最初的相识，因为在延安时期张仃、陈布文夫妇就认识了还是小姑娘的灰娃，这里的相遇是他们在认识几十年之后都不再年轻，用张仃自己的话说，他和灰娃两个是“分散在世界上的疯子，现在终于相遇了”。

20 世纪 80 年代初的张仃，在中国当代美术界的地位与影响都达到了高峰，尤其是他主持创作的北京机场壁画工程更是有深远的影响。但个人生活却发生了意外，夫人陈布文去世了。

关于陈布文去世的确切原因，我看到的相关出版物中往往语焉不详，或者匆匆带过，譬如在《春天的来客：陈布文文集》一书的最后，附了一篇《陈布文小传》，结尾一句说陈布文 65 岁那年因一个“偶然”发现而万念俱灰，数月后辞世……读到这一句，不由得伤感，陈布文的偶然发现是什么呢？又是什么样的偶然发现能让一位年过六旬的老人万念俱灰呢？因为有这种好奇，细读《陈布文文集》，尤其是她写的未曾发表过的小说——显然是以身边熟人为原型，还有她的日记，可以寻觅到一些她的情感生活和对亲人朋友们的看法。而这其中，就有她对他们夫妇的小朋友灰娃的描绘和观感。当然，这一切不能确证她 65 岁那年的偶然发现，只能增加对他们那一代人情感与生活的想象和感叹。

但在网络上，很容易搜到许多关于张仃、陈布文和灰娃的“轶事”，而这些“轶事”又往往涉及他们的情感与家庭。

在陈布文离世一年之后，张仃与灰娃结合。

不过，按照灰娃的说法，她很早就认识张仃这些兄长般的朋友，在人生低谷时得到了这些大朋友的帮助，尤其是她在 20 世纪 70 年代遭受精神分裂症折磨时，写下的诗得到张仃的认可和鼓励，让她逐渐走出了困境。当张仃夫人去世一年后，为了照顾张仃的生活，她才与张仃结合。

对于张仃来说，灰娃给了他重新感受激情的艺术创作生活，那个阶段，也是张仃醉心焦墨山水创作的时期。张仃在灰娃的陪伴下，一直活到 94 岁高龄，由此可以看出灰娃对于晚年张仃的重要。

李兆忠是张仃的忘年交，也是张仃研究专家，在他的眼里，张仃与齐白石一般长寿，除了绘画没有别的嗜好，是画界公认的艺术通才。张仃的焦墨山水，经过 20 余年的修炼，已炉火纯青。然而，就在人们期待他完成最后艺术飞跃的时候，他却悄然放下了画笔。李兆忠描写说：生命最后的几年，张仃隐居京郊门头沟，每天写篆书、读鲁迅、抽烟斗、品茗、听蝈蝈叫、眺望窗外的树林……

为什么最后放弃了绘画？张仃解释说：他对于自然和艺术始终怀有一种敬畏的心理，如果不身临其境受到感动，他就不愿意画出来。只有直接地面对自然，面对真情实感，才能进行有感而发的创作。从 20 世纪 50 年代到 90 年代，他不停地写生，跑了很多地方。只要进到了山里，他就感觉像是“朝圣”，什么都忘了，一心怀着艺术创作的冲动，这是生命中最享受的时刻。后来年纪大了，身体不好，也跑不动了，所以就不画了。对张仃的这种解释，李兆忠说很诚恳，也自圆其说。

然证之于中外画史，这种情况不能不显得很个别。试想，一个痴迷绘画，一生都在探索的人，因无法亲临自然写生就放弃作画，听起来总觉得有点不可思议。更何况，中国书画同源，写意为上，搜尽奇峰，是为打草稿，守一方画室，妙想迁得，挥洒笔墨，乃是天经地义的事；耄耋画师足不出户，闭门造车，烟云供养，安度晚年，更是平常不过的事。怎么事情到了张仃身上，就变成例外？张仃此举，令人想起希腊神话中的大力神安泰（安泰脚踩大地时力大无穷不可战胜，一旦离地神力便失），他将自己进山采风喻为“朝圣”，只要一走进自然，他就下笔如有神，欲罢不能。

对此现象，李兆忠引陈布文给张仃画作的题跋做例证，陈布文的《房山十渡焦墨写生》题跋，形象地诠释了这种一触即发的心灵感应：“它山有画太行山之想久矣。丁巳秋，有邀去房山十渡写生者，即欣然偕往……一下火车，即见峰屏屹立，山势雄奇，四顾皆山，层峦叠嶂，气象万千。又见蓝色的拒马河，急流呼啸，清澈见底，环山绕谷，奔腾而下。它山为景所惊，竦立震慑，心情激动，不可名状。从此日出而作，怀糗策杖，跋涉于荒山野谷之中，无视于饥寒劳渴之苦。尽四五日之功成此长卷，纯用焦墨为之，亦它山画稿中前所未有者也……”

之后的20年间，张仃心系林泉山野，一有机会，就付诸行动，尤其是从中央工艺美院院长一职离退之后，更是马不停蹄，足迹遍及祖国大地山山水水。在这个过程中，“对景写生”与“即兴创作”融为一体。根据速写稿，张仃在画室自由发挥，进行二度创造，留下千余件气韵生动的焦墨山水作品，将焦墨由一种古老的中国画墨法，发展为一套绘画语言，变成一个独立的画种而大放异彩。

然而，就在人们期待张仃的“衰年变法”时，他却放下了画笔。对此，李兆忠解读：对张仃来说，激情、灵感、直觉比技巧、功力甚至学养更重要，更基本，更核心，因为一触即发，生生不息。唯其如此，一旦不亲临自然，触景生情，情景交融，他的创作欲望就会减退，艺术状态就会下降。在艺术神明面前，张仃放下了画笔。人生最后阶段的张仃，虽然放下了画笔，但还有灰娃和她的诗陪伴着他。

“不要向灵魂询问”

最初在 20 世纪 90 年代看到灰娃这个名字，还是在《张仃谈艺录》里，里面有张仃焦墨山水写生画的插页，正文前有张仃写生的照片，照片下的文字说明往往有与灰娃在某地写生之句，也就记住了灰娃这个名字，同时存下了疑问：灰娃是谁？她与张仃有什么样的故事？

一直到多年后，看了灰娃的回忆自述《我额头青枝绿叶》，才对她的人生和与张仃的关系有所了解，原来张仃在陈布文之后，又和灰娃结合成家。

因为之前读黄永玉的那篇关于北京大雅宝胡同老美院宿舍邻居的散文印象太深，虽然黄永玉描绘的陈布文着墨不多，但令人难忘。黄永玉说，张仃是中国最有胆识最有能力的现代艺术和民间艺术的开拓者，张仃夫人陈布文从事文学活动，头脑黎明般清新，有男性般的愤世嫉俗。和丈夫从延安出来，却显得十分寂寞。陈布文是20世纪80年代初去世的，总算解开了一点郁结，可惜了她的头脑和文章。当时读黄永玉的这段话，对陈布文也是充满了好奇，但又觉得形象模糊，不理解黄永玉为什么说从延安出来的陈布文在20世纪五六十年代显得那么寂寞，尤其还可惜了她的头脑和文章？

也就是说，有两位女性在艺术家张仃成年后的人生里有着重要作用：一个是陈布文，一个就是灰娃，他们都是从延安一路走到北京。灰娃晚年以诗人和作家著称，与之相比，陈布文生前身后要寂寞许多。在张仃身后，一直致力于张仃及其作品编撰与传记写作的学者李兆忠是张仃生前的忘年交，他在研究和撰写张仃传记的同时，挖掘出了“被埋没的奇才”陈布文。用李兆忠的话说，当代艺术家的夫人里，不乏艺术或文学名家，但是往往在作品的思想性和艺术性上无法与自己的丈夫相比，但陈布文例外，在陈布文留下的文学作品里，其思想性达到的高度明显超越了她所生活的时代，丝毫不逊色于张仃的艺术创作。陈布文许多未发表过的作品，由李兆忠编选结集为《春天的来客：陈布文文集》，此书出版是为纪念陈布文的百年诞辰。

《春天的来客：陈布文文集》出版的同时，灰娃的自选集也出版了，这就是《不要玫瑰：灰娃自选集》，此时的灰娃已经年过九旬。读灰娃，不能不联想到张仃，不能不联想到陈布文。

在陈布文生前，灰娃一直作为小朋友出现在张仃和陈布文的家里。灰娃在其自述《我额头青枝绿叶》里回顾了她的一生：从故乡八百里秦川腹地的一个村庄，12岁即到了延安，几年后又和新婚丈夫——一位“二野”的青年军官奔走于炮火纷飞的战场；之后进城、读书、工作、患病；1972年开始诗歌写作，成了她精神疾患的“自我治疗”；在前两任丈夫先后离世之后，她又与大画家张仃走到一起。

《不要玫瑰》是灰娃的一首诗，成了她自选集的书名。这部《不要玫瑰》可以看作她的文学自传：选取了各个阶段的代表诗作20首，并补充了对该阶段现实生活的回忆，由此虚实结合而成了一部“自传”。“诗人笔下既率真又绮丽的幻象世界，与其自然质朴、率性而为的生活态度形成了一种张力，让人一窥诗人丰富、深邃的内心与精神世界。”

《不要玫瑰》一诗写于1975年：

不　不要玫瑰　不用祭品
我的墓　常青藤日夜汹涌泪水
清明早上　唤春低唱　一只文豹
衔一盏灯来

匆匆赶来安顿歇息
我深思在自己墓地
回望所来足迹
深一脚　浅一脚
寻思那边我遗忘了什么
崖畔　光影　清水　风声
徘徊　徘徊
总是　总是寻找什么
我已告别受苦的尘寰
这儿远离熙攘的人世
白日里我听见　蟋蟀空寂鸣叫
黑夜里我听见　山水呜咽奔流
我有心跟山水悠悠流走
又恐怕山水一去不回头
启明星哟
风里露里　请以清光辉映
不要
不要向灵魂询问

“不要向灵魂询问”，成了一种意象，也成为一种生活的态度。20 世纪 70 年代，灰娃开始写诗，这个时期她患有精神分裂症，写诗也是一种自我疗愈。张仃在看到她的诗后，给予她的鼓励无疑影响深远。灰娃在《写诗去》里说，当时她的突出症状是极度恐惧，总觉得有人布置好了要害她，任何影像、声音她都害怕，而且还极度伤心、痛心。她在家里，就这样胡思乱想着、害怕着、担心着，日夜不得安宁……

那是 1972 年，灰娃在家里思绪纷繁，忽然不由地拿起了笔，随便拿到什么纸便乱写乱画。一句话，一个词，一个字，一段文字，随意地写下当下纷乱思绪的一些碎片，像采下一片片花冠，零乱而不完整。写时心绪似乎宁静了片刻。但好景不长，写后一看，立时惊恐万状，赶紧撕碎，装进衣袋，偷偷走到卫生间，扔入马桶冲走。就这样反复地做着。

后来，张仃看了她写的诗，问道：“还有吗？”她回答说，全扔到马桶里冲走了。张仃沉思片刻，郑重地说：“这是诗，我们中国人需要这种东西。你回去不要再扔了，应该设法保存起来。”又叮嘱她继续写下去，还说：“你心里有许多的美，写诗就是给美一个出口。否则，随着人的死亡，心中的那些美就随之消失了。”

1997 年，灰娃整理出版了诗集《山鬼故事》。

灰娃的回忆即便是回忆童年时代的生活，最后的思绪往往也归结于与张仃的“交织”。例如，她回忆幼年的《功课》：

春天降临人间，女孩子必定要做两门“功课”。一是采桑养蚕，挎个小筐笼，出门去采摘桑树叶，回家洗净晾干，喂蚕宝宝。去年蚕宝宝产在一张纸上的小黑点，就是蚕卵，把它藏起来，第二年春天取出，渐渐地蚕就自动孵化出来，很细的黑色线头儿似的。可是你每天给它桑叶吃，渐渐地它就长大着。在夜静时辰，蚕宝宝吃桑叶的声音好听，像雨声沙沙沙沙……等到蚕长到通体透明了，把它放在用细竹篾做成、倒立的扫帚上，它就会吐丝做成一个个美丽无比的茧，有雪白、粉红、浅绿、浅黄、浅紫、浅蓝各色……我们还给铜墨盒上蒙一层薄纸，把蚕宝宝放在上面，它会沿着墨盒的形状吐一片丝棉，数片丝棉放入墨盒，当储墨汁的墨垫。

二是采玫瑰，姑娘家春天收集玫瑰。西部的玫瑰较多，大多都是中国玫瑰。中国玫瑰花色含蓄文雅，香味浓而收敛幽美。洋玫瑰或月季花色艳丽漂亮，香味浅淡。姑娘们收集玫瑰晾干，然后做成小枕，让自己枕香而眠，或当作礼物赠送。

在北京，张仃先生出国工作，由欧洲归来，讲他在外所见：一小小乐队于居民窗下奏乐歌唱，居民欣赏并欢喜地从窗口扔下硬币。那乐队并非穷苦、衣食无着的乞讨者，而纯粹出于趣味。他们把此行为当作生活乐趣、当作游戏，想想很有意思。

在《春天的来客》一书的最后，附了一篇《陈布文小传》，结尾一句说陈布文65岁那年因一个“偶然”发现而万念俱灰，数月后辞世……这部《春天的来客》没有编者序也没有跋，只在最后附了这篇欲说还休的《陈布文小传》，不同于李兆忠之前编选张仃著作的惯常做法。或许，对于作为编者的李兆忠来说，既然无法畅所欲言，不再写编者的话，也是一种无言的表达吧。幸好还留有这篇小传，亦是一种欲说还休的感叹。

李兆忠写过一篇专文《“不要玫瑰”——灰娃的婚姻与爱情》，叙述了灰娃的三次婚姻，文章说到自己的困惑，他一直好奇作为一个情感丰沛而真挚的女诗人，灰娃从未在她的诗篇中抒发过爱情，曾就此请教过灰娃，她的回答很干脆：爱，是超验的精神现象，微妙神秘，很难用文字表达；爱，不是一般所理解的性的升华，相反，性是爱的产物，有爱才有性……在李兆忠看来，灰娃的三次传奇婚姻，形象地诠释了她的爱情观。这三次婚姻时间参差不齐，时代迥然不同，相同的只是：三位丈夫都不是庸常之辈，而是铁骨铮铮的男子汉、有教养的绅士，他们对灰娃的人生历程、心路历程都有着深远的影响……

古琴和那一代大家的传奇

醉心古琴的L君多次提议和我一起去拜访他的古琴老师姜抗生先生。老先生当时手术后在家里静养，L君希望我能对老先生做个采访。见过一面之后，我就没有再拜见老先生的念头，原因无它，老先生侃侃而谈的话题引不起我的兴趣，老先生当时正在做的是修订一部古琴谱，然后写一篇长文，为了辨析这部琴谱到底出自哪一位之手。

姜先生情绪激昂，对正在做的辨析文章一点点讲解着，而且不断延展，围绕这部琴谱谈论的人物都是现当代的古琴大家，诸如查阜西、管平湖等。我听得一头雾水，不仅引不起兴趣，还觉得老先生纠结于这些有何意义。而我更感兴趣的是一张老照片，拍摄的是20世纪60年代初北京古琴圈的一次雅集，查阜西、管平湖、王世襄夫妇等人，边上站着一个少年，这个少年就是当年古琴圈最年轻的姜抗生。

少年姜抗生之所以能走进查阜西、管平湖等人的古琴圈，是因为他的父亲姜椿芳。姜椿芳被誉为中国大百科全书之父，新中国成立后，在文化界一直担任领导工作，他让儿子跟随查阜西学古琴。因此，姜抗生成了查阜西最小的弟子。

姜抗生这个名字不难理解，出生于抗战烽火岁月。作为“左”翼文化工作者的姜椿芳，在新中国成立后一直推动中国大百科出版事业的进展。直到 1978 年后，在他的推动下，才有了中国大百科全书的编写和出版。

其实，我跟着 L 君去拜访姜抗生，更多的是想得到关于他父亲姜椿芳的资料。为什么我会对姜椿芳有兴趣呢？因为在 1983 年年底，我参加工作后承担的第一件任务就是为几位海洋地质学者撰写的《中国大百科全书》海洋科学卷的海洋地质学分学科卷的条目抄写文稿，用这些学者的话说，因为是给大百科撰写条目，又是第一次撰写，就要不怕返工，要不断审校和修改。在这个过程中，他们不断开会讨论，主持海洋地质学条目的两位学者，多次给大家介绍大百科全书编撰的要求和去北京开审稿会的注意事项，每次都会提到的一个名字就是姜椿芳。因此，我记住了这个名字，一直在搜寻关于姜椿芳的种种……多年后，当 L 君告诉我他的古琴老师叫姜抗生，并说其父亲是一位很有名的出版家，对中国的大百科全书出版做出了很大贡献。我第一个反应就是这位叫姜椿芳吧。L君说就是。因此，当L君提出带我去拜访姜抗生时，我感兴趣的其实更多是关于姜椿芳而不是古琴圈的故事。

那次拜访，趁着姜抗生老先生喝水停顿之际，我顺口问了几个问题，都是关于姜椿芳的，但很明显姜抗生对谈他的父亲兴趣不大。他直截了当地说，关于他父亲已经不需要做儿子的再来多言了，但对于老师查阜西有话要说，尤其是查阜西对中国现代古琴的贡献。

姜先生虽然手术后不久，但谈兴甚浓，说到兴奋时，顺手弹起了桌上横陈的一把古琴，边弹边解说，说查阜西当年如何示范，说查阜西如何修订琴谱……我听得似是而非，老先生真的是对牛弹琴了。老先生身后的墙上挂着五六把古琴，其中一把就是当年他分配到青岛时背来的明代古琴，也是老先生最珍惜的一把。

谈话到最后，姜先生说，你知道南通的严晓星吧？也是报纸编副刊的。我说知道，读过他写民国古琴的书。姜先生说，严晓星对古琴界熟悉，他正在写的关于查阜西先生修订的琴谱，完成后要给严晓星寄一份，写古琴史时也许会用的上。

采访结束后，我对L君说，姜先生写这些有啥意义？

现在还有多少人对古琴感兴趣，他不如多写一点关于当年和这些老先生交往的回忆。L君说，姜先生更看重古琴本身，他要厘清几部琴谱到底出自何人之手，涉及查阜西的，他要一一给出证明。

过了一段时间，姜先生捎话索要严晓星的联系方式。我知道他要给严晓星邮寄他的长文了。L君后来几次约我再去拜访姜先生，因我对古琴是典型的门外汉，若是姜先生能多谈谈姜椿芳或当年跟着老先生们学古琴的往事就好了。但老先生的话题依然围绕古琴，且说等他把牵扯查先生和古琴的问题一一厘清之后再谈别的……遗憾的是，不久后，姜抗生先生就归了道山。

看到案头这部《往事分明在，琴笛高楼》，不由得想起姜抗生先生，想起他谈老师查阜西时的神情……现在想想，如果当时在场的是严晓星这样的隔代知己，或许会留下更多珍贵的史料。

严晓星是媒体人，更是学者。著有《近世古琴逸话》《梅庵琴人传》《金庸识小录》《七弦古意：古琴历史与文献丛考》等，编有《高罗佩事辑》《民国古琴随笔集》《庄剑丞古琴文稿》等，主编《上海图书馆藏古琴文献珍萃·稿钞校本》、《掌故》丛刊、《现代琴学》丛刊等。从这份著述简介里，可以看出严晓星的兴趣和投注精力所在。在《往事分明在，琴笛高楼》的背后，蕴藏的是他长期致力于古琴历史与文献的整理与研究，参与整理《查阜西文集》，并从事编纂查阜西年谱。在撰写该书过程中，采访了多位当事人，既做到无一字无出处，又细节丰富真实可信。

《往事分明在，琴笛高楼》的副题就是“查阜西与张充和”。抗战初期，在航空公司任职的古琴大家查阜西（1895—1976），与比自己小18岁的才女张充和（1913—2015）相识，互授古琴与昆曲，“乐人词家，朝夕晤对”，结下深厚的情谊。抗战胜利后，在苏州，查阜西与张充和一家往来密切。张充和甚至在无意之中发现查阜西暗中从事地下工作。这样性命攸关的大秘密，查阜西也不过随口叮嘱一下，可见相知之深。不久，张充和与傅汉思结婚赴美，查阜西将其留在美国的宋琴“寒泉”相赠，被张充和视为最珍贵的结婚礼物。“二十多年后，海外误传查阜西死讯，张充和作《八声甘州》以为悼念。未几，知尚在人世，又作一首，托家人带给查阜西。数月后，查阜西病故，张充和作第三首《八声甘州》，再悼故友。这一琴三词，是两位大家毕生高谊的见证。”该书书名《往事分明在，琴笛高楼》，就出自第二首《八声甘州》。

严晓星通过大量诗文、日记、口述和未刊手稿等资料，围绕宋琴“寒泉”与张充和写给查阜西的三首《八声甘州》词，细致梳理了张充和与查阜西的交往，生动展现了二人之间的往事。将二人之间的私人交往放置于大历史背景之下，描绘了“古中国的优雅如何在一群遭逢离乱的现代知识分子那里赓续传承”。

白谦慎在该书序言里讲述了严晓星写作此书的缘由：缘起于数年前邀请严晓星为查阜西赠送给张充和的古琴拍卖撰写短文，张充和与查阜西的交往，始于20世纪30年代，物换星移，早已成为鲜为人知的历史。“在近年来的民国热中，本书主角之一的张充和，应时走红，既成了人们关注的对象，关于她的种种传闻又演为大众茶余酒后的谈资。如果说人们津津乐道的张充和以国文满分、数学零分被北大破格录取，卞之琳苦恋她数十年等等，还不算离谱的话；那么她曾在美国十多所大学任教云云，则纯属捕风捉影。”严晓星写作此书，“写的是两位文化人的故事，揭橥的却是一段罕为人知的琴学历史”。张充和与查阜西的故事，曲折动人，往事已遥远，但并不模糊。

那一代先生的细枝末节

《吾爱吾师》是俞宁近年来忆旧、怀念长辈的随笔集。俞宁，1955 年出生，1986 年在北京外国语大学英文系获英美文学硕士学位，1993 年在美国康涅狄格大学毕业获英美文学博士学位。现任美国西华盛顿大学英语言文学系终身教授。俞宁在成长时期，与父执启功、包桂濬、柴德赓、李长之等先生的生活交集颇多，并且得到这些长辈的关爱与教诲。书中所写皆是俞宁亲身闻见的日常生活琐事，但正是在这些细枝末节里呈现出那一代知识分子的精神风貌……

俞宁说，在成长中对他影响最深的是他的父亲，也就是他的“俞师傅”。在《少年印象》里，他记录了“我的父亲俞师傅”。

大概是 1974 年，他和父亲从北师大主楼西侧往新华书店旁边的理发馆缓缓而行，迎面飞来一辆半旧的自行车，骑车的人身材颀长，面色微黑，左脚鞋跟蹭地代替刹闸，很有风度地停了下来，用沧州一带口音问候一声：“俞师傅，干吗去？”父亲也用那种口音回答：“韩师傅，理发去。”说完二人点头一笑就各奔前程了。俞宁问父亲：“这是谁呀？怎么管您叫师傅？是您的徒弟？那您干吗也管他叫师傅？到底谁是谁的师傅？”父亲说，那是中文系的一个青年教师，叫韩兆琦。“我们曾在一起劳动过。他干活有力气，是把好手。”

俞宁是当代语言学家俞敏之子——我是读了俞宁的文章，才知道他的父亲俞敏是一位大学者。俞宁在《少年印象》里写道：父亲被错划“右派”是1958年初的事情。无论什么原因，一旦“加冠”，就必须用劳动来“改造思想”……他第一次见到父亲劳动，是打扫北师大主楼六层整个走廊加男女厕所的卫生这一类的保洁劳动。“到了1971年和1972年之际，父亲的劳动更重了，却不像以前那么脏了。您参加了后勤基建科的劳动，砌院墙、盖房子。刚开始，后勤的师傅们让您当壮工，就是和泥、运砖什么的。时间长了一点，大家混熟了，知道您劳动认真、肯钻研、肯吃苦，似乎忘了您是改造对象，而像普通工友那样对待您……为什么我懂得这么多的泥瓦匠行话？因为命运偏爱我，为了让我给父亲做一个合格的儿子，1974年冬天政府安排我到北京市西城区长安街房管所当了一名瓦工，学徒三年，出师一年后，又升为二级瓦工。1978 年我考上大学的时候，已经是如假包换的工人师傅。正因为如此，我才更加佩服父亲，因为从工艺角度看，父亲的手艺至少不比我这个专业瓦工差，在细微的地方，甚至比我强。当然，我年轻，干活的速度可能比您快些。”

俞宁说，北师大后勤的师傅们送给父亲一个光荣称号 ：“三级教授，四级瓦工。”瓦工是数字越大级别越高，与教授的级别正相反。他学徒三年，一级工一年，到第五年头上才升为二级工。“我当时的感想相当复杂，觉得给您当儿子，实在是窝囊。您教我点过《史记》，我知道您的古汉语知识是我望尘莫及的 ；现在就连我的专业瓦工，您都要略胜一筹，给儿子留个饭碗行不行？恢复高考以后，我之所以报考英文系而不报考中文系，就是想躲开您的强项，给自己找一个发展空间。没想到，多年以后我到北外读研究生，发现两位全国顶尖的英语教授，一个专文学，一个专语言，都比不上父亲那口纯正的剑桥音。”

影响俞宁成长最深的除了父亲“俞师傅”之外，还有一位“启大爷”。在《启大爷》一文里，俞宁回忆了与父亲的同事启功先生的相遇与相知。

“还不快叫人？”父亲对俞宁说。俞宁站起来看着笑眯眯走向他的圆面男子，微鞠一躬，说："启大爷，您硬朗啊！"当时俞宁听那人管父亲叫"叔迟三兄"，而父亲叫您"元白大哥"。如果父亲年长，就该叫叔叔；如果他年长，就该叫大爷。俞宁犹豫了一下，按老北京习俗，不清楚时捡大的叫。启功拉着他的手说："别鞠躬，别鞠躬！"然后放低声音又说："除了对着伟人像的时候，鞠躬算四旧。"说完，他们仨都偷偷地小声笑起来。那大概是1969年底或1970年初，俞宁母亲刚刚下放干校，上面那一幕就发生在鼓楼前湖南风味的马凯食堂。"母亲是湖南人。父亲和我想她，就去马凯食堂吃湖南菜……""启大爷"就是后来大名鼎鼎的启功先生，凑巧也到那里吃饭。"启大爷"这个称呼，俞宁说："从那时一直用到现在，今后还会用下去。只可惜您听不见了。"

"那次偶遇之后，父亲带我到西直门大街南草厂内小乘巷拜访过启大爷两次。之后就是我自己登门。在那种大环境里感受到一种温文的幽默，我自然是越去越勤……跟随的时间长了，我也开始在您的督促下读些唐诗，还写写毛笔字，甚至有一段时间干脆住在小乘巷，算是登堂入室了。"俞宁说，有一次他在荣宝斋看到了一位王姓画家画的梅花，回到家中被要求仔细描述。启大爷默默地听罢，然后说："这画儿不大对。"他当时觉得奇怪：画儿有好看不好看、像不像之分，何来对与不对呢？启功接着解释说，梅花儿多生长在江南，那里雨水多，所以梅花儿花心朝下，像雨伞一样，不至于让雨水浸泡花心而烂掉。王先生把梅花儿画得朝天开放，成向日葵了。梅花儿哪有那么傻？画画儿不能出大格儿。后来俞宁誊写启功的《论书绝句》到了第98首，方才彻悟启功的艺术立场："亦自矜持亦任真，亦随俗媚亦因人。亦知犬马常难似，不和青红画鬼神。"

俞宁描写的另一个细节也呈现了启功治学的特色和对晚辈的耐心。一次谈到唐诗人王绩的《食后》一诗，启功问俞宁楚豆是什么，俞宁顺口就说："大概是湖北一带的豆子吧。"启功用手指在他额头轻弹一下说："就知道你会编。"然后，仔细给他讲解，楚豆其实是牡荆的果实，不仅湖北，咱北京也有，叫荆条。叶子是一对儿一对儿的……"我当时真是不懂事，不知道珍惜这难得的机会，反而觉得您啰唆。您看出我的心思，就苦口婆心告诉我读古代的文章和诗歌不能望文生义，因为语言不断演变，要想弄懂原意，非得认真查阅字典、仔细看注脚。"

俞宁的回忆往往透过细节，呈现先生们的风格："那几年跟随启大爷，我不仅读了些书、练习写毛笔字，还接触了一些可以作为榜样的人。有几位老先生我至今还印象深刻，例如中华书局的周振甫先生和唐长孺先生。他们二位都戴深度眼镜，都是江浙口音，而周老先生的口音似乎更软、更糯。他常穿略微发白了的蓝色中山装，但收拾得干干净净，看上去既简朴又儒雅。多年以后我的岳父无意间谈起一件小事，使我对周老先生的为人更加敬佩：一天周先生来到我岳父的办公室，非要把一些钱交给他。我岳父不明就里，因而不知所措。周先生解释说，前一天中华书局派车接他去某处开会，会后又派车送他回家。单位里用车有规定，某某级干部才可以。周先生自认为级别不够，所以不可以用公车。既然用了，一定要缴纳汽油费。”

再如俞宁记忆里的李长之先生：在 20 世纪 30 年代，清华有四剑客之说，四剑客是季羡林、李长之、吴组缃、林庚。1966 年后，李长之先生是俞宁父亲长期的劳动伙伴，同是“改造对象”。俞宁几乎每次探访父亲，都能见到李长之先生。“李先生个子不高，面貌清癯，四肢不太灵活，甚至看似羸弱。他扫地时姿势独特：把扫帚抱在怀里，靠腰部的扭动带动扫帚，划出不大的一个弧，扫清不大的一片水泥地。从劳动的角度讲，效率不高。听父亲说李先生做事效率最高的是写作，有一夜写出万字文学评论的神纪录。李先生不但才思敏捷，而且文章的内容也颇有过人之处……”

俞宁说，在那个特殊历史时期，他有幸遇到了许多神一般的学者，他们的榜样引导他走出废墟，使他的精神逐渐与他们的血肉相连。去国 30 多年后，他的这些忆旧，其实更是为那一代渐渐远去的先生们，留下一份难以忘怀的真实的历史见证。

张充和：笙歌扶梦里的人间清音

苏州九如巷张家四姐妹的人生故事，最初是从三姐张兆和开始，她和沈从文的婚姻几乎成了现代文学里的一个传奇。“乡下人，喝杯甜酒吧”，又把张家姐妹们一个个牵引出来。而那首“你装饰了别人的梦”的《断章》，最终和张充和的人生缠绕在一起，成了说不尽的故事。两本关于张充和的传记，摆在案头相互对照着阅读，也是一种遥远的已成绝唱的风景。一本是《笙歌扶梦》，一本是《人间清音》。这两本书的书名也恰好概括了张充和的百年人生。

《笙歌扶梦》的作者王道，从故纸堆中搜抉出张充和的相关史料，围绕着张充和的种种轶事，或以旧日信笺上的诗词，钩沉出一桩风雅往事；或由往昔报纸上的译文，牵连起一段文字因缘；又或借几幅书法几篇短文，演绎出一场场戏剧人生……如此种种，描绘出张充和的风韵雅致。譬如，昆曲与书法，伴了张充和一生。书中根据张充和因昆曲结缘、以书法会友这一主线，衍伸出其与友人亲朋的如水过往：与梅贻琦益庐茶聚，为陈世骧书写《文赋》，与沈从文谈论故人清风、文化艺术……再如很多人写纪念张充和的文章，都会提到张充和的“十分冷淡存知己，一曲微茫度此生”这句诗，王道细心梳理出这句诗其实来源于济慈的墓志铭：“此地长眠者，声名水上书。”

张充和的轶事也给历史留下了非典型性的时代注脚。例如 1934 年，张充和考进北京大学，国文满分，数学零分，被胡适破格录取。在校学习不到两年，因病休学，回苏州养病，在这期间，张充和在苏州家中所办的乐益女中做事。1936 年，胡适介绍她进入《中央日报》编辑副刊《贡献》。之前，张充和曾有几篇小文发表在乐益女中内刊上，进入《中央日报》后，开始练笔，小说、散文、艺术评论，一发不可收，有时一周三四篇。

关于张充和当年破格读北大，《人间清音》一书里做了客观描绘：“北大此期招生投考数千人，各科试卷由各系主任分别总评阅，文学院长兼国文系主任胡博士于评阅国文试卷后对人云：此期新生国文试卷以张旋（张充和的化名）女士为最佳。言下似有得此女弟子已满足之状，盖张女士报考之学系又适为国文系也。女士年尚幼，俭朴诚笃，不趋时尚，擅长于文学而数学则非其所好，是以此次考试结果，仅以试读生入学，然此殊无碍其努力文学也，吾人当刮目候之。”

作者在引述当时记者的正面报道之外，还举了一个反例来说明胡适对张充和的青睐：此年报考北大的学子中，还有一位胡适欣赏的申寿生，数学也很差。考前几个月里，胡适曾多次在其编辑的《独立评论》刊载申氏的作品，并在日记中夸赞：“我看了他的第一篇文字，就知道他有文字的天才；上星期他又送一篇来，果大有进步。”后来，胡适还向编辑《大公报·文艺副刊》的沈从文推荐申寿生的作品，又在给一名投稿青年陈企霞——后来成为知名“左”翼作家——的退稿信中，称申寿生的作品是清楚明白说平常话的好文字，是学习写作的范例，还说“文字不从这一条路子入手，是不会做好的”。

再后来，胡适做个人年终总结，视申寿生为 1934 年他发现的两名“可爱的纯洁青年”之一。《独立评论》向不登文学作品，因申寿生的投稿，胡适一再破例。不过，1934 年 8 月，北大考试放榜后，胡适如此看重的申寿生却并不在名单中，未如张充和这般幸运。对此，作者感叹：“想来，录取张充和，说好听点，叫破格之举，若要较真，便是违规操作。故优秀者再多，也只能优中选优，取其最佳。”在校时，胡适多次赞赏张充和的学问。翌年春，张充和患肺病离校，胡适曾劝其不要放弃。

“22年后，流落海外的两人于加州大学伯克利分校聚首。任职于该校东方图书馆的张充和终于有了小小报答一下人生道路上这首位大伯乐的机会。她为习惯了助手、秘书代劳的胡适填写借书单，借好书给他保管着，等他来拿；又时时邀请他到家中，准备最好的笔墨纸张供他尽情挥洒；后来，在他离开伯克利时，演唱《游园》《思凡》，为他送行……”不过，关于胡适对张充和入北大的“破格”录取，《人间清音》的作者也指出：“张充和的这番际遇，固然让人津津乐道，但她在没有中学毕业文凭又明知数学无望的情况下还报考北大，既是当时现代教育发展严重滞后造成的社会风气使然，也是一名迷茫青年急切想改变自身窘迫处境的不得已之举。”

《笙歌扶梦》里对张充和与沈从文之间书信所做的延伸阅读也可圈可点：1948年年底，张充和从三姐夫沈从文家出嫁，与德裔美籍汉学家傅汉思成婚，于1949年1月从北平匆匆赴美，临走时只是打了个电话给三姐张兆和，此后便天各一方。直到30年后，张充和与傅汉思回到北京，与沈从文张兆和相聚。之后，在傅汉思与张充和的多方协助下，沈从文与张兆和得以赴美讲学，并与张充和夫妇在美国团聚相处了一段时间。前后两个阶段，沈从文与张充和曾有过多次通信。在中美尚未建交时，沈从文曾一度提醒大家不要致信在海外的张充和。但在20世纪60年代他还是有信发往大洋彼岸，互致问候、传达家庭境况等，现在回头去看，这些通信内容更显得弥足珍贵。而在这些信文中，除了故人清风，更多的是对文化艺术的交流和探讨……

张充和与傅汉思初到美国时，经济十分困难，工作不固定，居无定所，后来又有了孩子的负担。直到20世纪60年代，两人去了耶鲁大学任教后，经济才算好转。在特殊时期的信件往来中，沈从文更多的是转述老朋友们的现状，讲述他们的事业和成就，"过去熟人中经常同在一处学习的，有查阜西，在编古琴谱总录，据闻出齐时，将有《辞源》数倍之多。杨荫浏仍主持音研工作，出有《音乐史纲》，相关材料之丰富也堪惊人。有个陈列室在郊外，相当出色。关于古代乐舞图像，多是我为找寻请人加工绘出的，曾印行了套小图片"。

王道对此"延伸"解读：音乐教育家杨荫浏在昆明避难时，常参加张充和的云龙庵雅集。他们后来到了重庆，又是教育部音乐教育委员会的同事。张充和对他的最深印象就是这位音乐教授用算盘计算节拍，他把张充和唱的昆曲，从工尺谱翻译成五线谱，还印出来给音乐学院做教材用，并注明"张充和的唱法"。沈从文信中所述《音乐史纲》应为《中国古代音乐史稿》，是杨荫浏历时30

年的代表著作。其中相关配图应该有沈从文相助。杨荫浏在北京郊外建立了一个音乐史料陈列室，当时参观者很多。

再如沈从文信中说：熟人中住处极近却少往来有老丁，住得较近经常见面有老金，都年过七十，均各健康无恙。卞诗人亦已白发苍苍，其实年纪并不比三姐大，有一女儿已入小学，不闻再作诗。大家夏天多可到海边或庐山黄山避暑廿卅天，唯工作不同，出外或在京，均少见面机会，一年半载他偶尔一来，谈的还不外是他个人“工作”或“失眠”一类事件，说完即走，自我中心抒情而已。蒋恩钿已成栽玫瑰专家，公园中百十种不同玫瑰，多为她培养成功。方令孺往西湖灵隐附近乡下“纳福”，也快七十了，尚多童心。

对沈从文信中提到的人物，王道一一补充：此中提及“老丁”应为剧作家丁西林，“老金”为“金岳霖”，张充和对他的印象是他在拉警报跑时还不忘记自己养的“宠物”大公鸡。“卞诗人”即卞之琳，可谓张充和老熟人，有关他们的故事流传得太多了，但从老朋友沈从文眼中来看，则更多了一些意蕴。沈从文很善于抓住“诗人的情绪”，“他”过早的白发苍苍，“他”的“失眠”和“自我抒情”，读起来总令人有一些意犹未尽。文学家方令孺与张充和是同乡，早期在美国留学，在重庆时两人曾有来往。张充和赴美初期，方令孺曾写信号召张充和回国。

与《笙歌扶梦》这部特色鲜明的“张充和散记”相比，《人间清音》则是一部全面呈现张充和百年人生的“张充和传记”。在《人间清音》的作者眼里，张充和的魅力在于她不仅不受现实环境拘囿，不被生活淹没，一生与诗词、书法、绘画、昆曲相伴共守，成就一段风雅传奇，还在于她何以能如此成就自己漫长一生，犹如人间清音“装饰了别人的梦”。

藏书家、藏书楼与一座城市

多年前，读黄裳答记者问时，说他这一代人之后再无藏书家了。当时觉得这话有些不入耳，难道你们这代之后就没有藏书家了？马上联想到姜德明、陈子善等现代文学图书的收藏大家。但后来细想，老先生说得有道理，因为在他们那一代人的图书收藏里，大多是古籍，即便是清末的刻本，也不同于现代文学的“洋书”。从图书的纸张上，现代“洋书”，也就是我们现在已经习以为常的图书样式和用纸，大多过不了百年至多两三百年一本“新书”也就书页成渣了，谈何收藏。

当然，老先生毕竟还是言重了。当代未必就没有了藏书家，这里说的藏书家不是现代新文学以来的图书收藏者，而是收藏中国古籍的真正藏书家。纸寿千年，并非指新文学以来的图书用纸。

譬如，当代的藏书家韦力收藏了蔚为壮观的古籍，尽管韦力不承认自己是藏书家，但以他的藏书风景，也间接否定了黄裳说他们这一代是最后的藏书家之说。不过，像韦力这样的当代藏书家，毕竟凤毛麟角。

传统的藏书家确实成了过去的风景，而藏书楼更是成了遥远的传说。从这个意义上说，王振良的《沽上琅嬛：天津藏书楼和藏书家》就是为逝去的风景留下纸上的记录。

王振良在《沽上琅嬛》后记里说，他从2004年开始关注天津的历史建筑，尤其是私宅老房子。全力进行田野调查，采访居民，寻找后人，深入现场，给数百处老建筑找到原来的主人，譬如张爱玲、袁克文、卢鹤绂、马占山、李准……如今这些名人旧居，已有上百处成为文物保护单位或历史风貌建筑。而这些历史建筑曾经的主人，有一个被忽略的重要文化群体，这就是藏书家。这本书就是对被忽视的天津藏书家群体的挖掘和扫描——天津的藏书家，除了周叔弢、严修等十数人引起研究者注意，整体上迄未受到足够重视。但在王振良看来，在中国近代藏书史上，天津私家藏书当有一席之地，而且是重要的一席之地，这不仅体现在周叔弢等藏书大家和名家的藏书质量与藏书数量上。

任继愈主编的《中国藏书楼》一书，重点介绍了中国近代藏书家60余人，其中藏书处曾设于天津者竟超过三分之一；如果加上在天津有重要藏书活动者，则几近总量的半数。

在王振良看来，天津近代藏书家之所以被学界忽略，一个重要因素就是缺乏系统挖掘整理。“余以嗜好藏书之故，对天津藏书家的资料颇为留意，累积所得已有三百余人。”在考察天津历史建筑的过程中，王振良还发现藏书家的住宅数量可观，而且这些住宅绝大多数也实为藏书楼。

《沽上琅嬛》以这些老建筑为依托，梳理剖析了24位天津近代藏书家（家族）的陈年往事……这本书的一大特点，就是在阅读时犹如跟随着作者的解说，探寻一家家藏书楼并聆听关于藏书家的故事。

老山大的故人们

从 1930 年国立青岛大学，到 1932 年改名国立山东大学，我们说的老山大，真正在青岛的时间主要分为两个阶段：第一阶段是 1930 年至 1937 年，第二阶段是抗战胜利后山东大学于 1946 年在青岛复校，至 1958 年除了相关海洋科学和医学系之外，山东大学主体搬迁济南，当年的老山大在青岛合计 19 年的时光，留给青岛的是已经成为传奇的文化风景。将近 60 年后，于 2016 年秋，山东大学青岛校区开始招生……

《山大的故人们》讲述的是当年老山大的那些先生们：杨振声风流倜傥，赵太侔沉默寡言，闻一多热情如火，梁实秋冲淡温雅，老舍风趣幽默……该书以翔实的史料，温润的文笔，勾勒出大师的群像与神采。之前说到老山大，着眼点往往聚焦的是现代文坛的名家，而该书的可贵之处就是将视野阔延至当代的老山大人物，例如 20 世纪 50 年代山大中文系的“四大金刚”，历史系的“八马同槽”，还有当时的校长华岗一手打造的《文史哲》编辑部……

刘宜庆在《山大的故人们》一书里，叙述温润有力。例如记述闻一多在青岛：“1930 年 8 月至 1932 年 8 月，短短的两年，闻一多在青岛，执教国立青岛大学，与大海和青松相伴。他留给这个城市宝贵的文化资源，就像广阔而浩淼的大海。在青岛，在永不停息的潮涨潮落的风浪声中，闻一多完成了由激情澎湃的诗人向沉潜专注的学者转变。绿荫中的鲜艳的红瓦，象征诗人闻一多的诗歌成就；海天之间的无垠的蓝，象征学者闻一多的学术成果。”“海就在那里，看到了大海，也就看到了闻一多先生的身影。”尽管闻一多当年在青岛刚开始投身学术研究，还谈不上有多少学术成果，但在作者的笔下依然饱含情感。

1930 年 6 月，闻一多因学潮辞去武汉大学文学院院长一职，到了上海，恰好遇到正在为创建的山东大学招揽教授的杨振声。并非巧合的是，两年后，在国立青岛大学，也是因为学潮，被学生讥讽为“不学无术”的闻一多愤而辞职，去了清华大学任教。

不过，正是因为在青岛时，闻一多专研唐诗，全民族抗战爆发后他在昆明西南联大讲唐诗时“自成体系，高见频出”，不能不说与他在青岛时的唐诗研究有着密切关系。闻一多在青岛期间，还提携了两位青年诗人：他的助教陈梦家和学生臧克家。“我左有梦家，右有克家”，臧克家到闻一多的住处，闻一多从抽屉里拿出陈梦家的诗稿，让臧克家欣赏……

1931 年夏，陈梦家毕业于南京中央大学。7 月，应徐志摩之邀赴上海，编选《新月诗选》。陈梦家花了一个多月的时间，选出新月诗派主要诗人的代表作共 18 家 80 首。刘宜庆记述陈梦家在青岛时，还对同时代的人物和现象做了适当的延伸解读。

例如，陈梦家编选的《新月诗选》没有选叶公超的诗。而在钱锺书的小说《围城》中，曹元朗是一新诗人，写诗模仿艾略特，没有入选新诗 18 家，苏文纨做了一篇中国 18 家白话诗人的论文，新授博士。钱锺书调侃说：“她的 18 家诗人里好像没讲曹元朗，再版的时候应该补上。”刘宜庆特意点明：“有研究者据此认为叶公超是曹元朗的原型。”

1932 年 3 月上旬，陈梦家在闻一多的约请下到了青岛大学，成了他的助教。诗人闻一多不修边幅，陈梦家同样如此。梁实秋在《谈闻一多》中写道：“一多从来没有忽略发掘新诗的年轻作者。在青大的国文系里，他最欣赏臧克家，他写的诗相当老练。还有他的从前的学生陈梦家也是他所器重的。”在梁实秋的眼中：“陈梦家是很有才气而不修边幅的一个青年诗人，一多约他到国文系做助教，两人颇为相得。”

有一天，闻一多和陈梦家到青岛第一公园（今中山公园）去赏樱花，走累了到路边的一个角落休息，陈梦家无意中坐在路旁一个招募新兵的旗帜底下，蓬首垢面。这时，有一个不相识的老者走过来，缓缓地说：“年轻人，你什么事不可干，要来干这个！”闻一多把这个故事讲给梁实秋听，说陈梦家过于名士派了。

还有一次，闻一多写一短简给陈梦家，称之为“梦家吾弟”，陈梦家回称“一多吾兄”，闻一多大怒，把陈梦家大训一顿。

闻一多在青岛大学任教时，爱青松和大海，更赏识陈梦家和臧克家……多年后，陈梦家回忆他和闻一多在青岛的时光：“我们常常早晚去海边散步，青岛有很好的花园，使人流连忘返，而他最爱的是站在海岸看汹涌的大海。”

当然，刘宜庆的叙述也并非都是一味地温润，亦有历史的沉痛。例如，写闻一多和陈梦家离开青岛后不同的人生轨迹：1949 年后，闻一多被定位为学者、诗人、民主斗士；而陈梦家则打入了“另册”。

1966 年，陈梦家自缢身亡。刘宜庆写道：“此时，闻一多墓上青草，已荣枯 20 载。如果真的有天堂，不知这对师徒相逢，还会不会写诗。”

渐行渐远的那一代“知识人”

李怀宇的《如是我闻》放在案头已有一段日子了，不时取过来随手翻上几页。的确是随翻，翻到哪页读哪页。李怀宇说，他采访过种种人物，见识过种种现象，最终留在纸面上，印象深刻的还是那些渐行渐远的“知识人”。对他采写的这些“知识人”，我翻阅着目录上的名单，大多熟悉——当然我说的熟悉是阅读意义上的：杨宪益、吴冠中、王元化、王世襄、汤一介、赵俪生、辛丰年等等。尽管这些“知识人”我都“熟悉”，但对李怀宇的这本访谈录仍然读得津津有味，原因在于这些都是李怀宇的第一手访谈。他的访谈绝非泛泛采访，而是提前做好案头准备，在坚实的史料确证下定稿，给那一代“知识人”留下了真实的风貌。

李怀宇对周辅成的访谈印象与记录——2007 年 3 月 12 日下午，李怀宇来到周辅成先生位于北京大学朗润园的家访问。房中挂着周先生手书的条幅，其中有一幅引自《孟子》：“居天下之广居，立天下之正位，行天下之大道，得志与民由之，不得志独行其道。富贵不能淫，贫贱不能移，威武不能屈。此之谓大丈夫。”写字台的玻璃板下压着两张纸，其一为：“如何应对危难？伏尔泰：‘一笑置之。’卢梭：‘无动于衷。’耶稣：‘不用忧愁。’孔子：‘道不行，乘桴游于海。’孟子：‘泰山崩于前，而色不变。’”这样的风景呈现出周先生的精神。

对所采访的这些“知识人”，李怀宇对他们的简介也简明扼要，譬如：周辅成（1911—2009），四川江津人。1933 年毕业于清华大学哲学系，1936 年毕业于清华大学研究院。北京大学哲学系教授，伦理学家。著有《哲学大纲》《戴震的哲学》《论董仲舒的思想》《论人和人的解放》等。

李怀宇说：周辅成与辛亥革命同年，除了步行不便外，神采奕奕，讲话中气十足。91 岁时，周辅成写了《〈吴宓诗集〉吟诵记》一文，对这位当年在清华园的老师，周辅成认为：“吴先生并不是好斗的勇士。他并不想作贵族派、顽固派的诗人；他只是看到新派诗人中，有人竟把作诗看成就是说话，不讲究形式、韵律和格律，认为有律就是有拘束，就得求解放。这种口号或见解，不但不重‘意境’，而且连诗所依赖的音乐成分、绘画成分，一概视为外来的因素，这样子的诗，等于取消诗的存在。吴先生不赞成这样的文学改良。要为旧诗、古文争口气。”

李怀宇说：周先生的家中藏书甚丰，唐君毅的著作占了一角，谈起这位昔日好友，周辅成颇多感慨，专门取出2006年年底写的《向唐君毅先生致敬》：“唐先生对人类，爱其生，悲其苦，一生依靠一只手，一支笔，表达他的善意。他对自己‘进取’而又‘有所不为’；片刻不忘求仁取义；慎思、慎言、慎行。”谈起抗战期间和唐君毅创办《理想与文化》的经历，周辅成让李怀宇拉开抽屉一格一格地翻找，最后找出一叠《理想与文化》的旧刊……提到当今学界的不良学风，周辅成神情激动，大为针砭。

对于当年的清华校园生活，李怀宇问周先生：“陈寅恪先生上课是什么样的？”周辅成说：“陈寅恪先生的课我听过，讲中国中古哲学史。那个课，胡适之没有办法讲，所以他的《中国哲学史》只写了上部，但是陈寅恪就能讲下去。当时，冯友兰是清华大学文学院院长，他专门派他的助教来听陈先生的课，录下陈先生讲课，备他写中哲史之用。陈先生的课，刚开始很多人来听，后来就变成我和冯友兰的助教，还有另外一个人听这个课程了。陈寅恪上课，并没有条理，也没有形成讲稿，他手拿一个书夹子，里面装一些条子，是读书的时候记下来的，根本就没有形成文章。常常风一吹，把条子吹走了，他在地下到处找，所以他教书不在行。那时候的学风，跟现在不一样，教师讲课很随便的，但是跟有学问的老师谈一阵，却可以得到不少学问。求学问，主要还是靠自己，不是靠老师。”如此的上课场景，在今天是很难想象的。

再如写赵俪生：2006 年 12 月 16 日，兰州下过一场雪。清晨八点半，天渐渐变亮，兰州大学一片白茫茫。李怀宇到了赵俪生先生的家中，赵先生和他的两个女儿早在等候。赵俪生开口就说：“我是一个典型的北方人，优点缺点都在这里。”赵俪生情绪高昂，说话抑扬顿挫，略带山东口音，品评一些不喜欢的人物时，口无遮拦。谈起在清华园的旧人旧事，赵俪生对一二·九运动做了详细解释，他说：“我觉得这一辈子受这个运动影响很重。我参加了‘左’派，虽然我后来被划为右派，但那是历史的误会，我实际上一直是一个‘左’翼的成员。我这一辈子都认为贫富不应当太悬殊，贵贱不应当太悬殊。”

关于赵俪生，李怀宇如此介绍：赵俪生（1917—2007），山东安丘人，1934 年入清华大学外语系读书。曾在河南大学、东北师范大学、山东大学等任教。后来任兰州大学历史系教授。著有《中国农民战争史论文集》

《中国土地制度史》《篱槿堂自叙》《赵俪生文集》等。

赵俪生谈到自己经历起伏时，不无感慨地说：“我是中人以上的资质。我一辈子的特点就是勤奋，我是一个闲不住的人，我是一个勤奋而又勤奋的人，在勤奋上我不一定能得 100 分，但是也差不多。”对那些在历次运动中整过他的人，赵俪生则嬉笑怒骂。

1934 年，赵俪生进入清华大学外语系。就此，李怀宇问赵先生：“当年您考大学时，北京大学和清华大学同时录取了，为什么选清华大学？”赵俪生说：“当时我看了清华大学，觉得搞得很洋气，就读了清华。那时候选择专业的能力还是比较差，清华大学外语系那么有名，可是我读到三年级就后悔了，就连钱锺书也是这么说，我们那些老外教师都是在外国混不下去，到中国来混饭吃的。”李怀宇说，话虽如此，当年清华大学可谓名师云集，特别提到闻一多先生。赵俪生说：“闻一多先生那时刚进去，他是后来打出名头来的，我一直很敬佩他。”

李怀宇问赵俪生：“您在清华园读书用功吗？”赵俪生回答：“在清华园时，我不是一个好学生。我很不喜欢在清华读书，那么我就混，譬如说，好多同学都很喜欢体育运动，我不喜欢。我就从事翻译工作，有两年时间，我和同学合作翻译第三国际办的《国际文学》，在国内可以发表，有时候一篇文章的稿费有 100 块钱，那就够半年的饭费了。有人叫钱锺书考清华外语系的研究生，钱锺书就说：清华外语系的老师没有一个配当我的老师。可见他也知道那些人都是混饭吃的。我去听中文系的课，也听冯友兰的课。”

在清华园，赵俪生参加“左”翼作家联盟和“中华民族解放先锋队”，当过清华文学会的主席。他回忆：“我从高中考上大学，变化很大，眼界就开了。特别是清华的中文阅览室和外文阅览室，我看到了世界上许多东西。因为那时候我表现比较好，写写文章，开会发发言，和我一块活动最有名的女同学就是韦君宜，男同学就是王瑶，我们这几个人都是笔杆子。但是我对一个组织原则不赞成，就是‘少数服从多数’，我觉得有的时候多数并不代表真理……所以我一直就保持少数，也一直吃这个亏。”

在李怀宇采访的这些“知识人”中，我最陌生的就是香港的曾敏之，也正是通过李怀宇的访谈，才走近看清了曾敏之的人生风景。曾先生的客厅里挂着饶宗颐、黄永玉、关山月的画，沈从文、罗忼烈、洛夫的字。一幅幅说起来都有渊源，见李怀宇在沈从文的章草前驻足良久，曾先生说，那是沈从文晚年难得的手笔。曾先生让李怀宇将沈从文书法的图片冲印放大，原来北京现代文学馆想拿去展览。当年，曾敏之在《大公报》“不党、不卖、不私、不盲”信念的熏陶下，自有执着的坚持。路见不平，化为激扬文字，是曾敏之这一代报人的率真理想。在新闻与历史之间，曾敏之从未辜负手中的笔。

2006 年 8 月 3 日，李怀宇在曾敏之先生家深谈。回顾往日风雨，曾先生觉得感伤很多，但付之一笑。“平生经历这么多坎坷，这么多挫折，能够活到今天很不简单了。抗战烽火纷飞的年代当战地记者采访，坐过国民党的牢，后来历次运动受批、受整，到香港办报的生活晨昏颠倒，非常辛苦，凌晨四点钟才下班。”曾先生淡淡地说，“我觉得时间是赚回来的。”晚年，曾先生往返香港与广州两地，主持香港作家联会的活动，时常邀请名作家进行文化交流。但生活上一个人自理，他笑道：“香港是个大染缸，声色犬马都会影响人……”

经过多年交往，李怀宇深感这位报界前辈的古道热肠。他们曾在香港北角碰杯，在湾仔吃冰激凌，在广州喝早茶。曾先生告诉他，当记者一定要和采访对象交朋友，建立长久的关系，尽量读点历史，学点诗词，懂点字画，这样和文化人就更有可聊的话题。这些报界秘籍，是曾先生数十年风雨中悟出的经验之谈。李怀宇说，像曾敏之这一代报人，只要记下平生亲历之事，已是精彩的文本。

汤炳正：听罢溪声数落梅

说老实话，看到《忆太炎先生》《章太炎先生之日常生活》这样的文章题目，立即想起了鲁迅先生写的《关于太炎先生二三事》。章太炎是鲁迅的老师，也是给鲁迅以深刻影响的人物。章太炎的弟子中，鲁迅之外还有黄侃、钱玄同、许寿裳、沈兼士、刘文典、顾颉刚、傅斯年、姜亮夫等。这篇《忆太炎先生》和记录太炎先生日常生活的作者汤炳正应该算鲁迅、钱玄同等人的同门小师弟，是章太炎的关门弟子，也是代表同门在章太炎葬礼上讲话的人。

《听罢溪声数落梅》是汤炳正的散文集，作为出自章太炎门下的文字学家、语言学家和楚辞学家，汤炳正自然以治学名世，他的散文大多是晚年回顾师友和对人生历程的追忆。在此书代序里，汤炳正对自己写散文的缘由有详细的解说：1988 年春节前夕，清理旧书时，他发现了劫后幸存的两部线装书：一部是《说文解字》，一部是《楚辞章句》。封面都留有旧时的题记，前者购于日机袭击西安之际，后者购于执教贵州大学之时。他抚摩着这两本旧得发黄的书，浮想联翩，回忆起不少往事，也连及种种现实。于是执笔写下他的第一篇散文《无名书屋话沧桑》，由此开始，他将记忆中行将消失的旧事逐渐连接成一些断章残篇……

在《忆太炎先生》一文里，汤炳正回忆了他求学于章太炎门下的经历：1934 年秋，章太炎从上海移居苏州；1935 年秋，创办“章氏国学讲习会”。汤炳正是在《大公报》上看到招生广告的，考题是《自述治学之经过》。当时，全国各地来苏州就读者百余人，限于条件，学会只供住宿，不办伙食。一次他们在小食店就餐，发现炒菠菜中有蚯蚓，乃纷纷自组伙食团，轮流掌厨……汤炳正说：“苏州不愧为江南名城，不仅有山水林园之胜，亦系文化界名流荟萃之区。灵岩山、天平山、虎丘山、拙政园、沧浪亭，固系名胜古迹，就连我们每天饭后散步的公园，亦系白乐天留踪之地。当时文化名人寓居于此者，除章先生外，还有以宗宋诗而名世的陈石遗，曾写过《孽海花》的金松岑，以画虎闻名的张善孖……”章太炎给他们讲授“小学略说”“经学略说”“史学略说”“诸子略说”“文学略说”；专书讲过《尚书》《说文》等。他们这些听讲的学生，每听完一次讲，就三五成群，互对笔记。因章太炎浙语方音极浓，汤炳正开始听讲时很感吃力，后来才逐渐习惯。汤炳正说，太炎先生治学，门户极严，但交游殊广泛。他对学生学术以外的活动，亦颇宽松，不甚约束。汤炳正在课余之暇，还访问过陈石遗、金松岑等定居苏州的文化名流。

《从鲁迅先生的“像”说起》一文虽没注明时间，但从内容看应是写于 1957 年。此文系汤炳正对鲁迅逝世 20 周年报刊登载鲁迅先生的画像有感而发：在纪念鲁迅先生时，各报刊大都登载了鲁迅先生的画像。在这些画像中，有不少的佳作，但同时也有些“不佳”之作。例如，有的把鲁迅先生画成一个剑拔弩张的怒目金刚；有的把鲁迅先生画成了一个阔眉大眼、态度闲适的银行老板；也有的把鲁迅先生塑造成了伟大的高尔基。总之，愤怒也好，闲适也好，伟大也好，可惜都不是鲁迅先生，而是作者“心造的幻影”。“鲁迅先生只有一个，而造像和画像中却出现了多种多样的鲁迅先生的形象。这就不能不使人为艺术的真实耽心了。”

汤炳正说，他只见过鲁迅先生一面——脑海中的鲁迅先生是温和、沉挚而冷静；目光慈祥但却透露出一股敏锐的光芒，他在谈话时，虽然涉及极可憎恨的事，也不会使你感到有种“风云变色”之势；他的愤怒是“内蕴”

的而不是“外露”的。我们不能否认：同是一个人，一个面孔，由于感情的变化而有所不同。鲁迅先生的骨头是硬的，他很希望这蕴藏在骨子里的鲁迅精神，能真实地在艺术家们的笔下或手下体现出来。“我们不需要形式主义的理解人物形象性格的艺术家；我们更不需要强迫客观现实服从主观个人愿望的艺术家。”字里行间，流露着汤炳正作为学者的严谨和坦率。

《无名书屋话沧桑》一文开启了汤炳正晚年的散文写作，也是他回首沧桑人生的起点。在这篇散文里，汤炳正围绕他的几册残书，谈了他的几十年坎坷人生的书斋梦：在他的残书中，有一部段注《说文解字》，扉页上有这样几句题识：“日机狂轰之日，购于西安小市。汤炳正识于一九四三年冬。”彼时，他所任教的学校，因避敌机而迁于秦岭深处的双石铺上课。寝室是用黄土捣筑而成的二层小楼。楼的周围，翠峰万仞，拔地而起。春夏之交，山花盛开，“千里香”满山遍野，徜徉其中，有如生活在香雪海里。但他从沦陷区逃出时，生平藏书，早成灰烬。在这小小的黄泥斗室中，那部段注《说文解字》竟成了唯一的收藏品。国步方蹇，心境沉重，所谓书斋以及书斋的雅号等等，压根儿就没有在脑海里出现过。

还有一部幸存的《楚辞章句》，封面上是他用古篆写的“楚辞”二字，下面有16字的题识：“丁亥又二月清明后七日题于黔中，炳识。”这是 1947 年在贵州大学教书时的残存。那时他的宿舍，就在黔中风景优美的花溪之畔。麟山耸翠，灞桥飞瀑，确实还算幽静。而且此时抗日战争已胜利，应当是读书人的治学胜地。虽宿舍房间不过 9 平方米的样子，摆下一张床，已无多少空地，他却陆续添置了一些手头必用书。不过，他仍然没有想到什么书斋或斋名……

新中国成立后，汤炳正任教于四川师范学院时，生活环境大大改善。虽寝室和书房仍然是合二而一，但跟以前的颠沛流离、贫困艰苦，已迥然不同。汤炳正说：一次进城买书，在文物店里买了一块端砚，砚边刻有隶书“平津馆藏”四字，刀笔劲峭，当出自名手。“平津馆”是清代学者孙星衍的书斋名，这块端砚即孙星衍的旧物。石呈深紫色，使汤炳正想起李贺的诗句“端州石工巧如神，踏天磨刀割紫云”。当时，他也曾有过附庸风雅的念头，很想书斋名曰“渊砚楼”（孙星衍字渊如），但也未能如愿……

直到 1987 年夏，汤炳正迁入四室一厅的楼房，才终于有了一间独立的书斋，也有了安度晚年追忆平生的从容时光。

台静农：故居铭牌与历史转折点

在青岛老城区黄县路那一片，当年租住着多位现代文学名家，例如杨振声、老舍等人，还有曾与鲁迅等人一起组建文学团体未名社的台静农。当年，台静农在黄县路租住的房舍与老舍的住所相距很近，从老舍家出来，沿着小路向北走，拐过街角一路东去，没几分钟就到台静农的家——一栋小楼的二楼。关于台静农在青岛的客居旧址，许多史料文献上的说法是黄县路 19 号，2014 年还被列入了青岛第二批现代文化名人故居挂牌名单，并在旧址外墙上挂了铭牌。不过，挂牌不久，这个铭牌就不见了。据说，台静农当年住的小楼并非此址，而是此楼边上的另外一栋小楼。至于到底是哪一栋老楼，说法不一。不管是哪一栋，也就是这条街上的几栋老楼之一。当年台静农的身影还留在这条街老楼斑驳的墙上，夕阳把他的身影凝固在历史的深处。

案头上，一本台静农的新书已经放置多日了，还没有马上阅读的念头，手边几个大部头一直在挑战着我的阅读耐力。不过，4 月 25 日，朋友圈几乎被一页“日历”刷屏：“历史上的今天：公元 1644 年 4 月 25 日，崇祯皇帝在景山自缢。明朝灭亡。”在那一天，明朝的最后一个皇帝崇祯，在李自成率众攻陷北京时，先是逼皇后自杀，又砍断公主胳膊，然后走向紫禁城后面的煤山，也就是今天的景山，吊死在一棵歪脖树下，时年 33 岁。看着这页“日历”，目光不由得又聚焦到案头上这本台静农的《亡明讲史》。

《亡明讲史》，据说是台静农最后一部小说，讲述的是明清易代之际一段天崩地裂的历史。这部《亡明讲史》其实是台静农在抗战时期所写，也正是在民族遭遇危难之际。1940 年秋天，陈独秀阅读了《亡明讲史》的初稿，并致书台静农，鼓励他“修改时望极力使成为历史而非小说”。这部小说手稿一直存于台静农的书斋深处，于 21 世纪初被发现，2022 年首次出版简体中文版。

《亡明讲史》讲述的故事始于李自成攻陷北京，百官四散，崇祯皇帝走投无路，自缢景山；终于南京沦陷，福王被俘。“台静农以历史小说的形式，在这样一出亡国大戏里，以戏谑滑稽的方式，写出崇祯王室最后一刻的紊乱暴虐、宗室朝臣的苟且偷生、南明小朝廷的尔虞我诈……”细读这部《亡明讲史》，台静农写的虽然是小说，却有读史之感。因为台静农所据大多是从史料而来，并非凭空杜撰。

譬如，描绘投降清朝的江南大名士钱谦益巴结讨好、献策于新朝主子的嘴脸就入木三分——

> 钱谦益呢，老谋深算，早经安排。他有一门客，姓周名筌，口齿伶俐，狡猾机智，谦益便派他密见豫王，私通消息说：吴下民风柔软，飞檄可定，无烦用兵。豫王听了大为欢喜。心下觉得这钱谦益，识时务，心机灵活，不是死读书人，难怪他会作诗，高人一等。既然早通了款曲，谦益在豫王心中也就非同小可了。

再如清朝新主子受贺大典，亡明文武百官自应各呈贡品，以表忠悃，大都贡献“礼币”，少者数千金，多者万金，新主子要的是江山，也不计较这些。但唯独钱谦益不献“礼币”，却奉献一些古玩……下款写“顺治二年五月二十六日太子太保礼部尚书兼翰林院学士臣钱谦益”。“这些高雅的东西，一一用锦盒装好，抬到丹墀之下，比起那砖块的黄金，壮观得多了。当时钱谦益叩首致辞，豫王心中早有了他的印象，又见奉献了这些清玩，不觉为之动容，钱谦益虽不敢正视王爷，也感到王爷的优遇。散朝回府，坐在轿子中有些飘飘然。”

与之异曲同工的是，在朝代更迭之际，用台静农的话说：“王公朝臣一毛不拔，平民百姓为国筹款。”台静农描述李自成兵临城下时，朝廷向皇亲国戚和大臣们筹款的情景：

朝廷向皇戚及大臣们筹饷的消息，马上传到外面去。更兴奋的是京师的老百姓，有的说：“皇上焦愁的可怜，这般老爷还是吃喝玩，这不是享皇帝的福谁能给他那样，有良心的还不赶快拿银子出来！”有的说：“京师保不了，老爷们的家产也守不住。”有的说：“我听过几个老爷说，我们是世代官宦，李闯王得了宝位，我们还是做官！”有的说：“我们皇帝就误在这些老爷们，他们有银子的不拿出来，我们没有银子的何妨大家凑点！”

可是皇戚大臣们听了，家家恐怖起来。现在什么局面，早晨不知晚上事，白花花的银子往外拿，岂不是冤？但是皇帝要，有什么法子呢？于是大门上贴上红纸条，写道“此房招租”，或是“本宅绝（决）定出让”。

皇帝让徐太监去这些大人物家筹款，结果徒劳无果。徐太监回到宫中时，皇帝正在便殿召将领李国桢问守军情形。李国桢说了一番痛苦，五个月没有发饷了，士兵有斗志的实在很少。皇上若能颁发一笔赏金，也可以鼓励一下。

“你先回去，明天早晨来领罢，已派徐太监筹借去了。”接着向左右说，“徐太监该回来了，传他来！”徐太监走进来，跪着奏明了各位皇亲大臣的情形。“皇帝听了，默默无言，也没有什么表情，只是坐下又起来，踱了几步又坐下。殿中已经上灯，灯影中映着一个瘦长的黑影，在空寂的殿中摇动着。”最后皇帝狠狠地说：“我哪里知道他们是这样没良心！刚才王承恩说，我的百姓，他们还自动的三百一百的凑献一万多两来。”稍停又说：“果真我大明不该亡，将来把他们一个个都杀了，才对得起祖宗，才对得起百姓！”当然，最后，大明还是亡了，皇帝也吊死在那棵歪脖子树上。

金庸的信念和野心

读严晓星的《金庸识小录》（增订本）每每令我汗颜，同样是读金庸，阅读的趣味和境界怎么会差别如此之大呢，不能不检讨我的阅读趣味和读书眼光。

严晓星读金庸，眼光锐利，在金庸的武侠小说里读出金庸的内心波澜和贯穿一生的信念和野心。而我读金庸，更多是为了打发无聊时光的阅读——或许正因为沉醉读金庸才体验不到金庸的内心，才跟严晓星有了如此之大的差距？当然，这也是给自己的托词。

我沉醉阅读金庸欲罢不能是在大洋上，20 世纪 90 年代初，我有一次 140 多天漂在太平洋的海上生活。在这段煎熬的船上日子里，最终能让我打发时间熬过每一个白天和夜晚的唯有金庸的武侠小说。一天一本，不舍昼夜，然后再重复读一遍，如此循环，始终能读进去的就是金庸。最后，天天翻来覆去重复阅读的就是《鹿鼎记》。至今回想起来，可亲可爱的韦小宝啊，陪伴我熬过那段寂寞难耐的大洋上的日子。后来，我买了两套金庸小说作品集，不能不说就是那段海上阅读给我留下的后遗症。

近 20 年来，间隔一二年，我会给自己留出一段时间，像是重温功课，再读一遍金庸小说，尤其是《鹿鼎记》，像是回放过去的一段时光。只是我的阅读兴趣点和关注的角度，与严晓星相比，简直惭愧。

先不说各自的阅读趣味，即便是谈钱论财，严晓星的阅读也颇具个性。譬如，他读《鹿鼎记》时，与我沉浸在韦小宝的放浪无羁中不同，严晓星从一个细节抓到了金庸的错误：《鹿鼎记》里写到吴之荣发现书中的金叶子，“当下一阵乱抖，从书中抖了十多张金叶出来，每一张少说也有五钱，十张金叶便有五两黄金。其时金贵，五两黄金抵得上四百两银子。”严晓星看到这段金银的比价折合，马上指出，当时的一两黄金兑换成 80 两银子，金庸这样写不符合康熙初年时的实际情况。然后，严晓星一五一十地从清人笔记里引证出康熙初年时的金银比价，一两黄金可以换 10 多两银子，即便是金价浮动，金庸的一两黄金换 80 两银子也未免太过。若仅仅是考据至此，也只是一则“勘误”的短札，而严晓星笔锋一转，将话题拉到了金庸的“昨天”：从清往后，金价总体呈上升趋势，到金庸少年时代的 1938 年，故宫博物院出售残废金器，以每两黄金价值100多银圆成交，若折算，相当于70多两白银，这才接近金庸笔下的金价。从严晓星的这则短札里，是否可以说明，金庸小说里描述的金银比价明显残留了他少年时代金价昂贵的印象。

当年在大洋上正值青春年华，船上的日子无聊、孤独、寂寞，沉醉《鹿鼎记》也是在金庸演绎的江湖生活中暂时解脱，满足自己的精神和情感。再看严晓星的阅读，恰是我当时阅读时根本不会注意甚至觉得荒诞的细节。例如，他读《天龙八部》，谈到“皮格马利翁效应”：李秋水跟虚竹讲自己和逍遥子的往事时说，“那一天，他在山中找到一块巨大的美玉，便照着我的模样雕刻一座人像，雕成之后，他整日价只是望着玉像出神，从此便不大理睬我了……他为什么不理我，只是痴痴瞧着玉像，目光中流露出爱恋不胜的神色？”当时我在海上读这段时，觉得这不是有病吗，天下还有这样的呆子，美女就在身边，却傻盯着石头雕塑的玉女。再对比我们的船上生活，这样的文字还能再读下去吗？还是韦小宝的生活可爱。然而，严晓星却是真正的君子，从金庸的这段文字里，读出了西方心理学中的“雕像恋”或说“皮格马利翁效应”：古希腊神话中的雕塑家皮格马利翁雕好了一个女像之后，爱上了这座雕像。“皮格马利翁效应”即由此得名。在严晓星看来，金庸对此西方心理学的著名典故的借鉴与改造显而易见，值得一谈。

从金庸作为报人和小说家的双重身份上，严晓星入木三分地剖析了金庸贯穿一生的执着信念——始终不能忘情于对“现实”的“执着”。金庸的骨子里浸透着中国传统文人“以天下为己任”的入世情怀，这种入世情怀既体现在 1950 年后身为报人在香港所写的评论，也体现在他撰写的那些江湖武侠小说里。在这两者中，体现出金庸的态度，也表明了他接续《大公报》传统的报人立场。就像严晓星所说，金庸的武侠小说，其实映射了金庸在现实世界中的理想信念和追求，也是他在报纸之外的另一个世界的倾诉……

读严晓星的《金庸识小录》，给我补上了应该如何阅读金庸武侠小说的一课。相比于严晓星的阅读金庸，我之前在海上沉醉于金庸小说，可以说是误读金庸。

而严晓星的《金庸年谱简编》，则可以看作一个真正阅读者对金庸之所以成为金庸的人生履历的盘点和梳理，从金庸的年谱里发掘其于现实与江湖互为里表的成长与野心，还有怀揣野心创造的另一个充满爱恨情仇的“江湖”。

黄新波：《怒向刀丛觅小诗》

鲁迅去世前有一帧著名的照片：1936 年 10 月 8 日，在上海木刻展览会上，鲁迅和几位年轻版画家的合影，正面穿西装的那位是黄新波，其他三位分别是陈烟桥、曹白和白危。(相似的照片还有一张，都出自同一位摄影者——沙飞之手，只是照片上穿西装的黄新波换上了穿长衫的另一位年轻人林夫。据说，当时黄新波起身去招待一位看画展的日本作家，林夫便坐在了他的座位上。这也是《鲁迅先生与木刻青年谈话》有两个版本的原因)

10 月 19 日，鲁迅便去世了。这张照片似乎也成了鲁迅生前最后的公开合影了。那一年黄新波 21 岁，创作了鲁迅先生葬仪场面的版画。

黄新波、陈烟桥、曹白等人都是当年的版画青年，截至今天，给我留下印象最深的就是黄新波，因为在 20 世纪 70 年代末的一期《美术》杂志，集中介绍黄新波的作品，全是他创作的关于鲁迅的版画，主题都是鲁迅的诗，如《俯首甘为孺子牛》《怒向刀丛觅小诗》等等。对少年时代的我来说，这样的版画，这样的内容，在似懂非懂的懵懂中，不仅仅是新奇，更是憧憬和梦想。从此便记住了黄新波和他的木刻。

黄新波是在鲁迅影响下的第一代“左”翼版画家，也是在20世纪三四十年代非常活跃的版画家，他被喻为有诗人气质的版画家。在同时代的作家黄蒙田和陈实等人的回忆里，提到最多的就是版画画面中的诗意，黄新波的版画像是无声的诗。

黄新波嗜好读书，几乎每天都要去书店。抗战胜利后，他去香港，更是“书店几乎是每天必到的”。在版画创作之外，一直尝试着诗和散文的写作。他的文学气质，也让他的版画创作更蕴含文学的意味。他的版画都是以人物为主题，往往有明显的故事情节，给人带来联想，更有一种诗意。或者说，黄新波刻刀下的那些人物看上去似乎都有着忧郁的调子。

陈迹的《理想激情与历史规训》一书就是对黄新波人生与艺术的专题研究。陈迹在该书里通过对黄新波几个特定时期的人生与艺术的考察，探讨现代美术史视野里被遮蔽的问题与人物。黄新波走上艺术道路，并没有受过正规的美术教育，全是自己的摸索和刻苦。但是，这并没有影响他在艺术上的探索。陈迹说，黄新波在上海时，就已经表露出他在木刻艺术上的唯美倾向和文学气质，并获得了空前释放。

黄新波版画创作最旺盛的时期，恰恰是生活最困难的抗战时期。他的朋友作家黄蒙田晚年回忆，1942 年在桂林，正是黄新波最穷困的时候，但也是他创作很多高水平艺术作品的时期。那时，黄新波创作过一幅版画《负薪》，描绘的就是自己的生活处境，画面背景是在黄昏灰暗天色衬托下像苍鹰的大山，前景是背负着一捆树枝的年轻人走在杂草地上，前方是一间草房。整个画面萧杀、阴郁，负薪的年轻人身姿像在诉说着无声的忧郁……黄新波的木刻关注的是底层人间，是抗战的民众，他创作信奉的是“抽象地表现，借物抒怀”。用陈迹的话说，战时人类的孤独、沦落、苦难、挣扎等现实人生，被黄新波“置换”成一种对艺术形式空前关注的富有寓意的哲思画面。“在这里，我们看到的是在非常情景之下，一种艺术生命的富足以及有着哲学层面意义的对生命本源的留守。这是一个长期被遮蔽的新兴木刻运动史上的特殊形态，也是一个颇堪玩味的现象。”

在陈迹看来，抗日战争使包括黄新波在内的众多艺术家的注意力，集中到民族命运的生死存亡之上。黄新波除了大量抗战宣传木刻外，1942 年至 1943 年间，他曾蛰居于离桂林不远的“鹰山”，刻作了《心曲》组画等一大批极具抒情风格的木刻作品。这些作品突破了阶级的、民族国家的以及时空的极限，在战时的社会共同要求之外，从人类悲悯和人性拯救的层面，来思考整个人类的生存状态。

抗战胜利后在香港的那几年，也是黄新波的创作旺盛期，但不是在版画上，而是在油画创作上。作为版画家的黄新波在 1946 年到 1948 年，集中创作了一批油画，有 20 多幅。与他的版画相似，这批油画也是充满文学意味，但画面上的人物与版画相比，更具有现代装饰性。在绘画上，黄新波深受毕加索、马蒂斯等人的影响，他的油画“是在现实生活的造型基础上加以抽象创造的”：人物造型并不符合正常比例，眼睛和双手特别大，双腿特别短，这些造型夸张，神态更是充满了惶恐、无助和忧伤。

在香港的那几年，黄新波除了油画和版画创作，还在报馆工作，以维持生活。他和“左”翼同人创办了旨在促进美术创作和关怀社会的人间画会，还创办了同人性质的出版社——人间书店。这个时期可以说是黄新波在艺术上的一个高潮期。正如人间画会和人间书店这两个名称，黄新波的绘画，不管是版画，还是油画，所描绘的都是他眼里的苦难人间，他所投身的也是为打破人间这个旧牢笼奋力地呐喊。虽然版画和油画是两种艺术技法，但出自同一个画家之手，在风格上仍有着血缘关系。例如，在人物的造型和构图的设计上，尤其是画面的气氛营造上，尽管表现手法不一，但那种忧郁的调子是一脉相承的。

与一些“左”翼画家在20世纪50年代遭遇批判和挫折不同，1948年春天，黄新波在香港就遭遇了来自同一“左”翼阵线同志们的批评，是对其油画的现代性的批评。黄新波的油画呈现缺乏“战斗性”的画面，造型夸张的“形式主义”等，在“左”翼文人的阵营里成了众矢之的，他也成了被批判对象。应该说，这种批判是触及灵魂的，“在受到批判之后，他的油画出现了纯写生性质的作品，然后直到1980年，在他余下的30多年内，他的油画作品似乎只有一幅女儿黄元的半身像、一幅政治性浓厚的群像和数幅风景写生”。

当年和黄新波一起创办人间画会和人间书店的作家陈实说，假如客观条件允许黄新波对油画艺术继续探索，谁知道他的成就会达到什么境界？新中国成立后，黄新波根据党组织的安排，从香港回到广州，用黄永玉的话说，“他是南方美术界的当然班头”。在广州流花湖畔的湖边新村里，黄新波有了属于自己的一间集书房、画室、客厅于一身的“画室”，他在香港时最羡慕的就是别的画家有一间自己的画室。

20 世纪 50 年代，黄新波的版画和之前的版画有了明显的风格上的不同，那种忧郁的调子换成了饱满的激情，他创作了许多歌颂新中国旧貌换新颜的版画，如《人民公社的丰收》《山区新城》组画等。在 20 世纪 60 年代，他的版画更多描绘全世界无产阶级的“反帝斗争”，如《第三世界人民战斗的塑像》《非洲的丛林》等。

1972 年到 1975 年，黄新波创作了系列以鲁迅诗意为主题的版画，如《心事浩茫连广宇》《起看星斗正阑干》《怒向刀丛觅小诗》等等。这批版画也成为黄新波晚年的版画代表作，在那个年代，也只有创作“鲁迅”符合环境的要求，也体现了作为革命版画家黄新波一生的追求。

1976 年金秋十月之后，黄新波开始了版画上的新创作，但天不假年，1980 年 3 月，黄新波病逝于广州，终年 64 岁。

方增先：《粒粒皆辛苦》

方增先说：对于现代艺术，水墨画要“主动出击”，不能让别人说是拿人家的东西。我们要研究水墨画的系统画法，理与法，不谈那些太玄的，只讲“法”的方面，积累、分析、研究。时代要发展，不可能总停留在一个地方，一个层面上。美术创作更是如此。

方增先晚年感慨说：画了一辈子中国画，感觉中国画最基础的东西，必须遵循中国的传统艺术法则。西方的绘画可以作为一种参照来吸收，这样在画当中怎么变都不会离开根本的东西。传统中国画必须走现代的路，往前走就是现代画。

《方增先口述历史》是中国当代“新浙派人物画”的代表画家方增先的艺术人生自述：从兰溪乡村里一个教书先生之子，考入杭州艺术专科学校，之后留校任教，在潘天寿等名家的熏陶下，游历名山大川、临摹敦煌壁画、藏区采风写生等，成为“新浙派人物画”大家的生活历程，以及他拜师名家王个簃，为长篇小说《艳阳天》插画，后来担任上海美术馆馆长并举办双年展等具体回忆，借此回溯了从20世纪50年代初期到21世纪初期，中国当代美术特别是中国传统人物画艺术的发展变迁和个人艺术历程。

从20世纪50年代的成名作《粒粒皆辛苦》，到1964年的《说红书》，再到70年代的《艳阳天》插画，方增先的人物画成为浙派人物画的一个典范。20世纪80年代，他的积墨人物画更是“与时俱进”。

张渝在《雪尘语画》里曾如此评价方增先：1956年第二届全国国画展上，方增先的《粒粒皆辛苦》冒了出来，并一举奠定了在当代中国人物画史上的地位。此后，他为小说《艳阳天》所作的30幅彩墨人物插图，更是在“文化沙漠”的年代为人们营造了一片盈盈绿洲。但是，这些作品在传统笔墨上的欠缺以及明显的素描关系，使得方氏的写实人物画在20世纪80年代初期成了弱势话语。为此，方增先毅然舍弃了不无烦琐的明暗素描关系，以简洁之笔墨统摄人物形象的大结构，最终完成了自身的超越……

1949年，刚满18岁的方增先迎来了命运的转折。1949年5月杭州解放。1949年夏，他在金华中学初中毕业，考试成绩在毕业生中排名第六。恰逢新中国建立前夕，浙江等省市部分院校恢复了正常招生。在面临选择升学机会时，他报考了省重点中学：杭州高级中学。当时报名的学生有2000人，他考第12名。考试后，他心情愉悦，四处闲逛。一天，在红旗招展的白堤，他看到国立杭州艺术专科学校的招生广告牌，一下子耳热心跳，迅速钻进人群，仔细阅读招生简介与展示的绘画作品，不禁怦然心动。他决定再参加艺专的招生考试。

刚跨入考场，方增先就傻眼了。一个雪白的半身石膏头像挂在墙头，一束灯光投在上面，是供考生临摹的。这种基础的考试形式，令他发愣。他生在浙江山区偏僻农村，初次见到这种石膏头像，从来没有画过石膏头像，对临摹的知识和技巧更是一无所知。考试要求考生使用木炭条写生，他也不知所措。他定了定神，决定参照前面考生的画法，鼓足勇气开始动手画。先用自行携带的铅笔画，可颜色又淡又浅，于是灵机一动，弯腰拾取别人使用过丢弃的炭笔，在原画稿上做加深处理，由于纸被铅笔画过，擦去再画画不上去。不知绘了多久，初次尝试表现明暗光影的他把考卷涂得满纸灰暗。他怀着惴惴不安的心情，最后一个离开教室。幸运的是两所学校张贴的榜书里，方增先的名字都赫然在上。

方增先说，他知道若按照父亲的意愿不会同意他更换门庭入艺专的。父亲曾对他说，作为山村的孩子，学成后返乡当中学教员就很不错。50岁退休，研究哲学，然后著书立说，成一家之言，体面地过一辈子，亦足矣。再说自己因受《千家诗》《唐诗三百首》《古文观止》等经典影响较深，认为选择读杭高比较稳妥。主意拿定，他赴杭高报到。结果被告知入学前必须一次性交清学杂费。他听后，似被泼了桶冷水。因交不起学费，吃了“闭门羹”，他与杭高失之交臂。

上杭高的梦破灭了，但他想还有国立杭州艺专呀。待赶到艺专，一见报到处接待的老师，他就开门见山：“老师，我没有钱，一下交不了学费怎么办？”接待的老师温和地看着他，没提任何前提条件，爽快回答：“没关系，先报到进校再说。”他一听，提着的心总算放了下来。进校后方知，文化部要求校方招足原定人数，培养新中国成立后的第一批美术专业人才。因报考的人数本不多，也就200多人，达不到原定人数，于是报考的考生基本都被录取。他考试成绩是200名多考生中的第90余名。在录取生中，水平良莠不齐，相差非常悬殊。有素描高手，也有比他水平还差的学生。就这样，方增先阴差阳错地走进了国立杭州艺专的大门。

正是在国立杭州艺专，也就是后来的浙江美术学院，方增先的命运发生了巨大变化。

1949 年 6 月，杭州市军管会任命倪贻德、刘苇为军事代表，接管了创建于 1928 年的国立杭州艺专。9 月，浙江省军管会任命刘开渠为艺专校长，倪贻德为第一副校长，江丰为第二副校长兼党总支书记。方增先说，他记得参加接管的还有与鲁迅交往密切曾为《阿 Q 正传》画过插图的军代表魏猛克等。

新生报到当天，方增先穿一身灰布服，至膝盖的那种，是由陈旧长布衫改制的。乡下裁缝没见过城里人穿的衣裳，只能凭想象缝改。原来的大襟式样被改成了对襟式样，改后变成紧身衣了，加上脚蹬浅圆口黑布鞋，只要有同学经过他身边，都忍不住回头瞥一眼，有的还投来异样眼光，抿嘴哂笑。方增先下意识低头查看，没什么不对劲啊，可是那种上下打量的眼光还是如探照灯似的扫来。他一点儿也没觉察到发生了什么状况，只是感到他们可能对他这个山里人好奇罢了！

之后，他从同学卢琪辉（后来成为他的妻子）那里得知内情，恍然大悟。原来他的对襟布衫前大身，钉着密密麻麻的奇怪的纽扣式样，一双早被城市年轻人淘汰的土布鞋，一看就知是乡下人，难怪他们朝他行“注目礼”。

方增先的同班同学中有全山石、袁运甫、林岗、齐牧东、宋忠元等。周昌谷也在校就读，他是 1948 年考入艺专的。教师队伍更是实力雄厚，有黄宾虹、潘天寿、林风眠、吴大羽、吴茀之、柴菲、庞薰琹、莫朴、金浪、诸乐三、邓白等，还有老解放区来的教师彦涵、王流秋、张怀江、张漾兮等。新生入校后，不分专业，被统一编入了绘画系。学校把原有国画、油画、版画系撤销。学制五年，预科两年，本科三年，不分专业。既学素描、西洋画，又学彩墨画。院里有四句醒目标语："介绍西洋艺术，整理中国艺术，调和中西艺术，创造时代艺术。"

当年艺专老师有三类：一类是留法的，教素描画或色彩；一类是解放区来的，教创作；还有一类是留用教师，如有资格的老教师、有才气的老画家等。"校风与念中学时不大一样，同学群分化，城里同学聚合一起，农村同学归一撮。"方增先属于生活简朴、性格内向的一类。家庭条件优裕的同学，穿着时髦，还动不动叫上同窗吃馆子、看电影、乘游船，潇洒得很。方增先知道自己的美术底子薄，专业基础差，所以他把主要精力都投入学习，渴求新知，为此课余常泡图书馆，成为图书馆的常客。因为他清楚，没有对艺术的痴迷，无法登堂窥奥。他进艺专时，图书馆藏书约 1 万余册。随着一届届新生的增多，图书馆的藏书迅速发展至 4 万余册。其中有不少稀有的珍本、教学参考资料等，比较丰富，还有不少外国名画，令他羡慕。他一本本啃读，如饥似渴。有的不能外借，就抄录。天冷时，手冻僵，还生出冻疮。艰苦备尝，但视野却无形间得以扩展。由于刻苦勤奋，一年后他成为班中的学习尖子……

方增先感叹：人的一生，很多事情都身不由己。自己的被动选择，意外成就了艺术大业。

吴山明的“赤子之心”

名气大的画家身后其作品无非几个去向：其一是在亲属、故旧、弟子或朋友们的手里；其二是捐献给美术馆或博物馆，当然，美术馆和博物馆收藏捐献作品也是有选择的，尤其是公立美术馆、博物馆的收藏是有门槛的；其三，就是流入书画收藏市场，其价格的高低随着艺术家身后名气的延续和艺术传播或高或低波动。有时候，画家后人根据画家嘱咐即使想捐赠，也未必得到圆满结果，故留下许多轶事。

譬如，当年黄宾虹身后，家人捐赠其作品最初就被拒绝；潘玉良身后，根据她的嘱咐将其作品送回国内，在北京未被捐赠机构接收，最终被她家乡的博物馆收存。当然，现在画家作品捐赠的轶事已经很少发生了……

之前与“青岛张朋研究会”的几位朋友交流，说到画家张朋先生身后的作品收藏，朋友感叹，青岛现在大大小小的美术馆、博物馆遍布老城和新区，却没有一处张朋作品的常年陈设展馆，更别提建一座张朋美术馆了。即便现在有一个以收藏张朋作品为主的私人美术馆，也不具对外开放参观的性质。尽管张朋先生已是一位公认的大家，也是青岛的骄傲。当然，个中情况很复杂，与画家作品的数量和流向都有关系。也就是在这次交流中，我以手头这部刚出版的大书《赤子之心》为例，提供一个画家身后和所生活的城市互动与凝固的风景。

《赤子之心》是杭州吴山明美术馆开馆展暨捐赠作品集。从媒体的报道可知：吴山明美术馆系杭州市的重点文化项目，筹建于 2018 年，在 2021 年 6 月举行了开馆展。开馆展意味着吴山明美术馆的正式启用。吴山明先生生前系中国美术学院的教授、博导，更是“新浙派人物画”第二代代表画家。

吴先生的夫人高晔在《赤子之心》后记里说：吴山明生前决定将一生中一批重要的美术作品捐献出来，是对生活了一辈子的杭州的回报，也是他毕生创作的艺术作品的最好归宿。如果翻阅收录在这部大书后边的吴山明年谱，可以看到，吴山明从少年时代考入浙江美术学院附中，直到他人生的最后，从求学到当教授，一直在浙江美院也就是后来的中国美术学院里生活和工作，艺术成就了他的人生，同样他的人生也留下了丰富的艺术作品。

用中国美术学院院长许江的话说：吴先生 50 多年的教学生涯，始终没有离开美院。“美院之于他，是家园，又是事业；是出身，又是归属。……从身形活跃的浙中才俊，变为鹤发童颜的名师大家，山明先生几乎是一类成功的榜样，一种院校成长的典型。其间折射出美院育才的模式与力量，也标示着中国艺术的某类历练成长、自觉塑造的求索路径。”

对于“新浙派人物画”，吴山明有着清醒的认识和担当。诚如他在谈潘天寿先生与中国画分科教学的论述里所说：尽管潘天寿是花鸟画大师，但是在 20 世纪五六十年代“浙派”意笔人物画风格形成以及人物画教学思路的确定，都离不开潘先生的直接指导。方增先、周昌谷、李震坚等“浙派”人物画第一代创始人就是在潘天寿的直接鼓励下，从书法艺术的用笔中汲取线描的营养，同时也吸取花鸟画用墨用色的技法，并创造性地将现代造型与文人画的笔墨融合起来，表现出具有不同个性的现代人物。吴山明虽然与他们有着直接的承继关系，但到了 20 世纪 80 年代，他另辟蹊径，从浙派人物画传统里蜕变而出，创作出不同于师辈的写意水墨人物画。

按常规说，作为“新浙派人物画”第二代的领军画家，吴山明如果一直坚持自己原来的风格，随着时光流逝，自然更是人书俱老，这也是许多成名画家的不二选择。但是，吴山明却反其道而行之。高晔对此总结说：20世纪80年代以来，吴山明受黄宾虹晚年以焦浓宿墨入画的启示，反向开启了长达30余年的淡宿墨法探索演进之路。吴山明一再说宿墨虽自古有之，但不被看好。所以，他要以宿墨入画，尤其以淡宿墨入画，就需要改变和舍弃很多原来他已掌握的东西，这其实对他来说是件十分痛苦的事情。但他还是坚持以淡宿墨探索为方向，以水为媒介，充分打开了淡宿墨绘画的技术大门。

用吴山明的话说，他不可能从此凝固起来，因为想走的路还很长。虽然以宿墨作画，有时甚至“偏离”物象，但拓宽了艺术感觉的领域，所谓“混沌中见形痕，朦胧中现灵形”。在吴山明看来，历史上凡有创造性贡献的画家，总离不开对笔墨形式美的新发现。

对于吴山明的人物画，许江评价说：人物绘画总囿于写人物形貌之难，难得笔墨自主。今日诸多人物绘画一方面克服古代人物画结构不明、造型不精之弊，另一方面却又沉迷于照相写实，常以墨色状模摄影的效果，深陷艺术遗神取貌之病。中国绘画的神采之妙在于陶冶胸中造化，吐露笔端生活。所谓笔墨以天地为师，拜山水为供养。而天地山水，虽极尽变化，却无非生机。得此生机，宇宙生活俱在手上，人物意态呼之欲出。写人物形貌殊难，也必当灵动意写，则不求工巧而自多妙处，不刻形貌而自足神趣。山明先生的画正自有这般烟云机趣。那墨块如月影移壁，亦苍亦润。霏微迷漫，空洞沉冥，覆水如纩，横山如练，一派烟波氤氲之象。那宿墨天然沉郁，力克华美秾丽之过。用笔呈现镂金刻石的深度，却丝毫不滞；敷染如若古锦旧壁，光晖愈见朴质。自来墨色淡而显浓厚难，而山明先生的宿墨叠笔中，却见山水风神，浓纤得中，愈浅淡，愈见绚烂，愈显浓厚……

《赤子之心》中尤其珍贵的是收入了吴山明先生为国家重大历史题材创作工程所创作的《遵义之春》《大泽起义》等作品，及其创作草图和文献资料、年表及部分评论文章，呈现了围绕一个艺术家及其作品创作过程的完整档案。例如，他创作描绘浙江籍现代文学大家的《文学巨擘》一画，从最初草稿到最后定稿，画面上的四位现代文学大家从站姿到在山石上席地而坐，刻画了鲁迅、茅盾、郁达夫和徐志摩四位浙籍现代文学大家的精神风采，可以看出画家的创作心路；《周氏三兄弟》一画，则在人物细微的表情差异中关照了周氏三兄弟不同的性格特征和人生轨迹……

许江在写于 2014 年关于吴山明先生的《艺者杖藜行歌》一文里说：“今日艺坛，写意人物尤难。山明先生却独步写意，尽成得笔墨烟云之妙。那烟云中，山明先生杖藜行歌，既是写照，又是众望。”现在，吴山明先生已归道山，许江在《赤子之心》一书的序言里，进一步评价吴山明先生是“新一代浙派人物画的旗帜，美院中国人物画教学半个多世纪的领军者，宽厚大度的哲匠仁师”。

名人年谱里的波澜与时代

说不清是从哪一年开始，我逐渐喜欢阅读人物年谱，如果倒退 20 年，难以设想我会有阅读现代人物年谱的耐心。当然，20 年前，现代人物年谱一类的书也比较少，即便有年谱，往往也是在一些现代文学名家的全集或文集最后一卷的卷末，附录年表或年谱，单纯以某某某年谱书名出版的还不多见。或者说，那时即便有，我也不会关注。那时，我的兴趣还在人物传记上，那些年关于中国现代人物的传记吸引我的是钱理群的《周作人传》、凌宇的《沈从文传》之类，还有风行一时的《陈寅恪的最后二十年》，等等。最近几年，慢慢喜欢读现代人物的年谱，阅读兴趣从传记转到年谱，也是年过半百之后的习惯吧。

现在想想，我认真阅读的第一部现代人物年谱是《傅抱石年谱》修订版，然后是《闻一多年谱》《胡适年谱》，逐渐习惯了从年谱的平实记录里寻找年谱主人的人生轨迹，也从中探寻年谱主人的人生遭际和命运的波折。以前觉得年谱枯燥乏味，现在却从平淡如水的记录里感受到字里行间的人生波澜，年谱与传记相比，好处恰恰在于这种波澜不惊的流水记录，越是客观记录的年谱，越有着蕴含丰富的重量。

前一阵刚阅读了《吴湖帆年谱》《沈尹默年谱》《周立波年谱》《吴伯箫先生编年事辑》等，最近又集中阅读了几部年谱，对年谱有了更深的体会，尤其是学者谢泳对年谱的评论更是深获我心。

关于年谱的现状和意义，谢泳给出了切实的评价：年谱是中国传统史学的独特体例，和方志一样，均是西方历史著述体例中不曾出现的文体，非常难得。现在方志传统一直得到继承，政府及各类机构虽变来变去，但“方志办”始终保留，非常不易。但年谱传统，在西式专著体例冲击下，学术地位下降了，实在可惜。年谱最见学术功力，毫无疑问，它本来就是正宗的学术著作，但在当下学术评价体系中，很难得到重视。大学里念学位的人，也极少能以年谱申请学位，以为年谱算不得什么学术著作。谢泳说，这种习惯，大错特错。相同领域，相同人物，年谱的学术生命力要高于专著，专著如非名著，很难打败年谱。

谢泳说的“方志办”，也就是各地的“史志办”。我在做报纸副刊编辑之前的工作单位是中国科学院海洋研究所，在那里工作了15年。最后两年，供职于海洋研究所的“史志办”——任务是编写海洋研究所的《所志》和《中国海洋志》。这个“史志办”是个因事而设的临时机构，任务就是编写海洋研究所的《所志》，附带着承担组织编写《中国海洋志》。记得当时的首要任务就是先编写海洋研究所的大事年表，从1949年12月筹建之始，而年表划定的时间下限是1996年，因为那年研究所新一届领导班子刚上任，用一位所领导的话说，盛世修志，我们要写好海洋研究所的历史，先从修志开始，而修志，就要先排出逐年的大事记……但我们不能写自己当下的历史，留待以后的人来写，我们只写到1996年领导班子换届为止。

那两年，我的主要工作就是编写海洋所的大事年表，体验到了“修志”的滋味，年表还未定稿，在1998年暮春，我就去了报社编副刊。也正是从那时起，我逐渐对“史志”有了认识，尤其是因为承担了《中国海洋志》人物篇的组编和撰稿，体验到了“志”与“传”的不同。

就像谢泳说的：“开创性的年谱，完全可以在学术界安身立命。学术工作，眼光非常重要，年谱这样的著述体例，听起来似乎容易，但选择给什么样的人做年谱，年谱是不是第一部，却非常能见出作者的学术眼光。”谢泳关于年谱的这番定论，是他在夏春锦编著的《木心先生编年事辑》所写序言里阐述的，可以说也是我看到的关于年谱的最好定义。

木心这个名字和他的作品，因为陈丹青多年持续不断的努力和贡献，已经成了当今文学艺术阅读的一个流行标签，对于木心其人其作姑且不论，就夏春锦为他喜爱的木心编纂一部年谱，用谢泳的话说：“春锦选择木心先生，这个选择包含了他的学术判断，如果要讲学术水平，我以为这就是真正的学术水平，他能做这样的决断，体现了他的学术追求。这是第一部关于木心先生的年谱，虽然春锦谦虚，只用了编年事辑的书名，其实这就是一部合格的年谱，第一部年谱最值钱，因为有开创之功。”

谢泳进而评论说：年谱的体例，古今一理，但年谱的做法，却有古今之别。手工时代的年谱难，网络时代的年谱易，这是一般道理，不做细部区别。手工时代所有材料均要靠读书而来，长期积累是做年谱的家法；网络时代年谱做法的规则是检索，在学术修养外，网络技术成为必要的学术准备。给谁做年谱、是否第一部，成为网络时代判断年谱价值的重要标志，这部《木心先生编年事辑》满足这样的时代条件，是一部成功的当代名人年谱，以后再出新谱一定是建立在这个基础之上，今后的木心研究也绕不开这部年谱，如果木心研究可以持久，这部年谱也不会过时。

如果说夏春锦是为一位当下“显学”名人编了一部人物年谱，与之相比，我最近阅读的另外几部年谱，实话实说，对年谱主人的历史和著作知之甚少，或者说，只知其大名，却未曾阅读过他们的代表著作，例如马叙伦、欧阳予倩、汤炳正。

这三位人物都是现代历史上的名家，尤其是欧阳予倩，在许多现代作家的回忆性文章里，时常看到这个名字，作为现代戏剧家，欧阳予倩的文学成就并不局限于戏剧，还有小说和散文等，但他的小说和散文显然没在我的阅读视野里，与鲁迅、周作人、沈从文这些现代作家相比，欧阳予倩的小说和散文自然要逊色一筹，而他名世的戏剧，又不是我的阅读兴趣，也就释然对他的陌生。马叙伦，这个名字更多是和现代历史上进步的“著名民主人士”联系在一起，对他作为学者的一面，更是缺乏了解。而汤炳正，近几年之所以对他了解，并不是因为对其作为章太炎的最后一个弟子学术上的认识，而是因为阅读了他学术之外的散文……

历史著名人物尤其是现代历史上的作家学者们，能够让今天的读者还热衷于阅读他们的作品和传记，自然是因为他们的作品或治学著述，对于一般读者来说，若有兴趣阅读，或出于喜爱，或出于敬仰，或出于职业学术。为先贤做传或做年谱，也大抵如此，当然更有名家的后人承担起传播先人的著述和编撰先人年谱和传记的责任。

譬如《闻一多年谱》就出自其孙辈后人，《汤炳正先生编年事辑》也是如此，编撰者汤序波就是汤炳正先生的后人，也正是因汤序波的散文选等书，我才有了走近大学者汤炳正人生世界的书缘。与汕头大学景李斌撰写的研究课题和学术成果《欧阳予倩年谱》相比，温州图书馆卢礼阳编撰《马叙伦年谱》一书，不是哪个部门立项或托付的课题，而是一种充满敬意的投入。

之前，卢礼阳撰写出版了《马叙伦传》。邓伟志在《马叙伦传》序言里说：世界上的事情就是这样，愈是不愿求人作传的人，愈是有人为他作传。马叙伦对立传并不感兴趣。1947 年 10 月，马叙伦在遭迫害危在旦夕之时，曾立遗嘱给子女：汝曹勿复求人作传志。但在半个世纪后，卢礼阳用了 12 年时间，写出了史料翔实客观的《马叙伦》传，描绘了一个现代知识分子的典型形象及曲折道路。马叙伦在新中国成立前，曾先后任多所大学的教授，1949 年 10 月后，作为受到礼遇的民主人士代表，曾任教育部长和高等教育部长。

从这部《马叙伦年谱》里可以看到，马叙伦两次因向当局请愿而被打伤：一次是在1921年6月3日，与北京大学李大钊、沈士远等人先到教育部，后至总统府为教师索薪，在新华门外遭军警毒打；另一次是在1946年6月23日，马叙伦率上海人民团体代表团赴南京请愿，在下关被特务、打手围殴，马叙伦等12人受伤。这就是载入史册的"下关事件"。当然，卢礼阳在年谱里也客观记录了马叙伦的局限和遗憾之处。

景李斌则在《欧阳予倩年谱》序言里说，他撰写这部年谱对欧阳予倩的文艺活动进行了更为翔实的考察，试图充分还原欧阳予倩的一生。例如，欧阳予倩在上海时的戏剧演出——某日和某些人演出什么剧目，都尽可能详细地一一梳理。凭借的资料大多来源于当年上海《申报》，但凡《申报》对欧阳予倩的活动有所记载的，他基本辑录了。"《申报》的演出广告中，有些时候并不标明剧目的具体演员（如欧阳予倩在春柳剧场、新舞台演出时），为避免遗漏，年谱将欧阳予倩所在剧团的演出剧目一一列出，但不能说明欧阳予倩都参演。对于《广告》中明确标明了欧阳予倩演出的，年谱会注明欧阳予倩演……"而欧阳予倩1949年以后的活动多来源于《人民日报》。景李斌说，由此认为，类似这些频繁的活动，无疑影响了欧阳予倩晚年的艺术创作。

关于汤炳正（1910—1998），山东荣成人，语言学家、楚辞学家。章太炎誉之为“承继绝学惟一有望之人”，曾任“章氏国学讲习会”声韵学、文字学主讲。1946年起，历任贵州大学、贵阳师范学院、四川师范大学教授。在语言学、文学、文献学、神话学诸方面卓有建树，尤以语言学理论和楚辞学研究蜚声海内外。著有《屈赋新探》《楚辞类稿》《语言之起源》《剑南忆旧》等。

《汤炳正先生编年事辑》作者汤序波系汤炳正哲孙，2000年出版《汤炳正评传》，2010年增订为《汤炳正传》。《汤炳正先生编年事辑》就是在《汤炳正传》基础上修订增补而得，与之相比，史料更为丰富。读这部年谱，让我有欣喜之感的是，意外读到三十出头时的汤炳正曾应聘于青岛的礼贤中学。1942年8月，他到礼贤中学应聘，担任高中二年级的国文教师，他后来回忆说，当时课本第一课是《隋书·经籍志》的叙论，竟然足足讲了一个学期还没有收尾……读到这里，莫名感慨。而在当时，汤先生说，这是教育界常见的现象，旨在培养学生对中华传统文化的热爱。也正是在这一年，汤炳正完成了《中国古韵学论证》等书稿。读此，不由感叹：当年青岛的礼贤中学，一位语文教员在教课之余竟然完成了一部学术专著。

小报文人与小说

说道小报文人往往意味着贬义，譬如提及上海滩的小报文人，往往令人联想到旧时代小报上的名人八卦和明星的流言绯闻。当年读鲁迅关于明星阮玲玉因“人言可畏”而自杀的杂感，更对小报八卦没有好感。当然，后来逐渐知道对小报文人也不能从道听途说的一知半解一概而论。多年前读蔡登山的《洋场才子与小报文人》，更有了不同于以往对小报文人的印象。

《洋场才子与小报文人》主要写的是当年上海滩鸳鸯蝴蝶派的文人们——其实是一群典型的传统文人，但的确也是一群才子。在他们的生活里，诗、文、书、画是拿手绝活，但他们遭遇的是一个大时代的转折，赖以风雅的生活基础已经断然改变，人生也由此被改变，而小报副刊成了他们“与时俱进”的舞台。例如：陈冷血、天虚我生、严独鹤、周瘦鹃、范烟桥、毕倚虹、张丹斧、钱芥尘、余大雄、施济群、郑逸梅……这些名字代表的已经是一种久远的生活方式和文人生态。若回望他们的踪影，当年的小报和小报副刊的文字成了最好的标本，而其中小报的连载小说，又是最典型的呈现方式。

孟兆臣著的两卷本《中国近代小报小说研究》勾勒了当年小报与小报连载小说的整体风貌和生态脉络：上海小报小说以白相、都市言情小说为主，描绘洋场风情别开新局；北京小报小说武侠、言情较少，以公案、实事故事为重，白话评讲，叙述旧京轶闻。

在孟兆才的梳理下，小报分南北，集中在北京、天津、青岛等地的小报大体归为北派；上海、无锡、苏州等地的小报归入南派。当年小报副刊是重要的版面内容，而小说连载又是吸引读者的重要内容。该书梳理了上海小报小说作家30多位，其中熟悉的有张恨水、秦瘦鸥、苏青……上海小报小说并非都是我们今天所说的通俗小说，有些已经成为现代文学名著，例如张爱玲的《郁金香》、苏青的《鸳鸯湖》等。

其实，当年上海滩的小报在众声喧哗里也获得了很高的社会声誉，而且许多新文学作家也都在小报副刊上发表文章。例如，全民族抗战爆发前的《社会日报》副刊，鲁迅、曹聚仁、徐懋庸、柯灵、唐弢等在该报副刊上刊载文章，而且他们还有人在该报编过副刊。张恨水的小说《春明外史》《京尘幻影录》等，就曾在《社会日报》连载。

创建于1935年的《立报》更为典型：社长成舍我，总编辑张友鸾、萨空了，编辑有恽逸群、谢六逸、张恨水、包天笑等。这些人成就了《立报》的品质和水平，而且也打破了新文学和旧文学之间的壁垒，副刊既有旧派文人之作，也有新文学作家的作品。例如连载的小说，既有张恨水、包天笑的通俗小说，也有茅盾、赵清阁等人的新作。抗战时期，张恨水的《桃花港》和茅盾的《你往哪里跑》同时在该报上刊载。上海小报在连载小说的同时，还伴随出现了为小说绘制插图，一个专门为小说作插图的画家群体应运而生。

当年，在上海滩之所以涌现出一批职业小报小说作家，与小报支付的稿酬能维持生计密切相关。例如，以当时红火的小报小说作家的稿酬为例，一部40万字的小说按千字5元计算，可得2000元，快者半个月、慢者三个月完成，每月平均700元，这在当时是可观的收入。而一般的小报副刊编辑，每月工薪也就是三四十元。不过，当时能以稿酬养家的小报小说作家寥寥无几，也就是张恨水等几位名家有丰厚的稿酬，大部分小报作家若仅凭稿费是很难养家的。

因而，小报作家们往往多有兼职，大多是编辑，小报编辑与小说家，常常是合二为一。例如，秦瘦鸥曾是《上海报》的副刊主编，王小逸也做过《上海日报》的编辑，周天籁在上海汕头路开了一家跳舞学校，还有的在写作之外兼职行医……

在小报作家里，秦瘦鸥和张恨水是典型代表。秦瘦鸥以《秋海棠》《梅宝》等小说闻名，他本身就是副刊主编，还曾自创小报。张恨水的小说主要在南方小报上连载，以《春明外史》《啼笑因缘》等闻名，虽然他是写旧都题材的小说名家，但他的小说却很少在北京小报上连载。小报刊载的张恨水的小说，主要有两种题材：一是旧都生活，一是抗日救国。

张恨水的小说妇孺皆知，读者人群极广，就连鲁迅都买了他的小说寄给母亲，因为老太太喜欢读这类小说。当然，小报也刊载过许多新文学作家的小说，例如丁玲、沈从文、郑振铎、施蛰存、钱杏邨等，而张爱玲和苏青更是小报编辑追逐约稿的作家。可以说，小报小说，既构成也丰富了现代文学的整体风景。

严独鹤：报人的三个字

刚看到三卷本的《严独鹤文集》时，不由得一愣，之前还真没看过他的著作结集。若在以前，我不会感兴趣，这个名字在我的印象里是和张恨水、周瘦鹃这些鸳鸯蝴蝶派的旧式文人联系在一起的。

在我最初接触现代文学史上的鸳鸯蝴蝶派时，看到的大多是对这个流派的批判，接触现代文学作家和作品时，还留下一个印象，就是从现代作家的名字就能大体分出“左”翼作家和鸳鸯蝴蝶派的分野，例如柔石、丁玲、沙汀、艾芜、萧军等，名字里就流露出“左”翼的气息；而鸳鸯蝴蝶派的作家名字，本身就透露着“鸳鸯蝴蝶”的味道，例如张恨水、周瘦鹃、程小青、秦瘦鸥等，严独鹤这个名字自然也被我归入了鸳鸯蝴蝶派里。

不过，幸好有了这套文集，我对现代文学包括对鸳鸯蝴蝶派的认识，已与 20 世纪 80 年代初的初识不同，不再对现代作家持有非黑即白、非好即坏的单一价值观。80 年代初，我见到鲁迅、巴金、沈从文、周作人、梁实秋、林语堂的名字，不管是“左”翼还是自由派，只要是他们的作品集就不会错过，而对张恨水这些人的书，即便遇到也很难引起阅读的兴趣。

其实，正像一位现代作家所说，在中国现代文学的历史上，不管“左”翼、右翼，都不是主流，真正影响普通读者的既不是“左”翼也不是右翼，通俗文学才是那个时代的主流。对现代文学来说，张恨水的小说应该是通俗文学。

近些年，我有意识地购买当年受到读者喜欢的鸳鸯蝴蝶派的作品，还有现代新武侠小说。不过，有位鸳鸯蝴蝶派作家的书，在之前就买过一本，这就是周瘦鹃的散文集。在读何为的散文集《临窗集》里，有一篇写周瘦鹃在新中国成立后营造其在苏州的家庭园林，至今难忘，因此对周瘦鹃的印象不同于其他鸳鸯蝴蝶派作家。

严独鹤的书之前没有读过，现在看到《严独鹤文集》自然不能错过。何况在鸳鸯蝴蝶派作家群里，严独鹤与周瘦鹃并称“一鹃一鹤”。也正是这套书，让我了解了严独鹤。

严独鹤（1889—1968），中国近现代新闻界的著名报人，自 1914 年起在上海主持《新闻报》副刊长达 30 余年。新中国成立后，他参与筹建上海新闻图书馆并主持工作，历任上海市报界联合图书馆副馆长、上海图书馆副馆长等职。在这简单的介绍文字里，其实蕴含的是中国现代历史与个人命运的跌宕起伏。

赵丽宏推荐《严独鹤文集》时说：严独鹤是我国新闻界德高望重的前辈，特别是在 20 世纪 20 年代至 40 年代的上海，几乎是妇孺皆知的大手笔。他还是一位小说家和翻译家，是当时上海通俗文学的代表性人物。他办报纸副刊时对当时的社会热点或国家大事保持气节，针砭时弊，往往成为平民百姓的舆论导向。而他的通俗文学作品，则承继了海派文化的脉络，为普通市民喜闻乐见。

从这个介绍里，至少可以了解两点严独鹤在现代上海滩的作为：其一，他是上海通俗文学的代表人物；其二，他所办的报纸副刊能成为上海百姓的舆论导向。《严独鹤文集》分小说卷、散文卷和杂文卷三册。“热心社会，伤时忧世”，概括了严独鹤的报人生涯和文学写作的基调。

读《严独鹤文集》，最吸引我的还是散文卷。散文卷收录的内容题材丰富多样、雅俗共赏，呈现了当年海派文化的特点。该卷根据内容分为自述、报刊、图书、文学、游宴、体育、影剧、人物、《亦报》《大报》编、忆往等十辑，每辑内的篇目以发表时间先后为序，最后附录了三篇亲友的回忆文章，多方面地呈现了严独鹤的人生经历和日常生活特色。

据说《新闻报》是当时发行量最大的民办报纸，而严独鹤主编的副刊亦是当时深受读者欢迎的副刊之一。严独鹤的父亲晚年常对子女说起办报的诸多甘苦，譬如说办副刊，他的经验是办好副刊需抓住三个要领："其一是每期须有一篇好的短文（言论）；其二是须有一幅好的漫画；其三是须有一部好的连载。唯有如此，方能相得益彰，吸引读者。"严独鹤自做副刊编辑起，就开设《谈话》专栏，每日撰写短文一篇，"取材则上自时政大事，下至市井琐闻，皆为市民所切切关心者；其文字平易，雅俗共赏；因此每篇虽不过几百字，却深受读者欢迎，历之十余年而不衰。"当时他主编副刊的专栏漫画作者是丁悚，副刊连载的长篇小说主要出自张恨水之手，例如《啼笑因缘》《春明外史》等。由此，也可以看出严独鹤主编副刊的水准。

严独鹤在 1939 年 12 月 17 日出版的《上海生活》第 3 卷第 12 期冬至特号，刊载了一篇《谈谈报人》，可以说是他对自己报人生涯的总结，文章开篇说：他已服务新闻事业做报人 30 多年，眼看世界上许多变化，一幕一幕地在他面前表现着，仿佛看一幕极长的戏，而他自己就是替这部戏写说明书的人，有时不免因为剧情的离奇曲折引发自身的情感。用他的话说："这是报人应有的技术……”

在严独鹤的眼里，做一个报人应有的最基本的态度主要有三个字：清、慎、勤。他在《谈谈报人》里对这三个字做了解读，所谓“清”就是洁身自好，做报人要保持清洁的身心，这也是做报人最重要的；而“慎”就是字面上的意思，做报人不能不谨慎，用严独鹤的话说，以审慎自勉，做报人“实在是不宜过于胆大”；至于“勤”，更不难理解，“勤以求人”是做报人的本分。严独鹤阐述这三字说：“清”字下面，可以连接一个“苦”字；“勤”字下面也可以连接一个“苦”字；“慎”字下面虽不能连接“苦”字，然而，要步步谨慎，时时谨慎，字字谨慎，其苦也想当然了。做报人，所谓吃得此苦，才有“甘来”之期而已。

读严独鹤在1939年底《谈谈报人》的种种，今日观之更有历史深处遥远的“报人”回声。严独鹤后人回忆说，1949年10月以后，严独鹤已很少再动笔写文章，有一段时间，家人见他收集了不少关于《西厢记》的资料研读。后来才知道是出版社约张恨水改写《梁祝》，约严独鹤改写《西厢》。张恨水改写的《梁祝》出版后，即遭受各方非议，严独鹤听闻后马上搁笔。之后严独鹤同家人谈及此事，庆幸自己下笔慢，总算没有招来麻烦。这则回忆可以了解严独鹤晚年的心境和行事的谨慎。但即便如此，他还是未能避开晚年的动荡岁月……

关于严独鹤一生的行迹踪影，沈嘉禄的评述客观公允：严先生是新闻出版界老前辈，早年从乌镇来上海求学，毕业后执过教鞭，在中华书局、世界书局当过英文编辑，继而主编新闻报副刊《快活林》，又兼任《新闻夜报》总编，“开辟上海新闻出版业壮丽山河的一批时代才俊中，严独鹤肯定位列第一方阵。在今天中国报纸副刊的文化基因中，也应该有槟芳馆主的一组编码”。

阮仪三："都市文脉的守护者"

自20世纪80年代以来，阮仪三努力促成平遥、周庄、丽江等众多古城古镇的保护，从而享有"都市文脉的守护者""历史文化名城的卫士""古城的守望者"等美誉，并获得联合国教科文组织遗产保护委员会颁发的"2003年亚太地区文化遗产保护杰出成就奖"。正是这种身份和经历，让《阮仪三口述历史》拥有了独特的价值。

在《阮仪三口述历史》一书里，阮仪三回忆自己如何参与保护平遥古城、新绛古园、福州古巷、昆明古街、丽江古镇、九华古寺、杭州古宅等众多传统文化遗存的亲历；如何主持平遥、丽江、上海、苏州、杭州、扬州等城市古风貌保存与发扬历史文脉的发展规划，特别是交织其间的背后故事，多侧面地反映自20世纪80年代以来"国家历史文化名城"从概念提出到付诸实践的发展历程及运作方式；主持和参与制定周庄、同里、乌镇、南浔、角直、西塘等一批江南历史文化名镇的保护发展规划的具体过程和所见所闻……

譬如，阮仪三讲述他保护平遥古城的经历：早在1963年，为了编写《中国城市建设史》，阮仪三曾跟随董鉴泓先生到山西省进行实地考察。他们从大同、太原等地，沿着同蒲铁路南下，不时见到山西的许多城镇像太谷、平遥、新绛、洪洞等都保持着完整的古城风貌，给他们留下了很深的印象。到了20世纪80年代，不少古城大批古色古香的民居被拆，乱开大马路，盖起没有特色的方楼房，古城遭到很大破坏，有的甚至基本将古城拆光了。

1981年初，同济大学建筑系接受山西省建设委员会的委托，到山西榆次做城市总体规划工作。当时全国各地建设高潮正在兴起，到处是沸腾的工地，许多古城的城墙被拆毁，原先的窄街旧巷被拓宽改造。平遥古城由于在20世纪50年代以后经济发展缓慢，建设活动较少，受到的破坏相对轻一些，算是这些古城中仅存的孤品。但是，改变古城风貌的冲动已经产生，改变城市面貌的“宏伟”打算已经出台。平遥已经制定了一份“平遥城总体规划”，根据这份规划，古城中要纵横开拓几条大马路，城市中心要开辟广场，在原有的市楼周围建造环形的交叉口，还要建设新的商业大街。如果按照这个规划实施，平遥古城同样不复存在了，"省建委建议我们顾问一下"，等赶到平遥一看情况，古城西部已经在按此规划实施，城墙上扒开了一个大口子，正在拓宽马路，180 米长道路两旁的传统民居已经被拆除。平遥文物管理所所长说，拆除的全部都是明清时期的老民居。

"我们当时就郑重地向平遥县政府建议，立即停止这种'建设性破坏'的工作，并和山西省建委商定，由我们来帮助平遥重新做总体规划。"阮仪三回到同济大学，向系里主要领导汇报了平遥的工作，一个是建筑系主任董鉴泓教授，一个是古建筑专家陈从周教授。陈从周教授说对于这些城市来讲，保护和建设就是两句话："老城老到底，新城新到家。"陈教授还给了阮仪三一份关于平遥保护的设想计划。阮仪三挑选了 12 名研究生和本科生，都能画能写，会骑自行车。阮仪三告诉他们这是一件很有意义的任务，要求他们参加义务劳动，吃苦耐劳。当时挑选的 12 个学生后来都成了国内建筑界有影响的人，或在其他领域有作为的人。

阮仪三向学校预支了 3000 块钱，用作路费和吃住开销。1981 年 7 月，阮仪三带着 12 名学生开赴平遥，利用暑期重新编制"平遥县城市总体规划"。董鉴泓教授当时还是同济大学城市规划所所长，也亲临现场指导。"我们在规划中指出平遥古城是不可多得的重要历史文化遗产，必须给予很好的保护，而且这种保护应是整体性的。因为平遥古城从建筑到整个城市基本上保持了明清以来的格局和风貌，城墙雄峙，街道完整，巷里修齐；留存多处历史古建，民宅多为瓦屋大院和窑洞式房舍，拱顶卷门，装修精巧；民风淳朴，民间工艺丰富多彩，是汉民族北方古城的典型。”

为满足古城人们生活改善的需要，在不破坏古城格局的前提下，总体规划里设计了一条环形的行车道，安排了给排水及电力、电讯工程的管网等。更重要的是在古城的西面和南面，规划开辟了一块新区，城市新的建设和发展全部放在新区里，建设方针是“新旧截然分开，确保老城，开发新区”。开始的时候，县政府对这个规划抱着相当怀疑的态度。这也难怪，那时候人们满脑子是发展经济，“而我们却提出了要保护古城，似乎很不合时宜”。所以，古城的保护工作进展得并不顺利。

阮仪三和学生们日夜奋战了一个月，完成了现场资料的全部制作工作。首先把保护古城的规划方案、古城风貌完整价值极高的全部资料（包括古建筑、古民居的测绘和照片图册），向当地县领导一一汇报，然后再向省里汇报，但得到的反应都不强烈。在这种局面下，阮仪三拿出自己的攻关本领，把全部资料直接送到北京，反映给国家建设部和文化部的领导。

从平遥出发去北京的那天，阮仪三连自行车都没有借到。那天下着雨，他一个人既要背图纸资料，又要背行李，走了7里路到达火车站，乘着当天夜班车到太原，从太原转程去北京。到了北京，他找到建设部和文化部的有关负责人，向他们汇报了保护平遥古城的重要文化价值。当时北京几位有影响力的老专家，如建设部的高级工程师、时任全国政协城建组组长郑孝燮，文化部高级工程师、时任全国政协文化组组长的罗哲文都在。罗哲文见他时说的第一句话是：阮老师，您赶快想办法去洗个澡吧！当时的阮仪三满身泥浆。罗哲文、郑孝燮都是古城保护和古建筑保护的重量级专家，看完规划资料后，说这么好的东西一定要保护。不久两位专家陆续到平遥考察，山西省省长负责接待。郑老跟山西省省长说，这是"刀下留城"的规划，是高水平的规划。山西省省长随之批示"希望按照规划认真执行"。

1986年以后，去平遥参观的人多了，县政府招待所要扩建，要盖成四层楼的现代方楼房。设在文庙里的平遥中学也要建新楼，省里已经拨下了经费，想建成五层高的大屋顶教学大楼。阮仪三得到消息后赶到平遥，及时阻止了这两起违反保护规划的错误做法。当时房子已经建造一半，硬是想法子降掉两层，才没有造成古城风貌的破坏。

1997年，联合国教科文组织世界遗产委员会通过将平遥古城以及城外的双林寺、镇国寺正式列入《世界遗产名录》。中国，以整座古城列入《世界遗产名录》的，平遥是第一个。不同于此前长城、故宫等单体建筑申遗，平遥古城是以古代城墙、官衙、街市、民居、寺庙等作为整体列入《世界遗产名录》，由此平遥成为研究中国政治、经济、文化、艺术和宗教发展的活标本，平遥是作为一个“大文物”来保护的。

对阮仪三来说，最重要的还是教育人的工作，“你一幢幢房子、一个个城市保护得再好，也只不过就这几件事，在偌大的中国大地真是沧海一粟。而要紧的是人，是接班人的培养，要后继有人，要让下一代真正爱上古建，我们的保护事业才真正有希望”。

汪曾祺的文学自传

初看到这部《宁作我：汪曾祺文学自传》不由得一愣，汪曾祺还写过自传？再细看，原来是杨早编的。也就理解了这部书的性质，说是自传，其实是编者根据汪曾祺的生活和经历的回忆文章编辑而成——以汪曾祺散文选段复现汪曾祺 77 年人生历程。

汪曾祺是沈从文的得意弟子，当年西南联大沈从文教授过的学生里，汪曾祺受沈从文的影响是非常大的，但是，有一点和老师不同，沈从文 30 多岁就写了一部脍炙人口的《从文自传》，而汪曾祺一直到生命最后，也没有写自己的自传或回忆录。当然，汪曾祺写过许多关于往事生活的回忆散文，譬如他的家乡记忆，他在昆明西南联大的生活，他在上海的漂泊……这本书是从这些断片里，连缀编织成汪曾祺的文学自传。

汪曾祺（1920—1997），江苏高邮人，现代作家。

1939年就读于西南联大，1940年开始发表文学作品。当过中学教员，1949年后做过多年杂志编辑。1962年后在北京京剧院任编剧直至离休。著有《晚饭花集》《晚翠文谈》《蒲桥集》《旅食集》《汪曾祺全集》等。

编者杨早系中国社会科学院文学所研究员。著有《民国了》《野史记》《说史记》《传媒时代的文学重生》等，编有《沈从文集》《汪曾祺集》等。

汪曾祺给人的印象平静中和，乐观淡然。其实他一生坎坷，曾生活困苦，甚至念及轻生。该书通过对汪曾祺人生经历的追述，还原出一张真实生动的人物肖像。在这些文字里，可以读到汪曾祺的真实性情。譬如，在江阴上高中时好玩不在乎学习的汪曾祺："下午躺在床上吃粉盐豆（江阴的特产），喝白开水，看书，把三角函数、化学分子式暂时都忘在脑后，考试、分数，于我何有哉，这一天实在过得蛮快活。"在汪曾祺的回忆里，也可以读到他高二时的初恋："我后来到过很多地方，走进过很多水果店，都没有这家水果店的浓厚的果香。这家水果店的香味使我常常想起，永远不忘。那年我正在恋爱，初恋。"后来到了西南联大，汪曾祺还是一贯潇洒自在："大部分同学是来寻找真理，寻找智慧的。""我就是冲着吊儿郎当来的。我寻找什么？寻找潇洒。"当然，潇洒也是有代价的，1946年从西南联大毕业后汪曾祺回到上海，举目无亲的他借住在好友家，整日颓废。因为工作没有着落，他曾想过自杀。老师沈从文得知后，写信将他大骂一通："你手中有一支笔，怕什么！"

对于如何成为一位作家，汪曾祺说："有人问我是怎样成为一个作家的，我说这跟我从小喜欢东看看西看看有关。这些店铺、这些手艺人使我深受感动，使我闻嗅到一种辛劳、笃实、轻甜、微苦的生活气息。"即便是痛苦的生活，在汪曾祺的回忆里，也充满淡淡的调子，譬如他回忆当年下放张家口劳动改造的困苦经历："大部分的农活我都干过，力气也增长了，能够扛一百七十斤重的一麻袋粮食稳稳地走上和地面成四十五度角那样陡的高跳。""我是个喷波尔多液的能手。大家叫我总结经验。我说：一、我干不了重活，这活我能胜任；二、我觉得这活有诗意。"汪曾祺的一生在高邮、昆明、上海、北京等多地辗转，透过这些片段，可以跟随着他的足迹，走访各地风物、寻常人的生活，回顾历史事件。

汪曾祺曾在回忆里写在西南联大时的老师沈从文和 20 世纪 50 年代转行的沈从文，以及他接触的老舍、巴金、朱自清、闻一多等众多现代文学大家，他在文字里为这些现代文人留下了真实而生动的形象。譬如，他写朱自清："朱自清先生的大衣破得不能再穿，就买了一件云南赶马人穿的深蓝氆氇的一口钟（大概就是彝族察尔瓦）披在身上，远看有点像一个侠客。”再如，写闻一多：“能够像闻先生那样讲唐诗的，并世无第二人。他也讲初唐四杰、大历十才子、《河岳英灵集》，但是讲得最多，也讲得最好的，是晚唐。”阅读汪曾祺的人生，其实也是在阅读一个时代。

《宁做我：汪曾祺文学自传》将散落在各处的汪曾祺的 129 篇追忆、记事性质的文字进行细致编排，按照时间顺序呈现汪曾祺的一生——成为首部完整的汪曾祺“文学自传”。这是汪曾祺的一生，也是一个让人激动、惆怅并回味的时代。

汪曾祺的N种阅读

至今我还记得第一次阅读汪曾祺的短篇小说《受戒》的印象，20世纪80年代初期的文学杂志和文学阅读，犹如远去的传说，画面越来越淡。那个时代的中学校园，一本新到手的《小说月报》会引来许多羡慕嫉妒的目光。在当年，对汪曾祺和他的小说的感觉，实话实说，不如对王蒙、张贤亮、从维熙的小说更加期待。但是，现在对这些作家的小说已经很少再拿起来翻阅了，而对汪曾祺的小说和散文的兴趣却越来越浓，已成了案头随手翻阅的经典。

时光淘洗了一切，书橱里的许多当代文学名家的作品集渐渐成了不再阅读的风景，而汪曾祺著作的各种版本却常读常新，就像一坛看似寻常的老酒，随着岁月的沉淀，味道越来越醇厚悠远……

读汪曾祺的作品，不同年龄时段的阅读，对其作品的理解和感受也会有所不同。对于师承汪曾祺的文学启蒙和教诲的弟子们来说，对汪曾祺其人其作的阅读与理解会有更多不同于普通读者的角度和体验。譬如文学评论家王干，在20世纪80年代初，汪曾祺曾给王干的小说做了细致点评并提了修改意见，正因为汪曾祺与他的忘年交，才有了王干对汪曾祺更个人化的解读，例如《尘界与天界：汪曾祺十二讲》一书就是最好的例证。这本书涵盖文学、艺术、人生，涉及汪曾祺作品的现代性、历史感、民间性等内涵，对汪曾祺的小说、散文、书画艺术进行了深入细致的解读与阐述。用汪曾祺的公子汪朗的话说，王干写汪曾祺是带着感情写的，“王干还欠我们家老头的饭钱，没事老在我家蹭吃蹭喝”。或许正是这种“蹭吃蹭喝”，才让王干比其他人对汪曾祺有了更深入的个人解读。

王干说：收进这本书的文章时间跨度有点大，从1985年到2021年，共36年。他最早并没有想到会花这么多年、这么多篇幅去跟踪研究一个作家，他写汪曾祺的文章起初是自发的，因为喜爱，因为崇拜。该书附录《汪曾祺印象小辑》就是历年来与汪曾祺交往接触之后的记录，都是自然而然发自内心的，不是跟风或者赶潮流的。该书里的《汪曾祺的现代性》《汪曾祺的民间性》《汪曾祺与〈史记〉》《吃相和食相》《汪曾祺与传统》

《〈桥边小说〉的“边”》《〈鉴赏家〉的“赏”》等篇，从中可以打开汪曾祺的文化密码，还原一个丰满真实的汪曾祺。用王干的话说，汪曾祺看似平淡，看似简约，却越读越有嚼头。王干之前曾写过一篇《读着汪曾祺老去》，现在他要说的是，“读汪曾祺，让我们没法老”。

如果说王干的“汪曾祺十二讲”为我们还原并解读了一个“越来越有嚼头”的独特的汪曾祺，杨早和凌云岚的《拾读汪曾祺》则主要剖析了“为什么汪曾祺无可替代”的疑问。对他们来说，这个问题值得反复追问下去，“因为这不仅关乎对汪曾祺的阅读方式，关乎汪曾祺的文学史定位，还关乎中国文学在过去与未来的可能”。

《拾读汪曾祺》一书细致解读了汪曾祺极具代表性的十篇“高邮系列”小说，包括《受戒》《大淖记事》《鸡鸭名家》《异秉》等。从历史氛围、生活环境、创作理念、叙事风格等不同角度深入剖析，阐释汪曾祺的文学创作秉持的独树一帜的美学标准，从中感受汪曾祺笔下中国故事的独特韵味，体会汪曾祺身上的文人味与烟火气、世俗与诗意、平和与反叛。

王干与汪曾祺是忘年交，而杨早与汪曾祺也有着特殊的渊源。汪朗在该书序言里说：“杨早和凌云岚都是北大的文学博士，专攻中国现当代文学，他们搞的那一套，我基本不接触，没有资格说长道短，更别说写什么序言了。怎奈，这本书是谈论我们家老头儿汪曾祺作品的，更要命的是，杨早此人不是外人，是老汪家正儿八经的亲戚。老头儿的生母姓杨，与杨早的上几辈是一家人，杨早的爷爷和汪曾祺是表兄弟，从小混在一起，几十年后还记得彼此的小名。有了这些关系，再不可做的事情也只能硬着头皮做了。如今，汪曾祺的各种文集出了不少，谈论他作品的文章也有一些，杨早、凌云岚合写的这本《拾读汪曾祺》还有阅读价值吗？好像还有。”

汪朗进而介绍了该书的特色：这本书收录的文章，主要是用汪曾祺文学创作的主张分析阐释汪曾祺的小说，其中当然也有作者的理解和生发，且多有新意。比如，汪曾祺多次谈到他的老师沈从文在教授文学创作时常说的一句话“贴到人物写”，并对此进行论述。杨早通过对比汪曾祺 1947 年写的《鸡鸭名家》和 1982 年收入《汪曾祺短篇小说选》的修改本，发现许多修改之处都体现了“贴到人物写”的宗旨。像早期版本说放鸭子最苦的是“寂寞”，一个人撑着个“鸭撇子”一早就离开村庄，到茫茫的水里去了，到天擦黑了才回来，“连一个说话的人都没有”。而到了 1982 年，文中的“寂寞”改成了“冷清”。显然，汪曾祺认为 20 世纪 40 年代一个放鸭子的农民，脑子里是不太可能有“寂寞”这样的词，因此换成了更通俗的“冷清”。这样的修改例子，汪曾祺生前都没提过。

汪朗说："杨早在这本书中提出了不少观点，有些很是让我惊诧。比如他从《八千岁》中分析出汪曾祺很懂物价，从《鸡鸭名家》中看出汪曾祺精通生意经，这些是我们家里人以前闻所未闻的。我们一直以为汪曾祺对经济一窍不通，而且毫无兴趣，连自己的稿费有多少都弄不清。看来，对这个老头儿应该重新认识了。"

汪曾祺的家常食谱

苏州作家王道之前出版过一本《牙祭岁月》，主要讲述现代文人在美食中的个性和情趣，及其文人轶事中蕴含的历史与文化，让食物承载了历史的记忆。

例如：1931年秋天，汪曾祺的家乡高邮发了水灾，各种农作物减产，只有一种东西丰收，就是慈姑。那一年，汪家饭桌上频繁出现慈姑，连慈姑嘴子一起烧，一下子让汪曾祺吃伤了，此后三四十年没再碰过慈姑。直到很多年后，汪曾祺去沈从文家拜年，留下吃饭，师母张兆和端出了一盘慈姑肉片。在淡淡热气中，沈从文夹了两筷子慈姑片，抿在嘴里慢慢嚼着，招呼汪曾祺吃："这个好！格比土豆高。"汪曾祺一下子被点拨到了，"格高"，这不正是沈从文的语言风格吗？雪白的慈姑片经过油炒后，略呈鹅黄，肉片附在其中，像是附在鹅黄的玉片上，慈姑嚼在嘴里，不脆也不糯，质地中性，入口清香。在汪曾祺的记忆里，湘西的山水、吊脚楼、木船、翠翠、虎耳草，在沈从文的笔下游走飞腾，无一不展示了其中蕴含的“格”。

由日常的饮食延伸出文人的记忆和记忆里的情怀，这是王道谈文人与美食的文化底色。王道说，他自己的美食写作源于两位作家：陆文夫和汪曾祺。陆文夫是因为小说中的美食知名，而汪曾祺则是实打实地写美食，而且还身体力行地践行美食之道。

读汪曾祺公子汪朗的文章，说父亲是误打误撞成了美食家，不但食性很杂，还会做上几样拿手菜，在一些朋友中间有点小名气。他的厨艺和画画一样，属于自学成才，不像一些行家，经过名厨的指点。但汪曾祺对于烹饪却颇富有创意。汪朗回忆，他们家搬到虎坊桥后，每逢年节，爱好逛菜场的父亲常常发动他们全员出动，去排队买菜：见到什么买什么，猪肚、腰子、水发蹄膀、墨斗鱼、玉兰片……杂七杂八凑起来一炖。汪曾祺说这道大杂烩有说道，叫全家福。除此之外，他还把山药、土豆、荸荠、胡萝卜、小油菜、蘑菇等掺和在一起同烧，红红绿绿的叫罗汉斋。

对于汪曾祺的爱吃，他的同辈作家和朋友也多有描述。譬如，在作家邓友梅记忆中，1951 年冬天的一个星期日，他逛完王府井到东单三条的曾祺家喝茶歇脚，一进门就闻到满屋酱豆腐味。炉子封着，炉盖上坐着小砂锅，隔几秒钟小砂锅“噗”地一响。邓友梅问大冷的天怎么还封炉子？汪曾祺说：做酱豆腐肉，按说晚上封了火坐上砂锅好，可怕煤气中毒，改为白天。午饭吃不上了，得晚饭才能炖烂……再如，作家铁凝曾写：汪曾祺当年被下放，不但没有丧失对写作的热爱，还对美食保存着持续的热爱。有一天在草原采到一朵大蘑菇，他把它带回宿舍精心晾干藏起来，等着过年时回北京与家人短暂团聚时，他把这朵大蘑菇背回家，并亲手为家人烹制了一碗极其鲜美的蘑菇汤。

王道说他最喜欢汪曾祺的一首诗：“年年岁岁一床书，弄笔晴窗且自娱。更有一般堪笑处，六平方米作郇厨。”在王道看来，汪曾祺乐于美食并不是追求生活的奢侈，反倒是素朴生活的具象体现。汪曾祺的美食，都是寻常的家常菜点，更多体现的是一种热爱生活的积极态度。

正是从这个角度，王道在《牙祭岁月》之后又完成了《流动的味道：汪曾祺食谱》。该书以汪曾祺的小说、随笔、回忆录和身边亲友记述等为基础，梳理和还原汪曾祺关于美食与人生的叙述。为了写作此书，王道还去了汪曾祺故乡高邮，采访了汪曾祺的妹妹和妹夫，获取了许多关于汪曾祺的第一手资料。该书围绕着汪曾祺与美食，在谈吃之间更展现出汪曾祺对待现实生活的气质和风度。

譬如：《汪曾祺书信里的美食》一文，汪曾祺致信西南联大时的同学朱德熙时，不仅探讨食物的渊源，还在信中教这位朋友做菜——1972 年 11 月，汪曾祺致信朱德熙，话题从研究草木虫鱼一下子跳到了菜谱上：

> 近日菜市上有鲜蘑菇卖，如买到可以教你做一个很精彩的汤，叫金必度汤，乃西菜也。方法如下：将菜花（掰碎）、胡萝卜（切成小丁）、马铃薯（也切成小丁，没有，就拉倒）、鲜蘑（如是极小乳钱大者可一切为二或不切，如较大近一两左右者则切为片，大概平均一个人有一两即够）、洋火腿（鲜肉、香肠均可）加水入锅煮，盐适量，俟熟，加芡粉，大开后，倒一瓶牛奶下去，加味精，再开，即得。如有奶油，则味精更为丰腴。吃时下胡椒末。上述诸品，除土豆外，均易得，且做法极便，不须火候功夫。偶有闲豫，不妨一试。

再如 1972 年 12 月，汪曾祺致信朱德熙，说他因为办公地停电，偷空回了一趟家，一个人炒了二三十个白果，喝了多半斤黄酒，读了一本妙书……

当然，该书也不仅仅只谈吃，也从饮食延伸出来。

譬如王道说，汪曾祺在信中与朱德熙几乎无话不谈，例如谈女人化妆，“古代女人搽脸的粉是不是米做的，仿佛这跟马王堆老太太的随葬品有点什么关系。近日每在睡前翻看吴其濬的《植物名实图考长编》以催眠……”汪曾祺考证说怀疑古代妇女以米粉涂面以润泽皮肤，而且还说是“着粉”，而非后来的“扑粉”。对于老师沈从文推论说古代妇女用蛤粉，汪曾祺并不认同，因为“蛤蜊这玩意本来是不普遍的”。他还进一步论述：“记不清是《梦溪笔谈》还是《容斋随笔》里有一条，北人庖馔，唯用油炸，有馈蛤蜊一筐，大师傅亦用油（连壳）炸之至焦黑。蛤肉尚不解吃，蛤粉之用岂能广远？蛤粉后世唯中药铺有卖，大概是止泻的作用，搽粉则似无论大家小户悉用铅粉了。”

应均：一点素心能皎洁

依照著作权法，作者去世 50 年后其著作就成了公版，出版机构就无须再向作者的版权继承人支付版税或稿酬，作者的著作也就成了公共的人文遗产。为什么要规定是身后 50 年呢？

照我的理解，就是作者后人享受先人的遗泽也有个年限，也是另一种意义上的“富不过三代”吧。对于许多名人来说，辞世 50 年后若其著作还能再版，其实往往已经归入经典之列。鲁迅就不用说了，胡适和周作人就是最好的例子，在他们的作品成为公版之后，各种各样的选集、文集、全集琳琅满目，而与其同时代的许多作家早已湮灭在时间的河流里。

对现代作家如此，对现代画家也是如此。若在身后 50 年，一位画家的作品还能被收藏者视若珍宝，还能被书画爱好者津津乐道，也是很不容易的。不用追太远，就以我有限的视野为例，在20世纪80年代的青岛，曾有书画界“四老”之说，到现在过去了40年，提及青岛当年书画界“四老”，几乎成了被遗忘的风景。过了50年，若再提起某位画家，要么是名冠天下的大家，要么是对本地人有着乡邦前贤的意义，或在亲友故交的传承里最终进入收藏家的视野。想到这个话题，是因为“应均”这个名字。

应均（1874—1941）这个名字，其实我是陌生的，从网上查到的资料也不多：应均，浙江永康人，晚年以“松石山民”为号。据说：应均书法诸体均工，擅画兰，好诗文篆刻，书画作品饱含金石之气。其书画艺术曾受到于右任、沙孟海等大家的推崇。但由于种种原因，曾一度被书画界遗忘。直到1990年《西泠艺丛》第二期由金鉴才先生首刊其书画艺术专题，应均才以其高尚的人格力量和鲜明独特的艺术魅力赢得人们的尊敬和重视，有了《中国近代书画家——应均》《世纪精华——应均》《西泠印社书画名作丛编——应均画兰》《应均书画集》《应均诗集》《应均诗书画印集》《应均书法研究》等出版……之所以用“据说”，是因为在看到《应均诗集》和大开本《松石山民书画集》之前，对应均的了解都来自网络。若不是浙江义乌的春及草庐美术馆为纪念应均逝世80周年，在2021年岁末举办应均书画展并编辑出版了《松石山民书画集》，我还不会“看”到“应均和他的书画风景”。

应均的题画诗大多为心境表达，例如他的《自嘲》诗："百岁光阴只半余，枉搔短发费欷歔。心无筹计拙鸠似，身少生涯懒妇如。一盏孤灯夜半坐，三竿红日被中居。信天翁在水边立，未必深渊日有鱼。"自嘲之中更有一种淡泊。再如他写的无题诗："年来学写墨梅花，密密疏疏乱似麻。一点素心能皎洁，不求画意访谁家。""一点素心能皎洁"可以看作他本人的底色所在。应均喜欢画兰，所题往往也是"空谷无人能自芳"或"莫谓深山无特出，芳姿绰约冠群英"之类，诗情画意，渲染的是他的态度和对自我的期许。

应均一生没有出永康，从《松石山民书画集》里所收胡竹雨的《再说应均》一文里可以了解。在当年的永康县城，应均的家境殷实，16 岁子承父业经营酒店，一生好读书、喜诗词、爱书画，舞文弄墨，但并不是避世的隐士，而是一名成功的商人。再加上他的书画更是名震一方，与他交往的大多是本地的乡绅和名流。62 岁那年，他的书画作品曾在南京展出，受到了民国大佬于右任的褒奖，一时声名鹊起，求索书画者众。应均生活的时代虽然是大变革和战乱频繁的年代，但应均一生还是安定平稳的，一直过着与世无争的安逸生活。一生并未有大的动荡，避日寇战乱已经是在晚年。后来永康沦陷于日寇之手，应是应均去世的次年。

对于大部分文人来说，不管是从事文学写作还是书法绘画，真正能列入艺术史的不多，即便是艺术造诣很高，能在艺术史上留下寥寥几句痕迹的都非常难得。回望20世纪，能被写入主流美术史或艺术史的更是灿若星辰，尤其在以创新为主调的时代旋律中，传统文人往往被贴上保守与守旧的标签，很难被主流关注或写入历史。但这样的传统文人，未必就没有艺术生命力，而这种艺术生命力就体现在隔代的再发掘与呈现上，这种隔代的挖掘往往源自乡邦文化情结，超越地域寻访，成为对隐入历史的前贤探寻追踪，梳理出虽被岁月风尘遮蔽但仍焕发生命力的风景。从这个角度说，春及草庐美术馆对应均书画作品的专题展览与整理意义也在于此。

其实，不管应均的作品是否受到过于右任等大家的推崇，其人其作更多是一种传统文人的生活状态和精神面貌。像应均这样的传统文人在今天已经是逝去的风景，但在他生活的时代，这样的传统文人并不罕见，许多“应均”大多被淹没在历史和岁月的尘埃中。

如今，应均书画展和《松石山民书画集》出版的意义，不仅仅让我们感受应均书画艺术所呈现的传统文化的魅力，也展现了后人对传统文化的认识和艺术鉴赏力，这是一种文化情怀的担当，也是今天稀缺的一种文化态度与对传统艺术的奉献。

与前辈名家的交往与印象

《大师风雅》一书是关于钱锺书、夏志清和余光中的专题集。该书作者黄维樑与三位先生有数十年交往，很多第一手资料。黄维樑在书中“记其风雅日常生活，兼及夫妻的恩爱深情”。在黄维樑眼里，有“文化昆仑”称谓的钱锺书其学问极为渊博，是一名“文化英雄”，另外两位也都是“诗杰文豪”。

黄维樑写于1984年8月《初访钱锺书先生》的文章里，解释了他与这三位文学大家的“四角关系”：当时他第一次到北京，拜访钱先生。钱先生问他北京之游，也询及香港之友，例如宋淇（林以亮）先生和钱先生相交，梁锡华先生和钱先生有通讯，都被询及。美国威斯康星大学的倪豪士新近访问过钱先生，也被提及。钱先生还谈到夏志清先生。夏先生在他的《中国现代小说史》中对钱先生推崇备至，还撰文褒扬钱先生的《谈艺录》。

1979 年 4 月，钱先生一行人到美国访问，在哥伦比亚大学与夏先生会面是此行的高潮。

黄维樑写道：钱夏之交外，还有夏黄之交。也就是夏先生对他的鼓励扶掖。1977 年，黄维樑的第一本书在台北出版，夏先生为他写序。他在书中，多处引述钱先生《谈艺录》的观点。就这样“钱—夏—黄”形成了一个老、中、青的三角关系。

黄维樑说：钱先生还提到余光中。余先生当时是他的前辈同事，写过不少恋土怀乡的诗篇。《人民日报》曾刊登余先生的《乡愁》一诗。在 20 世纪 70 年代，余先生指导过一篇硕士论文，讨论对象就是钱锺书的作品。钱锺书、夏志清、余光中三位，都是他极钦佩的前辈。有了上述种种，三角关系增为四角关系，他与钱先生的谈话内容自然更为丰富了。

黄维樑的叙述，人物刻画细腻。例如，他写晚年夏志清的生活细节：夏先生晚年不抽烟不喝酒，多吃蔬菜水果。有一年他去拜访夏先生，看到夏先生书桌上有切成一条一条的胡萝卜和西芹。夏先生说：“当有烟瘾的时候，就拿起来吃上一两条，权当香烟。”夏先生因其学术成就和名望，晚年颇为自信，曾半开玩笑地说，自己“很聪明、很伟大”。后来夏公辞世，记者采访黄维樑，他重复讲述夏先生的研究是“让冰冷枯燥的学术充满温暖”。在感伤之际，他写了一副挽联概括夏先生的学术人生：“志业在批评大师小说判优劣，清辉照学苑博识鸿文论古今。”

2015 年夏天，黄维樑一家的美国之旅，在纽约时曾拜访夏夫人。再到夏府，夏公已不在了。和从前一样，客厅和书房都是书，现在更是满满挤挤的，连走廊也是。墙上则多了一框庆寿的贺词，上端楷写着：“志清院士九秩嵩庆。绩学雅范。马英九”夏太太王洞女士精力充沛，很健谈，“时而娓娓，时而侃侃，时而疾疾；小说家与小说批评家与批评家夫人之间，多有爱恨交织的事情。故事已有成为文本，且发表过的，也有我们觉得新鲜的细致情节；里面的激情与怨恨，好像是胡适、徐志摩、郁达夫、张爱玲等现代作家的生活或书写中都出现过的。文学模仿人生，人生也模仿文学；夏太太讲述的，是实录式的小说故事”。黄维樑称夏太太为师母，已年过八十，前尘往事缭绕，夏济安、夏志清兄弟的书信集首辑出版后，她继续整理二夏的书信，以及其他书信；客厅和书房里桌子上一沓沓一捆捆已发黄的老旧信件……“我想起文学史上的一些事：19 世纪英国浪漫诗人雪莱在生时有多个情人，且为情人频频献诗。雪莱既殁，太太整理诗人的遗稿出版，兼收并蓄；她心怀感慨，而心胸开阔……”

黄维樑说，夏志清一生的通信量极大。1969 年 10 月，他开始与夏先生通信，直至 2010 年左右，夏先生给他的信连同圣诞卡，可能多达百封。圣诞卡上，“夏公则是以蝇头小行书在卡上写个半页，常常是更多，有时把整个圣诞卡几页图画之外空白的地方都写满了。他略述近况，还有垂询、鼓励与称许的话；还谈学问，每每涉及学界与文坛的一些事情。”黄维樑写道：留美 7 年，1976 年取得博士学位后回香港教书，翌年出版第一本拙著。夏公知道他快要出书的消息，主动给他写序，序的首句是：“为了写序，最近把黄维樑八年来寄给我的一大束书信重温一遍。”1969 年他刚大学毕业，这样一个年轻人的信件，夏先生竟然都保留着。

黄维樑对余光中夫妇晚年生活也有生动描绘：余先生和太太戴着老花眼镜，各自或一起看书报杂志，交换心得；余先生握管写作（他不用电脑），余太太在旁边的书桌，为丈夫校对新书的书稿；最近整理一个抽屉一个抽屉几十年的书信……丈夫的手迹日日亲炙，她偶尔替他写回信，字迹竟有几分“余体”了。从前家里四千金、余老先生和范老太太两位长辈的饮食起居，为丈夫欢迎或婉拒访客，种种照料种种事务，“凡”事都由“我”（范我存）负责。余先生四处演讲，所到之地，余太太总是仪态优雅地陪伴着。有时余先生徇众要求诵读其名诗

《乡愁》，到了“我在这头，新娘在那头”，就在台上加强语气地读出“我在这头”，然后指着台下第一排正中座位上的妻子：“新娘在那头”。这时听众大笑而余太太微笑，就像新娘那样腼腆。

黄维樑说：五四以来的名作家，妻子料理家务之外，还为丈夫的文学事业出力，从黑发至白头的，似不多见。胡适的太太江冬秀识字不多，就算有心也欠实力。郁达夫与王映霞反目成仇，不用说。朱自清的元配相夫教子到了含辛茹苦的地步，应付家务之外，并无时间为夫君的文事略尽微薄。梁实秋曾记述与太太程季淑一起吟诵英文诗，却没有说太太为他校对或整理文稿……余太太早在恋爱阶段，就为男朋友誊抄《梵谷传》的翻译稿，此后一直“兼任”丈夫的助理和秘书。“钱锺书盛称杨绛为贤妻、为才女。范我存是贤妻，也是才女，只不过她述而不作而已。”

这个人是黄埔二期的

聂绀弩的一生充满传奇，周恩来曾戏称他为“20 世纪最大的自由主义者”。聂绀弩 1922 年加入国民党，是黄埔军校的第二期学员，后又考取莫斯科中山大学，与蒋经国等人同学。1934 年加入共产党，1938 年参加新四军。1950 年后，担任过人民文学出版社副总编辑……坐过十年牢，又卧了十年床……聂绀弩一生行迹和纪事都细细地收入在《聂绀弩先生年谱初编》里。

读张在军编著的《聂绀弩先生年谱初编》读得很慢，读得慢的原因是被一条条逐年逐月甚至逐日排序的记录所“困扰”，这个困扰之所以打上引号，是因为在阅读中引起了更多相关的阅读和联想。年谱虽然注明初编，但内容已经非常详细，所引用的材料非常丰富，尤其是征引了大量聂绀弩同时代人的相关回忆和书信等，清晰呈现聂绀弩跌宕起伏的人生命运。对于聂绀弩其人其文，就像陈子善所说：聂绀弩（1903—1986），笔名耳耶、二鸦等，早年投身“左”翼文艺运动，曾与鲁迅有过交往和合作，编刊物、写小说、写新诗、写剧本，尤以嬉笑怒骂的杂文著称。20 世纪 50 年代以后，从事中国古典小说的编辑和研究。1958 年后，开始旧体诗词的写作，终以“散宜生诗”驰名海内外，使其后期的文学生涯更显辉煌。无论在中国现代文学史还是当代文学史上，聂绀弩都是一个响亮的名字。

《聂绀弩先生年谱初编》以大量第一手资料还原呈现聂绀弩的人生和个性。例如，在 1978 年春，聂绀弩在写给友人的信里谈及近况，说他还好，只是因为哮喘和植物神经紊乱，虽不太严重，但缠绵已久，怕冷怕热，尤其担心中风，因而很少出门，加上自己本来就懒，正好借此流连病榻卧治天下。一句“卧治天下”是典型的聂绀弩式的幽默。

当时的聂绀弩境况比较窘迫，他告诉友人，他已 76 岁，老妻也已经 71 岁，每月依靠妻子的退休金“勉可生活”，但他对此理解并抱乐观态度。

关于聂绀弩的遭遇，他的许多老友非常关心，也呈现在他的许多老友和老同事写给友人的信里或回忆里。例如，1976 年 11 月 11 日，楼适夷在写给杭州黄源的信里，介绍了聂绀弩的近况，“我同他见过面，他还是老样子”。那段日子里，聂绀弩的许多老友不断来看望他，如牛汉、舒芜等人，而骆宾基更是在他回京时直接去车站迎接。劫后回京的聂绀弩显然是乐观的，楼适夷在同年11月16日致黄源的信里说：老聂很健康，还想办法进鲁迅研究室工作，正在活动，他的爱人说他还可以工作20年，真是雄心壮志。现在回看这些纪事，可以清楚感受到“春寒料峭”前的“乍暖还寒”。

1978年的聂绀弩即便还有再工作20年的雄心壮志，但他的身体已经不允许了。同年11月20日，楼适夷在写给黄源的信里说：“社里现在抓紧研究聂绀弩问题，聂已病不能起，争取能在他生前解决……”

聂绀弩于1986年去世，晚年虽然一直“卧床”，但还是写着春天的旋律。

对这部《聂绀弩先生年谱初编》，陈子善评价：这不是一部一般意义上的普通的现代作家年谱，而是作者努力发掘的大量第一手史料，以记年体的形式，展示了聂绀弩独特的跌宕起伏的一生，同时也折射了聂绀弩所处的那个复杂变幻的年代，所谓“以一滴水见大海”是也。这部年谱以空间的转换和时间的推移来结构作家年谱。“中国现代文学史上被称为作家的写作人不知凡几，并非每个作家都值得编年谱、写传记的，而聂先生绝对值得编年谱、写传记，这是因为他的曲折坎坷的经历，也因为他多方面的文学贡献，因为他的《散宜生诗》等旧体诗词的杰出成就，更因为他是一个性情中人，一个虽不无缺点却最终仍保持了独立思考的大写的人，值得我们从他的诗文中、从他的身上去进一步认识和探究。”

因此，张在军撰写中的《聂绀弩先生年谱长编》和《聂绀弩传》更值得期待。

狂飙年代里的细腻情怀

初看《周立波与外国文学》这本书名，不由得一愣。周立波与外国文学有啥关系？在我的阅读印象里，作为现代中国作家，周立波这个名字是和“乡村”“土改”“合作社”这些充满时代特色的词汇交织在一起的。对周立波，说起来似乎熟悉，其实了解并不多，只记住了他的长篇小说代表作《暴风骤雨》和《山乡巨变》，在印象里把他归入抗战时期从延安走出来的红色作家。

说起来我这个年龄的读者，在20世纪80年代对周立波这样的现代作家作品，如果不是被收入语文课本，很难有阅读的兴趣。像赵树理、吴伯箫、孙犁、茹志鹃、峻青、王愿坚等作家大体如此。对我来说，还有阅读兴趣甚至搜集其作品一直阅读至今的，唯一一位就是孙犁。

对于周立波，则是另外一种例外。他的长篇小说代表作《暴风骤雨》《山乡巨变》，这些年来一直有新版，但我只各买了一版，购买原因只是为了一种“母本”的“存档备览”。因为脱胎于这两部长篇小说的连环画，在今天的连环画阅读或收藏群体里口碑远播，尤其是贺友直绘的《山乡巨变》连环画，更是得到了专业圈和读者群的共同关注，被誉为代表新中国连环画艺术的巅峰之作。

现在阅读和购藏连环画的“连友”大多是出生于20世纪五六十年代的中老年人，“连友”与连环画构成了一种渐渐褪色的风景。我买的贺友直的《山乡巨变》连环画，从普通本到珍藏版，各种版本大体有六七种。《暴风骤雨》连环画出自上海的施大畏，一位与贺友直属于不同年代的上海画家，施大畏的连环画风格明显不同于创作于60年代的《山乡巨变》，在整体风格上更具80年代的时代风貌。这两种风格的连环画都是我喜欢的。作为小说原作的《暴风骤雨》《山乡巨变》已经不再有阅读的兴趣，但脱胎于小说的连环画却是我常翻的案边书。

贺友直的连环画《山乡巨变》被人称道的是描绘细腻，譬如有一个场景描绘两人在喝酒聊天，贺友直连续画了十多幅，像是电影拍摄的连续镜头，从不同角度描绘两人的神情和动态，还有环境背景的烘托。再参照阅读周立波的原作，描述也是非常细腻的。只是今天，读者还有兴趣读他的小说原作吗？

正是从这本《周立波与外国文学》里，我才了解到周立波作为现代中国乡土作家的另一面。周立波的身份被概括为三个：战士、作家与学者，而后者也是他区别于同时代其他乡土作家的重要特色。周立波青年时代在上海作为“左”翼文人，是以外国文学翻译开始其文学活动的，抗战时期在延安鲁迅艺术学院讲授外国文学课程，而让他真正进入现当代文学史的则是1948年创作的长篇小说《暴风骤雨》和1958年问世的《山乡巨变》。这两部小说奠定了他在中国现当代文学史上的地位。周立波的小说，无论是《暴风骤雨》还是《山乡巨变》，“读者总能悟出一点西式文人的细腻情怀，或体会到西洋的文学风味与结构雅致”。

据说，周立波与外国文学不仅是精神和艺术上的关联，就是在日常生活中，外国文学在他的心目中也占有极其重要的位置。譬如：在抗美援朝出国作战期间，他送了几十万本苏联小说《普通一兵》给渡过鸭绿江的战士，用光了因《暴风骤雨》在1951年获得的斯大林文学奖的奖金——他的《暴风骤雨》和丁玲的《太阳照在桑干河上》同时获得了斯大林文学奖的长篇小说奖。他最喜爱的一套书是汝龙翻译的《契诃夫小说选集》。“即便在生命的最后时光，他在北京301医院的病榻旁，还放着苏联作家法捷耶夫的《毁灭》和亚历山大·绥拉菲摩维奇的《铁流》。”那时，周立波为了写一部以三五九旅南下为题材的长篇小说做热身准备。谁能想到，他那篇封笔之作——荡气回肠的《湘江一夜》，极其本土化的语言和题材，竟脱胎于外国的战争小说。

《周立波与外国文学》是作者邹理在其博士论文的基础上修订而成。对于现代作家来说，试想一下，如果没有高校里的大量现当代文学专业的硕士、博士生，还有多少学者或有兴趣的读者对一位已经逐渐从读者的阅读中远去的作家，做如此深入的探寻和剖析呢？对于现代文学来说，鲁迅、胡适、周作人、沈从文、张爱玲等，已经是“显学”的大家之外，像周立波这样的作家，其实也很有必要围绕其人其文做深入剖析和还原描绘。

在《周立波与外国文学》之外，该书作者还完成了《周立波年谱》。用作者的话说，《周立波年谱》的完成得益于她的博士论文《周立波与外国文学》的资料积累。在读博时，导师多次要求她做周立波年谱，虽然不是博士论文主题，但导师认为只有在做好年谱的基础上才能充分地了解作家周立波，才能深入地理解周立波与外国文学的问题。博士毕业后，她继续在周立波研究领域徘徊，最终确定继续挖掘下去——周立波经历了中国现当代文学的几个重要阶段，长期从事文学创作活动，周立波的生平本身就是一个传奇。

周立波当年从湖南偏远的益阳清溪村跟随周扬来到

上海。20 世纪 30 年代的上海是东亚的商业和文化之都。周立波投入全部精力学习外语，研究外国文学理论，关注苏联文学理论，写了很多文学评论。后来在延安鲁迅艺术学院讲课，就得益于在上海打下的基础。抗战胜利后，周立波从延安去了东北，参加“土改”。

周立波首先是一个战士，然后才是作家。在东北“土改”中，周立波写下了《暴风骤雨》。他觉得这部小说有些地方还比较粗糙，后来在湖南益阳又居住了 7 年，写下了《山乡巨变》。

《周立波年谱》作者邹理说，周立波不是简单的个体现象，而是 20 世纪中国有着强烈的国家民族意识、富有兼济天下的壮志激情，同时带有许多历史和个人局限性的现代作家的典型，“个人与时代”的主题在他身上得到了特别的呈现。

朱省斋的书画“好眼力”

朱省斋（1902—1970）的《朴园日记》虽然只是一本小册子，但内容颇值得玩味，限于文章体例，许多涉及书画的内容往往浅尝即止，给人许多想象的空间，对他所谈书画背后的故事有了更多的念想。

看到新出版的大书《朱省斋古代书画闻见录》，我首先在这部图文大书里寻找在《朴园日记》里提到的那些古代书画的前世今生。例如，朱省斋《朴园日记》里收入的《上海一周》一文，记录了1957年5月的京沪之行，从香港到北京再到上海，拜访徐森玉、谢稚柳和吴湖帆等老友。其中写到，他在上海文物保管所看画，一幅让他眼前一亮的就是元代王蒙的《青卞隐居图》。这幅画20年前他在上海狄平子家中看过一次，这次再遇见令他大喜过望，然后简单介绍了这幅画的来龙去脉，最后感叹说：“狄平子死后，此图由其后人卖出，现在转辗为国家所有，于是大众遂得共赏，不亦快哉！”因为只是简洁的行旅日记，对于此画背后流传的故事内容并不多，对此画的特色仅仅是“雄伟瑰奇”的几句赞誉，没有深入分析。而在这部《朱省斋古代书画闻见录》里收录的《狄平子的秘籍——〈青卞隐居图〉》，满足了我对此画背后故事的好奇。

朱省斋在《狄平子的秘籍——〈青卞隐居图〉》一文里，详细讲述了此画和狄平子的来龙去脉：狄平子是当年上海有正书局的创办人，有正书局以影印唐宋元明书画法帖数百种及刊行《中国书画集》而闻名，这与狄平子本人好书画、富收藏、善鉴赏有关。在狄平子的收藏中，最有名的就是元代王蒙的《青卞隐居图》。这幅画之所以有名，朱省斋归结原因有二：第一，这幅画的隔水绫上有董其昌书题的“天下第一王叔明画”8个字，显出这幅画的不凡之处；第二，狄平子的这幅画得自嗜画如命的父亲家传，父亲狄曼农因为这幅画差点惹来杀身之祸——狄曼农在江西做官时，其上司觊觎此图，意欲豪夺，狄曼农不允，险些引来杀身大祸。关于此事，朱省斋引述了狄平子《平等阁笔记》里的叙述，对这幅画青眼有加：“青卞图画树用浓墨，画山用枯笔，笔墨极显露；而雄浑灵奇，却无丝毫笔墨之迹。”进而用文学经典小说《红楼梦》《水浒传》《金瓶梅》比附：“红楼、水浒，有笔有墨者也；金瓶，无笔无墨者也；不意此画有笔墨而仍无笔墨，又是一般境界矣。”

朱省斋说，1940 年前后，他在上海主办古今出版社。有一天，吴湖帆突然兴高采烈地来找他，说听到狄平子后人有意出售《青卞隐居图》的消息，开价 100 根金条，问朱省斋是否愿意和他合资购买。朱省斋欣然答应，托他竭力推进。过了四五天，朱省斋在家里招待朋友茶会，宾客有冒鹤亭、梅兰芳、吴湖帆等人。朱省斋顺便问吴湖帆购画的进展如何，吴湖帆回答前两天叶恭绰特地来找他，叶先生说早已与狄平子的后人在商谈购买这幅《青卞隐居图》，谈得差不多了。现在外边传吴湖帆、朱省斋等人也想购买此画，因此颇影响叶先生的谈判。吴湖帆对朱省斋说，他们不便与叶先生竞买此画，不如罢手。一个月后，这幅画竟然被不相关的别人买去，令吴湖帆、朱省斋懊恼不已。

1957 年 5 月，朱省斋在上海文保会再次遇到了这幅《青卞隐居图》，不禁喜出望外，感叹翰墨有缘。这幅画现存上海博物馆，朱省斋特意记录了此画下方白绫上的近现代名家题记，例如罗振玉、陈宝琛、张学良、冒广生、叶恭绰、吴湖帆等人。

朱省斋之所以有很高的鉴赏力，与出身和经历有关：他出生于无锡一个画师之家，幼年即受家庭熏染。后在北京渣打银行任职时，得到画家、鉴藏家金城的指点；中年得益于好友吴湖帆和外舅梁鸿志的传授提携；晚年移居香港后，又与张大千等人朝夕相处，析疑解惑，眼力益精。朱省斋生平收藏或寓目的古代书画名迹数量众多，且多煌煌巨迹，例如：王羲之《行穰帖》、韩滉《五牛图》、韩幹《牧马图》、董源《潇湘图》、顾闳中《韩熙载夜宴图》、卢鸿《草堂十志图》等。

《朱省斋古代书画闻见录》一书收入了他过眼的中国古代书画的鉴赏笔记："朱氏在收藏的同时，特别留心于书画之赏鉴，详细记录每件名作上之款识、印章，并根据个人之鉴赏经验对作品做出评价，此举不仅延续了中国古代书画著录之传统，同时其个人之书画眼光亦表露于文字中，成为我们可资借鉴的鉴赏经验。另外，朱省斋亦重视每件作品的来由与去处，于书中记录了书画之流转经过，这份材料亦成为了解20世纪上半叶名作辗转流传的珍贵史料，填补了历史的空白。"

对于朱省斋的鉴赏水平，万君超评价说：如果将朱省斋定位在一个纯粹的书画商人的身份来看，他的博学多识，勤于研究和著述，堪称当年香港书画商中第一人。他之所以在当年享有盛名，并不是他的藏品或收藏的财力，而是他的书画鉴赏文章和"好眼力"。他一生鉴阅和经手的书画作品无数，却极少有失误或"走眼"，的确是非常的稀见和不易，他似乎具有一种“用志不分，乃凝于神”的境界，令人刮目相看。

对于朱省斋的书画鉴赏撰述，朱万章评价说，朱省斋书画撰述大抵可分为三类：一为引经据典的史实与立论，如谈赏鉴的规律、谈画史和名画家等，多以前贤论著浇胸中之块垒，见微知著；一为寓目书画的赏鉴，多有感而发，有的放矢，这类文章亦体现其赏鉴家之特色；一为记述时人书画家，或与其有交游，或慕其名而论之。这些文章，大多成于20世纪40至60年代。这一时期，正是风云跌宕之时，其时中国的美术史研究，非但没有形成系统的学术规范，能在一张安静的书桌前静心写作已非易事，故这些看似碎片式的小文，在特殊的年代里，对于书画史的整理与传播方面，确乎是有筚路蓝缕之功……

寻觅现代文人的足迹

2020 年 10 月 22 日，《文汇报》副刊《笔会》刊载了周立民的文章《他们在笑什么》——解读的是一张照片：巴金和他的朋友们，拍摄于巴金武康路寓所的二楼书房中。朋友们围坐一圈：柯灵、王西彦、张乐平、孔罗荪、巴金、李济生、师陀……这些人的脸上都洋溢着欢乐的笑容，尤其是巴金和对面坐着的柯灵，几乎可以用“开怀大笑”来形容。这张照片曾被命名为“劫后的笑声”，但是，他们在笑什么？却没有人说。周立民娓娓道来，解析了巴金和他的朋友们当时的聚会以及为何而笑。

文章的结尾，周立民写道：长久以来困在他心中的一个谜团，想不到就这么解开了……“史料寻访的魅力或许正在于此，踏破铁鞋而不得，柳暗花明又一村。一个意外的邂逅，可能拨开云雾，让我们一窥历史的本来面目。一张照片，他们在笑什么，当然不是什么大事情，不过，多少年来，我在追寻它背后的故事，一旦解决，我不禁也有一种乐在其中的会心的微笑。”那么，从发现问题到得到答案，用了多久呢？周立民说，从1992年秋，在一本画册上看到这张图片，他就在想这个问题，因为照片上所有人都在笑。一直到2020年10月初，他才写出这篇文章。

对周立民来说，这种情况很正常。比如，他早就想写一写傅雷，有段时间出差都带着傅雷的书，笔记中显示2006年已在整理相关资料，直到2020年春天，他才写了一篇关于傅雷的文章。为什么会如此呢？周立民说，除了积累和挖掘资料外，写文章还需要内外的契机以及切入的视角，这些想不清楚，不能写。这段话其实也道出了周立民关于现代文人话题的写作路数。

关于现代文人其人、其事、其文，周立民著述颇丰，2020年又出版了《老派：闲话文人旧事》《星水微茫驼铃远》。周立民对于现代文人的关注和解读，基本是以巴金为圆点，然后划出一个大圆，围绕着巴金和巴金的朋友们展开，一波波荡漾开来，构成了他的闲话文人旧事。例如，2013年，他在《收获》杂志开的“星水微茫”专栏，闲话的现代文人就是巴金、沈从文、卞之琳、李健吾、梁宗岱、沉樱、方令孺、萧乾等，换句话说，他们都属于巴金的朋友圈里的人。周立民说，把他们放在更大的时间背景中重读作品时，惊奇地发现，虽然个性各异，却在精神气质中有着相近相通的地方；虽然没有组成联盟，可是他们的精神底线、做人的底线又惊人的一致。在历史巨浪中，他看到他们的无奈、无能、矛盾、困惑、软弱。然而，他们却又是那么固执、执着、坚韧。“他们的生命有时候晦暗不明，有时候却光彩夺目。时间已经在做旧他们，然而，他们仍然是一座富矿……”

对于这种寻觅，周立民自问：在这样喧嚣的社会中，是否还能有素净的心去感怀那一代人的精神气象呢？尽管他从现代文人的作品中，从书信日记里，从传记和人们的描述中苦苦地追寻，但还是感觉很艰难。因为那一代人身上有着特有的精神气质，读他们的作品，翻动他们的手稿与书信，听熟悉的人谈他们的趣事，他又觉得他们似乎离我们不远——犹如对面走过来的老头儿，在书房里与他倾谈的长者，甚至是固执的“落伍者”。但是，他们都是个性鲜明的人。周立民说，或许正因为这一点，他才写下了对他们的理解和印象，准确与否，对与不对，他都不紧张，因为与他们“在一起”，总有一种如沐春风的感觉。

譬如《梁宗岱、沉樱：纵浪大化中》一文的开头：在岁月中追寻那些逝去的往事，如同在沙漠里遭遇狂风，常常身陷其中一片迷茫，即便是风停下来，面对着一望无际的单调黄沙，也找不到方向。但是，倘能在浩瀚沙海中遇到一棵哪怕是十分瘦弱的骆驼草，眼前的颜色也将为之一变，这片沙漠立即有了让你不能忘记的鲜明特征。提起梁宗岱，我印象深刻的那棵“骆驼草”就是罗大冈最初拜见他时，他说的那句话：“你们中法大学的女生谁最漂亮？”……作者寻觅现代文人的切身感受和所描述的一个真实的诗人形象从纸面上凸显出来。

再如他写卞之琳——卞之琳究竟是怎样一个人？其实之前周立民已经写过一篇三四万字的长文，探讨过卞之琳究竟是怎样一个人——从他老朋友的眼里，从他的情感经历里，从他的作品里，从他后半生的行为抉择里。可是，周立民还是觉得不曾直指要害：卞之琳是一个矛盾的人，这有些大而无当，人都是矛盾的；说他是拧巴的人，有些唐突长辈；说他是一个认真、较真、严谨的人，好像还是把一个人看简单了。那么，“说他是一个尴尬的人吧，情感中尴尬，与朋友交往中尴尬，写作和做翻译尴尬，诸多尴尬汇集一身。尴尬乃是因为身不由己，命运如此，还是个性所致，命定如此？或许兼而有之？”周立民剖析的就是在诸多尴尬中“不上不下”的卞之琳——明明写过诗，却不愿意称诗人。对于文学批评，在周立民眼里，作为学者的卞之琳并不适合做这个，卞之琳“不缺学养，不缺才分，缺手起刀落、干净利索，缺一针见血、酣畅淋漓”……

再如，卞之琳写的那首站在桥上看风景的寥寥几行的短诗《断章》，和对才女张充和的恋情已经成了现代文学史上的传奇故事，也能见出卞之琳的性格。晚年的张充和并没有否认《断章》是写给她的，却断然否认她与卞之琳之间有什么罗曼史：“确实有另外一些不相干的一起玩的人，追求过我，但都不如卞之琳这一段来得认真，持续的时间长。他的好意我是心领了，但这种事情不能勉强，我自始至终对他都没有兴趣，就看见他在那里埋头作诗，你说我能怎么办？”张充和的语言风格与卞之琳完全不同，“我自始至终对他都没有兴趣”，说得肯定、坚决、果断，不留余地。在卞之琳这一方呢？周立民剖析说：卞之琳的文章说别的事情都能不由自主地转到张充和身上，“对方的一颦一笑，都永不会忘记，值得咀嚼千百遍的温馨记忆永远留在心底。这一切，都在淡淡的言语中隐隐约约地透露出来了”。“他生怕别人不知道有一个张充和，又好像生怕别人全都知道，欲说还休，又喋喋不休，一切仿佛只是自言自语。”

与寻觅现代文人的足迹类似，在周立民的“老派”里，更多体现的也是他的文人性情。例如他在“老派之二”里的感叹——很不喜欢《有的人》这首诗，后来却忽然悔悟：不能以自己好恶评价别人，用“有的人”造句子常常是生活里最坚挺的逻辑。比如：有的人老觉得自己了不起，动不动说这个文笔不好，那个人的书读不下去，其实速朽的是自己；而有的人只想坐在家里读书，从来不去张扬什么，却引得成千上万的人对他迷恋不已。前一种人现在多得去了，不过为了争风取宠；后一种人自然凤毛麟角，例如钱锺书，给人的印象似乎都是恃才傲物、瞧不起人的才子相，有大学想给他老爹开个研讨会，他说开这类研讨会是“招邀不三不四之闲人，谈讲不痛不痒之废话，花费不明不白之冤钱”……

周立民说，在寻觅现代文人的过程中，他有时候又很伤感。譬如，他去北京寻访当年巴金和朋友们的旧踪——去“三座门”那天，后来又折回了北海，一路上想着卞之琳写过的驼铃：“多少个院落多少块蓝天 / 你们去分吧。我要走。/ 让白鸽带铃在头顶上绕三圈——/ 可是骆驼铃远了，你听。”如今，这些都很遥远了，站在拥堵的大街上，他一片茫然，完全想象不出那雍容漫步的骆驼，悠远的驼铃。在北海见到好多鸽子，夕阳下一圈圈飞着，好像是曹禺《北京人》的开场，又引出了辛笛《怀思》的心绪：“又一年的将去。/ 城下路是寂寞的，/ 猩红满树，/ 零落只合自知呢；/ 行人在秋风中远了。”

周立民说，他担心自己的描述让人产生误解，特别鼓励了那些总觉得生不逢时的人。其实，回头去看看这些人的人生，我们毫不怀疑一个说法：这些人放在什么时代，都会吐露芬芳；他们要实现和完成的“自我”是那么生机勃勃、百折不挠。但是，他们完成“自我”了吗？有时候，他独自思量；有时候，他黯然神伤。但是，尽管明知一切都是徒然，他还是心有不甘，仍然想追问：在星水微茫中，我们还能捕捉到远去的驼铃吗？用他自己的话说，他是站在20世纪的历史之外，重新打量他们的人生和那个逝去的时代，在星水微茫中，寻觅他们跨越时光的足迹。

老照片里的中国现代风云

打开《图说 20 世纪中国 1910—1919：觉醒》一书，一张老照片吸引了我——原来是 1912 年孙中山北上的专列。1912 年 8 月 18 日，孙中山应袁世凯之邀，乘“安平”号轮船北上，8 月 25 日在天津换乘火车进京。照片上的孙中山由卫士簇拥着，目光凝视着前方。之后，袁世凯邀请孙中山出任中国铁路督办。

孙中山一直有一个铁路梦。曾有《纽约时报》的记者在上海拜访孙中山，孙中山拿出一张大地图铺在地上，向记者讲述他宏伟的铁路计划，他手持毛笔不时在各省属地上画着他计划中的铁路线，在记者看来完全是随心所欲凭臆想画着线路，丝毫不考虑现实的地理地势。图文对比，诚如苏珊·桑塔格所说：“所有的照片，都会由于年代足够久远而变得有意味和感人。”这一点，也是老照片的意义和价值所在吧。

与这部《图说20世纪中国1910—1919：觉醒》同时出版的，还有一部《图说20世纪中国1900—1909：变局》。这两部书反映了中国20世纪最初20年的生活场景，按年度排序，讲述该年发生的大事要事，图片展现了年度政治人物、自然人文景观和普通人的生活，聚焦了20世纪初中国人的日常生活和喜怒哀乐，“从1900年的中国，观看今天中欧、中美以及中日关系的变局，历史其实就在昨天，今天不过是历史的延续”。

譬如，中国与美国在1900至1919年间爆发过贸易战：清末民初的中美棉花倾销争端，以及当年即有所谓的顺差问题，隔了100多年，中美两国间的贸易顺差仍然存在。

《图说20世纪中国》丛书主编师永刚说：《变局》《觉醒》写的是1900年到2020年间剧烈变动的中国。不是怀旧，也不是算旧账，而是想从中找到我们从哪里来、到哪里去、为什么来这儿的原因，给大家提供一个可以选择的向导。它不是司马迁的《史记》，也不是史景迁的西洋镜下的演绎。它在这个时代，所发挥的作用也许只是给大家科普一个维基百科式的百年常识：大清为何亡国，民国为何有黄金十年，历史的选择与走向等，都会从中找到历史线索与答案。

这两本书以图文的形式讲述波澜壮阔的历史事件和

普通人的生活景致。书中丰富的照片都有图注，释读照片的文字也自有脉络，读者能“亲眼”见证那些只存在于史书字里行间的历史事件：比如，当年东北地区的鼠疫防控战中伍连德的身影、辛亥革命成功后洛杉矶华人游行庆祝、一战胜利时在故宫的大阅兵、唐人街华人的生活等等。而老照片所呈现的丰富也是超越历史的文字记录，例如《慈禧太后的回銮之旅》配的老照片与解读文字：1901 年，随着《辛丑条约》的签订，慈禧踏上回銮的旅程。3000 辆行李车结成浩浩荡荡的队伍，从西安出发，历时三个月，于 1902 年 1 月 8 日抵达京郊马家堡车站，两宫再乘舆经永定门入正阳门还宫。两宫回銮的护卫工作概由袁世凯的手下执行。照片的下半部分是前呼后拥的慈禧车队的一个局部，而上半部分是零散的跪迎的百姓，当时正值隆冬季节，他们不能随意走动，只能跪在冰冷的地面上。这张照片中没有出现慈禧，但在行进中的护卫队伍中，分明感受到了图片之外的慈禧太后的存在。

大变局的时代不乏先行者，女性也是如此。例如，有一张近代中国第一位女留学生金韵梅的照片，是 1915 年她赴美国时接受《纽约时报》的采访。金韵梅早在 1881 年就留学美国，学成归国后一边行医一边从事医学教育。

当然，老照片里也留下了许多落伍于时代的残存。

例如，一张1917年的北京老照片，一位戴着清代官帽的老人，骑着一匹瘦弱的毛驴，走在已经是民国的街道上。在这样一个大变局的过渡时期，“大部分民众的上半截身子似乎还在清代，脚却已经在前途未知的民国了”。

每一张老照片都承载着岁月的痕迹，老照片的背后更蕴藏着历史的故事。例如，慈禧太后非常喜欢照相，留下了很多照片，但她热衷于拍照却不仅仅出于个人爱好，背后隐藏着“照片外交”的往事……而那些留在时光中的普通人，用师永光的话说，他们的故事大都湮没无闻了，然而他们留在老照片中的表情，他们的喜怒哀乐，却在百年之后，依然能震撼我们的心灵。这些老照片中的历史可能只是那些大历史中的小细节，但这些陌生的细节构成了百年中国的厚重历史，是历史最真实、最有血有肉的注脚。“百年后回看，它们如同遥远的蚁群，在缓慢地行走，而我们正在试图加入这个蚁群中。我们在历史中是如此弱小，如此模糊不清，而正是这些模糊的背影在构成历史。”

上海街巷里的传奇

《黄埔的夕潮》是邢建榕关于上海城市历史与文化人物的钩沉探寻记，对近百年来上海的城市风貌、商业金融、人物沉浮、艺林珍闻等诸多方面均有涉猎，而且有深入的挖掘和揭秘。譬如，作者记录上海红色遗址的寻访与重要地址的确认过程，从陈独秀当年在上海的寓所，到一大会址的确认，尽管部分当事人健在，但确认地址也颇为周折，可见个人的回忆往往带有不确定的因素。作者的叙述既有现场感，又揭示了当年在表象背后的档案背景：上海老渔阳里 2 号，即今南昌路 100 弄 2 号，是陈独秀的寓所，同时也是《新青年》编辑部。该楼为两层砖木结构的石库门房子，门楣采用简单的三角形雕饰，位于霞飞路（今淮海中路）南侧，以前有弄堂通往霞飞路，出入十分方便。老渔阳里北侧，有一条弄堂，也叫渔阳里，为与前者区别，又称霞飞路新渔阳里。

新渔阳里多是两开间的石库门建筑。1920 年 9 月，新渔阳里 6 号挂出了一块“外国语学社”的招牌，底层的厢房和客堂很小，勉强放几排课桌和长凳作为课堂，专门补习俄语等外语，楼上做学生的宿舍。名义上是公开办学，实则帮助一批革命精英赴俄学习，罗亦农、刘少奇、任弼时、萧劲光等都在此学习过。

作者揭秘说：租界当局对这些人的活动异常关注，经常采用跟踪手段进行监视。以新渔阳里 6 号为例，工部局《警务日报》记载，1921 年 4 月这里多次举办劳动节筹备会，17 日、21 日、22 日、25 日、26 日、29 日，一再提到“李启汉主持会议”，并记下许多与会者的名字，指明“渔阳里 6 号是外国语学校”，甚至连会议的内容如“纪念五一，商店关门，悬挂劳动旗帜”等，也记载得清清楚楚。29 日，法租界捕房派人搜查了新渔阳里 6 号，好在事前有准备，除了几张传单外，并没有搜出什么东西……

在亲历者的回忆里，还原了那一代人的阅历和个性。例如郑超麟回忆，有次陈独秀、向警予等人在一处弄堂石库门房子开会，会议结束，已经夜深，怕引起别人怀疑，弄堂里的陈独秀一面走一面大谈牌经：“他那个三番没有和成，真可惜，已经听张了，七束一定有，但总不出来……”半夜三更，弄堂门口有管门的人，开了铁门放他们出去，他才闭口。可见陈独秀的人情练达和处事经验。

作者感叹道：近年来电影、电视剧一些镜头里的老上海很罗曼蒂克，即使地下党接头也被安排在大饭店、咖啡馆和舞厅等场所。事实上这样的情况并不多。当年大多数共产党人的生活十分清贫。如陈为人为保护“中央文库”，即中共中央在上海的档案文件，并没有秘密安置到郊区或乡下，而是租用石库门弄堂房子存放，因档案极端重要，陈为人与上级属单线联系，面临风险时，需要不断转移，因此经常与党失去联系，最后竟然因断绝经济来源，又不敢出外联系，贫病而逝，年仅 38 岁。再如，当年毛泽东杨开慧夫妇与蔡和森向警予夫妇，及罗章龙一家一起住在三曾里，毛、杨住楼下前厢房，蔡、向住后厢房，罗章龙等人住在楼上，三户人家自称为“三户楼”，由向警予作户主，另雇了一个娘姨料理生活。他们都是湖南人，同乡之谊，初来乍到，因工作需要住在一起，在当时的上海弄堂里比比皆是，一点也不引人注目。

至于中共一大会址到底在哪里，在 1950 年秋时，答案还不清楚。作者写道：当时，中央要求上海调查清楚后立即上报。在寻访中，当事人和知情者提到的地点有好几个，大体认定在法租界霞飞路附近的石库门房子里，但具体位置不明。新中国成立初期，上海弄堂总数有 9000 多条，弄堂里的住宅超过 20 万幢，在上海所有住房中占 60%，居民约占上海常住人口的 70%，要在连绵成片的石库门里找到一大会址，确有一定难处。其时距一大会议召开的1921年，尚不到30年，与会者尚有好几位健在，多是德高望重的领袖人物，直接联系恐有不便。即使后来联系上也因时间久远，难以直接指认一大会址。

在寻访一大会址过程中，首先找到的重要遗址就是老渔阳里2号《新青年》编辑部，因为这条弄堂的变化不大。当年有许多共产党人到过，并在里面借住过，记得比较清楚。在那里居住过的周佛海妻子杨淑慧也证实，“那里不仅是陈独秀的故居，也是《新青年》编辑部”。萧三所著《毛泽东同志的青少年时代》一书，提到一大召开的情况：“一九二一年七月一日中国共产党在上海开第一次大会，亦即成立大会。远道来的代表们住在法租界蒲柏路博爱女子学校里（那时该校已放暑假，校中只有一个校役和一个厨子在）。大会的开幕式就是在七一的晚上，在这学校里秘密举行的。接着就在李汉俊的家里（在法租界贝勒路）进行大会的议事日程。”寻访人员以此为依据，认为党的第一次代表大会召开地点，就是在法租界蒲柏路（今太仓路）的“博爱女子学校”举行。

蒲柏路颇为安静，也不算长，马路两边和周边大多都是石库门弄堂，不同于法租界西南地区的新式公寓和洋房。但是走完蒲柏路，寻访人员也没有找到“博爱女校”，问老居民，都没有听说过这个校名。后来有一位老居民说，会不会是萧三写错了？他说，这条路上并没有博爱女校，当年只有一所博文女校，具体地址在蒲柏路127号。寻访人员找到了这栋石库门老房子。该楼面积较大，此时已经住进了多户人家。大体了解到，原先第一进楼下两间，楼上三间，第二进楼上楼下都是教室，共六间，后面有厨房和厕所，周围环境僻静，完全有条件作为学校，并且可以在此召开会议。那么，究竟是叫博爱女校，还是博文女校？在一条路上，设立两所女校的可能性显然不大。

最终通过其他资料和实地考察，寻访者断定，应是萧三一字之误，蒲柏路上没有博爱女校，只有博文女校。又派人带着照相机拍了一组博文女校的照片，当时博文女校已经非常破旧，且挤进了十多户人家居住，乱搭乱建现象严重，因此并未进入内部拍摄。现在留存的博文女校20世纪50年代的照片，没有一张是房屋内部的。照片冲洗出来后，送到北京将照片呈报董必武等当时参加一大会议的成员，请他们回忆确认，博文女校是否就是当初一大开会的地址。但北京方面明确否认了这一说法，博文女校并非一大会址，而是一部分代表的寄宿处，这一点没有异议。并且明确告知，一大会议地址，应为原法租界贝勒路李汉俊寓所，但具体位置和门牌号不详。

于是，寻访人员再次到贝勒路进行实地查勘。贝勒路以法国远东舰队司令贝勒的名字命名，北起延安东路，南至徐家汇路，马路两侧有2000多座房子，经过几十年的发展早已面目全非。最后找到贝勒路树德里（今黄陂南路374弄），发现弄底两幢房子，最有可能就是一大会址所在地。这排房子兴建于1920年夏秋之间，沿马路（望志路）共有五幢，都是一上一下的石库门建筑，清水砖墙，没有厢房。上海人习惯，一般出入不走前门，都走后弄——也就是贝勒路树德里。李书城夫人薛文淑当时健在，也说他们从来不通过大门进出，那两扇黑漆大门极少开启。这就可以解释当事人为什么都记得贝勒路树德里，而不记得望志路的缘故……

作者的写作虽然主要是根据档案文史材料，但写得精彩可读，犹如层层剥笋探案，以客观的叙述对城市历史风貌做了真实细致的还原。如外滩欧战纪念碑去了哪里？还有黄金荣晚年的生活与境遇、上海美专的模特们、上海中国画院成立的经过和画师名单的几经反复与最终确定、上海人民美术出版社的连环画家们等话题，都娓娓道来如数家珍。

武康路 113 号的青草

巴金故居“看门人”周立民在他的《武康路 113 号》一书里说，在巴金故居开放之初，巴金先生的女儿李小林老师叮嘱说：这里过去是巴金的家，今后也要是家的样子，有家的氛围。对于工作人员来说，日常工作要求就是在最大限度保持原貌的前提下，室内的鲜花要经常换，连沙发套都分春夏和秋冬两季，以给人们的感觉：在你进来之前，巴金先生刚刚离去，或许去访友、开会，或许去淮海路的邮局寄信了……

在中国现代文学馆草地上有一尊巴金的雕像：一个微微驼背低首漫步沉思的小老头。离他不远，是早年沈从文的浅浮雕头像，远观朦胧不清，走近才能辨认。《边城》久已成绝唱，《寒夜》也已经远去。但与同时代的文学友人相比，巴金的这尊铜锈斑驳的雕塑和看上去模糊的沈从文脸庞，说明了一个事实，晚年的巴金清晰地凸现在大家的面前，成为代表现代新文学和当代文学火种传递的象征。

晚年巴金曾说，与20世纪30年代的文学朋友相比，有三位朋友的才气都在他之上，这就是沈从文、曹禺和萧乾。论起他们当年的作品，各人都有佳作成为现代文学的珍品，比如《从文自传》《湘行散记》《雷雨》《日出》《梦之谷》《寒夜》等。但到了人生的晚年，无论在社会地位和影响力上，巴金无疑超越了同时代人。

在20世纪80年代之后，巴金之所以成为当代中国文学的一面旗帜并非凭借着盛年时期的文学创作——长篇小说《家》《春》《秋》无疑奠定了其在中国现代文学史上的地位——而是一个老人历尽时代和命运之后“讲真话”的自省和呼号。

“讲真话，掏出自己的心。”这是巴金晚年的座右铭。凭借着《激流三部曲》《爱情三部曲》等小说作品，还有晚年的《随想录》，巴金这个名字已经成为20世纪中国文学的一个象征。

巴金留给我们的文学遗产，分成两部分：1949年前的小说作品和1979年后的“讲真话”。前者从文学艺术上说，最优秀的是《寒夜》和《憩园》，后者自然是《随想录》和《再思录》。作为一名作家，最后不是以文学创作影响读者，而是以非文学的“讲真话”（巴金说他的《随想录》并非文学写作）竖立了一面文学良心的旗帜。巴金所说的讲真话即：说真话不应当是艰难的事情，所谓的真话不是指真理，也不是指正确的话，而是自己想什么就讲什么；自己怎么想就怎么说。但就是这样的“说真话”也很不容易，不得不妥协为“努力不讲假话，尽量不讲假话”。

在现代文学馆里还有一幅高莽画的巴金，上边题写“一个小老头”。作为俄语文学翻译家和诗人的高莽，以中国传统水墨形式画了许多中外作家的肖像，我觉得这幅巴金画像是最精彩的。与那尊巴金雕像相比，显得生活气息浓厚一些，也描绘出巴金朴实平和的形象。在现代文学馆的正门上，有一个清晰的印模，是一只老人的手——巴金老人的手。寓意用巴金的手，推开中国现代文学的殿堂之门。

现代文学馆草地上的巴金雕像留给我的印象更多的是苍凉，那略弯的驼背像是负载了太多的磨难。与上海巴金故居纪念馆里的巴金半身雕像有很大差异，当然，这种差异是说两尊不同的雕像留给我的印象，而并非仅仅指雕像创作上外在的差异：现代文学馆院里是巴金的全身雕像，巴金故居里放置着是一尊巴金头像。

如果没去过巴金故居难以想象，在 1949 年之后巴金在上海的生活环境。在 1949 年后的中国文坛上，新文学创作的名家座次一般公认的顺序是鲁迅、郭沫若、茅盾、巴金、老舍和曹禺。

在巴金故居里，最让我感慨的是巴金的细心。巴金当年看过的戏票、电影票、乘车的公交月票、拔掉的牙齿等等，都细心地存放着，更不要说他的手稿和来往的书简了。巴金家的庭院、独立的楼房，楼房里的客厅、书房都显示出作为主人的社会地位和生活水平。巴金晚年遭受最严重的的打击就是夫人萧珊的去世。在巴金晚年所写的“讲真话”的文章中，最打动人的就是《怀念萧珊》。可以说是巴金晚年《随想录》里最情真意长的表达，通篇流露着无言的悲愤和对亲人永恒的留恋。

现代文学馆庭院草地上的巴金雕像——那个驼背低首的小老头，和上海巴金故居里的那尊巴金头像，相互叠加成一张影像重叠的黑白照片，印在我的记忆里显得清晰而模糊，犹如巴金的作品和人生留给我的印象。

阅读《武康路 113 号》，犹如跟随着周立民的引导，走入巴金的家——有形的家和无边的巴金的世界。对于巴金故居，周立民有着清晰的认识：建设名人故居的目的到底是为了拉动旅游，还是为了保护文化遗产？是处处想着给游客“上课”，还是让文化自身的魅力感染人们？是生硬的陈列，还是彼此的对话，乃至心灵的抚慰？答案都写在这本书里。

武康路 113 号，不仅仅是一处现实里的名人故居，更是一座没有高墙和边界的开放的文化精神生活的“客厅”与无边的公共空间。

新文学版本的价值

现代文学史学者朱金顺说，购书、读书、藏书，在我国有悠久的传统。人们习惯把那些珍稀的、好的版本，称作善本。但在不同的时代，出于不同的收藏目的，善本的标准是不尽相同的。归纳起来，考虑善本的条件，不外乎书籍的文物价值和文献价值。大体说，藏书家多着眼于文物价值，学者则更看重文献价值。

1917 年之后，中国新文学诞生，几十年间产生了不少文学名著。新文学名著的初版本，近年来受到学术界、收藏界的重视，特别是稀见的版本，更受到收藏者的珍爱，被称作新善本。这是朱金顺在他的《新文学版本杂谈》后记里对新文学版本的文献价值和收藏价值所做的阐述。

在中国现代文学界，一些名著的初印本，有的有很高的文物价值，诸如鲁迅的《呐喊》、胡适的《尝试集》、郭沫若的《女神》等；但更多的是它们具有极高的文献价值。学者之所以看重这些新文学名著的初版本，更多是从文献价值着眼。朱金顺说，新文学名著重印时，由于主客观原因，往往有所改动。而一部作品的问世，从意识形态的角度说，标志着它的产生在社会上有了影响，同时也成为后人研究的史料，那就不能再改动了。试想，史家讲文学史，评价一部作品的历史价值，如果连作品都是修改过的，还讲什么历史真实性呢！因此，学者要寻找各种初版本，确定作品诞生时的本来面貌。学术界重视新文学初版本，就是从它的文献价值考虑的，这才是研究者真实可靠的史料。

大量版本事实证明，新文学作品的改动情况，是众多而复杂的。朱金顺举了几部名著改动的例子：郭沫若的《女神》，作为“创造社丛书”第一种，由泰东图书局1921年8月初版，到1957年3月编入《沫若文集》第一卷，中间多次出版，多次改动，较大的修改最少两次。一次是1928年6月收入《沫若诗集》时，调整了诗的排列顺序，并改动了诗句；一次是1953年4月人民文学出版社再版时，又大量修改了诗句。因此，只有《女神》的泰东图书局的初版本，真实地保留了诗作最初出版时的面貌，自然也成了珍本。

再如，巴金的长篇小说《家》，从最初在报纸上连载到收入《巴金全集》，巴金改过九次，从人物性格到语言多有不同。十版以前的《家》，每章都有小标题。由于改动次数较多，所以连研究《家》版本的学者，都难以找全这些版本。开明书店初版本的《家》，是新善本中的珍本，已极难见到。

再如，茅盾的长篇小说《子夜》和王统照的长篇小说《山雨》的初版本，也是两种极难寻求的版本。《子夜》，1933 年 1 月由开明书店初版，被称为“中国文艺界的大事件”，到 1934 年便被“严行查禁”了。后来删去第四章和第十五章，才允许发行。1949 年前印刷发行的《子夜》，都是这种删节版。《山雨》这部长篇小说共 28 章，描写了北方农村的崩溃，并揭示了崩溃的原因，最后以农民运动收束全书。1933 年 9 月由开明书店初版，出版不久即被禁止发行。后来删去 24 至 28 章，才允许发行。因此，此书初版本流布极少。开明书店出版的这两部名著的初版本，一直是新文学版本收藏者寻觅的热点。

新文学作品初版后的修改，是相当普遍的现象，而改动的原因则多种多样。或出于作者思想或艺术上的考虑而修改，或被图书审查机关强令禁止而改动……正因为这些修改，新文学作品的初版本，特别是珍稀版本，格外被学者和收藏家所珍视。

在朱金顺看来，新文学小说的经典，第一部是鲁迅的小说集《呐喊》。初版的《呐喊》，具有极高的文物价值。第二部小说是茅盾的《子夜》。这部长篇，奠定了茅盾在新文学史上的地位。第三部小说是巴金的《家》。

第四部小说是老舍的《骆驼祥子》。上海人间书屋1939年3月初版，印过三版。重庆文化生活出版社1941年11月初版，多次再版。上海晨光出版公司1950年5月初版，也印过几版。当年，老舍在青岛创作的这部描写洋车夫的长篇小说，虽然有三个初版本，实则是一副纸型付印的，仅晨光版1952年1月出版的改订本（四版）时，删掉了第24章，只保留最后8个自然段作全书的结尾。这部小说的人间书屋初版本，最为珍稀。

第五部小说是丁玲的《太阳照在桑干河上》。作者原稿就是此名，但它的初版本，哈尔滨光华书店1948年8月出版，书名却是《桑干河上》。第二个版本，哈尔滨光华书店1948年9月出版，书名则是《太阳照在桑干河上》。后收入“中国人民文艺丛书”时，新华书店1949年5月初版，书名定为《桑干河上》。直到北京新华书店1950年11月出版校订版时，作者才恢复了原名《太阳照在桑干河上》，至今如此。

对于现代散文，以周氏兄弟的成就最大。朱金顺各举一例说明：鲁迅的《朝花夕拾》，代表了叙事抒情散文的经典名著；周作人的《谈虎集》，则代表了散文的另一类，是议论性散文的典范性作品。因为周作人抗战时期的附逆落水，《谈虎集》原刊本已难寻觅踪影。

朱金顺还以胡适的《尝试集》为例，梳理了该书各版本的流变：20 世纪初期，中国历史上一件大事就是新文学的发生和白话文的推行。第一部白话诗集，就是胡适的《尝试集》。1920 年 3 月，《尝试集》由亚东图书馆初版。书为小 32 开本，报纸印，封面是黄色的纸本色。目录之后，是钱玄同的《尝试集序》和胡适的《自序》，共占 43 页。中间是“尝试集 · 第一编”和“尝试集 · 第二编”，共占 67 页，收诗 46 题。后为附录《去国集》，占 51 页，收旧体诗词 21 首。页码各自起讫，总计共 161 页。

朱金顺收藏的这册《尝试集》初版本，是 20 世纪 60 年代初，得之于琉璃厂中国书店机关服务部，很整齐，定价仅三角。

1920 年 9 月，《尝试集》由亚东图书馆再版。在原书基础上，增加了《示威》《一笑》等 6 诗，在“第二编”中，并有“再版自序”，陈述再版的理由。《尝试集》第三版，少流传，各种书目上，均无著录。大约没有变化，是用再版本纸型重印的。

1922 年 10 月，《尝试集（增订四版）》由亚东图书馆出版。此版对原书作了较大的修订，删去了初版《自序》和《再版自序》及钱玄同的《尝试集序》，在诗作上，删去了初版和再版中的《一念》《人力车夫》《示威》等 20 多首。并且将《五年八月四日答任叔永书》用作“代序一”，将初版本中的《尝试篇》修改后用作“代序二”，又新写了“四版自序”。作者将初版中的两编，改成了三编，新增了诗作 15 首，均在“第三编”中。

亚东图书馆的《尝试集》增订四版，成了中国新诗史上的这部名著的定本。书为小 32 开本，共 194 页，封面书名为胡适手写，仅在三行字的左侧，加上了一行铅字排印的小字“增订四版”。这版封面极易见到，影印的往往是此版。

此亚东版的《尝试集》，1927 年 10 月 9 版，1933 年 14 版，1935 年 8 月 15 版，1940 年 16 版……20 世纪 80 年代，才有影印和简体字新版的种种《尝试集》。到了 2000 年，《尝试集》新版名列人民文学出版社“百年百种优秀中国文学图书”之一。

一个家族百年沧桑的背后

五卷本的《湘潭黎氏》一直放在我的书架的醒目位置。只要看到这套书，我眼前就不自觉得涌现当年的一幕场景：2006年的夏秋之交，在长沙营盘东路湖南出版大厦的一间办公室里，周实坐在办公桌前，桌上是一摞摞的手稿——他正在一页一页地编辑着，直到我们走近叫他才闻声抬起头。他说正在编辑的是一部奇特的大书，这就是《湘潭黎氏》。

当时我们已经习惯了打印好的书稿，看到他还在一页页翻稿纸，在手写的书稿上修订文字觉得奇怪，就问何以还看这样的手写稿？周老师说：作者是老人，花费多年精力写了一部近200万字的家族史，他要认真编辑。这一幕一直印在我脑海里。又过了两年，才看到这部大书问世的消息。

《湘潭黎氏》是一部纪实文学作品。十多年过去了，这套书我始终没有读完。说没有读完，并不是这部书读不进去，而是往往在阅读中由书中的某个人物或某个事件联想到相关的人和事，又去找相关的书读起来。也就是说，这套书成了我案头常翻常新的大书。前几天我又翻阅这部大书，将书影贴到了微信朋友圈，意外看到周实老师的留言，谈到这部书出版时的感受。

我心里一动，这部大书的出版本身就有丰富的故事啊。现在回望这部《湘潭黎氏》出版背后的故事也是很有意义的。于是，和周实老师微信询问这部大书出版背后的故事，这才知晓：周实老师从最初开始编辑这部书稿，一直到最后完成出版，一共花费了四年时间。

当年何以想到要出版这样一部大书呢？周实说，《湘潭黎氏》的书稿是沈昌文先生推荐给兄弟文化公司的。当时，《书屋》杂志创办人周实担任湖南出版集团旗下兄弟文化公司总编，出版势头不错，沈先生很是欣赏。周实回忆，当年之所以要编《湘潭黎氏》这部大书，也是有点大设想的。因为自新中国成立以来，传统上的"名门望族"几乎渐渐成为往事，由此，兄弟文化一直想策划一套有关各地"名门望族"对历史兴盛有所贡献的丛书，湖南首先确定的就是"湘潭黎氏"了。

周实先生发来当年为这套大书写的审读意见，包括报送选题时对该书的介绍或推荐：这是一部纪实文字作品，约计150万字，作者是湘潭黎氏八兄弟的老五黎锦炯（黎亮）的儿子黎白和他的妻子。黎白为解放军原总政治部创作室创作员、八一电影制片厂编剧。其文学代表作主要有传记文学《彭德怀》《贺龙》等，影视代表作主要有《金沙江畔》《我们是八路军》等。

周实介绍说，《湘潭黎氏》的历史跨度非常长，从20世纪初直至70年代末，是一幅波澜壮阔的历史画卷。围绕“黎氏八骏”的人生所涉及的人物有100多位，其中重要的历史人物有陈独秀、李大钊、蔡元培、钱玄同、胡适、赵元任、鲁迅、周作人、郭沫若、田汉、欧阳予倩、聂耳，还有毛润之、周恩来、朱德、贺龙、陈毅、聂荣臻、滕代远、谭延闿、唐生明、张道藩、戴笠等，不少相为敌对阵营的高层人物，更有不少是五四新文化运动的代表人物。正因为此，作者花了大量精力搜集资料，采访人物，详尽考证，然后精心地字斟句酌，准确而又恰当地表达，写作的时间长达16年。

用周实的话说，尽管湘潭黎氏家族中没有显赫的高官，没有家私亿万的富商，但是，在这个书香门第的大家庭中，涌现出在学术、科学、艺术、音乐、教育上很有声望、很有成就、很有代表性的大知识分子——黎氏八骏。“黎氏八骏”的人生折射了几代知识分子为国家的富强、为民族的兴盛而努力奋斗的人生。“黎氏八骏”为黎锦熙、黎锦晖、黎锦耀、黎锦纾（黎明）、黎锦炯（黎亮）、黎锦明、黎锦光、黎锦扬。

黎锦熙先后担任湖南省第四师范和第一师范学校历史教员，学生中有毛润之、蔡和森、萧三等，他是五四运动、新文化运动的主将之一，注音字母、汉语拼音的创立与其密不可分；黎锦晖也是新文化运动的先驱——第一个以白话文写词，并创作了风行至今仍在流传的音乐作品《可怜的秋香》；黎锦耀是矿冶学家；黎锦纾（黎明）获柏林大学哲学博士，1925 年在德国参加中国共产党，与朱德等人同在一个党小组；黎锦炯（黎亮）系铁路桥梁专家，我国北方第一座铁路大桥——滦河大桥的设计者；黎锦明创作了中国现代文学史上第一部描写大革命时期农民运动的小说《尘影》，并由鲁迅作序；黎锦光是作曲家，创作的《采槟榔》《夜来香》等歌曲至今流行；黎锦扬于西南联大毕业后赴美留学，毕业于耶鲁大学，创作的长篇小说《花鼓歌》，被搬上了百老汇舞台，并由好莱坞拍成电影入围奥斯卡提名。除了黎氏八兄弟，黎氏三姐妹也是巾帼不让须眉的人物。

周实说，当时这本书的定稿，作者给某出版社后拿不回来了，他编辑的纸稿是作者的原始草稿。“一大堆草稿，既无前后顺序，也无目录，一页一页地理好后，再拟题编目，一页页编，此事做了一年，审稿山重水复……编稿的时候，一句一句编辑整理，确实是付出了很多心血。”而这部书稿的最终面世，又是一个长长的故事。

一栋老楼的前世今生

青岛莱阳路 28 号：这栋曾以“荷兰饭店”冠名的老楼，若回溯历史，在 1949 年之前，能够为其增添色彩的就是几位客居过的现代作家和诗人留下的“片言只语”，譬如何其芳、卞之琳等人。与曾在青岛工作和生活过的梁实秋、闻一多、沈从文、台静农、吴伯箫等人不同，何其芳、卞之琳等只是来青岛做短期停留的旅人。

说起卞之琳，或许知道得不多，但若说起那首现代文学有名的短诗《断章》却无人不知：

你站在桥上看风景，
看风景人在楼上看你。
明月装饰了你的窗子，
你装饰了别人的梦。

尤其是这首诗的背后蕴藏着诗人的恋爱故事——这首诗是诗人写给才女张充和的。近年来，随着“最后的闺秀”张家四姐妹的故事流传，尤其是四姐妹里最小的四妹张充和更是成了大家闺秀的绝唱。在关于她的传奇里，诗人卞之琳和他的《断章》成了传奇里的一个清晰的身影。晚年的张充和没有否认《断章》是写给她的，却断然否认她与卞之琳之间有恋情。

1936年秋，在济南的卞之琳放弃了教职，应约翻译纪德的《赝币制造者》。时值旅游淡季，卞之琳来到青岛，住进了“荷兰饭店”。在这里译完纪德的小说，他用翻译小说得到的酬金，去江南游玩了5个月，并与好友何其芳一起度过了一个难忘的春节。卞之琳后来回忆说：“我们年终又在小青岛对面的一家休冬闲的旅馆里有了一个团聚几天的机会，共同迎接西安事变和平解决，全国抗日已经势在必行的新的一年。”卞之琳说的这家旅馆，就是由俄国人开的荷兰饭店。当时这家饭店“冬天歇业，看门人收几个住客，落点收入”。

与卞之琳相比，何其芳留给我们更多的还是一个诗人的背影。何其芳在青年时代以两本薄薄的小书闻名于文坛，其一是《预言》，其二是《画梦录》。当年与卞之琳在青岛海边度过1936年的年终不久，1938年何其芳奔赴延安，用他自己的话说，从画梦中醒来，从此，把自己当作一个兵士，准备打一辈子的仗。到延安之后的何其芳，写作风格和文章内容都与之前判若两人。尤其是1942年春天之后，用何其芳自己的话说，“有许多比写诗更重要的事要去做，而其中最主要的是从一些具体问题与具体工作去学习理论，检讨与改造自己”。

在青岛莱阳路28号的门边，挂着一个铭牌：张玺故居。对张玺这个名字，估计很多人感觉陌生，但若稍微了解一下20世纪中国海洋科学的发展历程，就会知道张玺作为中国贝类学之父的科学贡献。早在1935年春天，张玺就来到了青岛，在时任青岛市市长沈鸿烈的资助下，张玺和他的助手开始了第一次青岛胶州湾海洋动物调查，这也是我国学者组织的第一次海洋动物综合性考察，对于学科建设有着开拓性意义。

1950年夏天，作为原北平研究院动物学研究所所长张玺带领着原班人马来到青岛，与山东大学的童第周、曾呈奎一起，创建了中国科学院水生生物研究所青岛海洋生物研究室，即中国科学院海洋研究所的前身——莱阳路28号就是当初他们工作的主要场所。中科院海洋研究所后来搬到了南海路7号，也成为中国的第一个海洋研究机构，莱阳路28号后来成了宿舍楼。

张玺来青岛参与创建中科院海洋所，是服从新中国成立后科研部门统一布局和建设的需要，张先生的夫人和子女都没有来青岛，他是孤身一人率领部下来青岛创业的。对于新中国的海洋科学事业，张玺的突出贡献是走出学术象牙塔的实用贝类学，他的《贝类学纲要》是我国第一部系统论述贝类动物学的专著，他还组织领导了我国海洋无脊椎动物的调查，全面查清了我国海域蕴藏的无脊椎动物资源。

其实，历数张玺先生的学术贡献显得多余，倒是一件关于张先生的轶事值得我们思索——张玺先生 1921 年赴法国留学时，在中国留学生之间碰撞着各种思潮，那是一群热血青年。在里昂的咖啡馆里，张玺曾听过周恩来慷慨激昂的演讲，他是带着好奇心来听这些年轻共产党人的演讲的。在纷繁多样的主张中，张玺决心踏踏实实地学一门学问。像张玺这样的选择，在当时被称为科学救国派。1967 年 7 月 10 日，张玺先生在青岛去世。张玺和他那一代人，给青岛留下了并未远去的身影。

现在回望，莱阳路 28 号，因为有张玺和他的同事们留在这里的故事，赋予了这栋老楼别样的历史价值。在某种意义上，从小处说，这栋老楼是新中国第一个海洋研究机构的主要诞生地；往大处说，这里是新中国海洋科学研究事业的主要诞生地。正是从这里，新中国海洋科学研究事业启航，随之有了中国海洋资源的“全国海洋普查”，有了中国海洋贝类学的建立……这栋老楼就像青岛观象台和水族馆一样，成为20世纪中国海洋科学事业的里程碑。

青岛观象台和水族馆与中国现代海洋科学有着密切的关联，而这两处与海洋科学的结缘又都与现代戏剧家宋春舫有关——在中国现代文坛上，宋春舫以戏剧家闻名，26岁被北京大学校长蔡元培聘为法文教授。1927年暑假，宋春舫应老友时任青岛观象台台长蒋丙然之邀来青岛避暑，住在蒋丙然家里。在交流中，宋春舫谈起在欧洲留学时的海洋情缘，这也是作为戏剧家的宋春舫之所以涉足海洋科学的缘由：宋春舫留学欧洲时曾参观过摩纳哥海洋博物馆，让他对海洋产生了一种不可抑制的冲动。蒋丙然对海洋科学也有浓厚的兴趣，在青岛观象台，潮汐观测是一项主要的内容。两人一致认为，青岛地处黄海之滨，是研究海洋科学最适宜的城市，应在青岛开办海洋研究所。之后，宋春舫以个人名义写了一篇《海洋学与海洋研究》刊载在上海《时事新报》上，建议中国第一个海洋研究所设在青岛。文章刊载后，蒋丙然特意把报纸呈送给当时的胶澳督办赵琪。由于蒋丙然的积极推动，赵琪对宋春舫的建议大加赞赏，但又觉得一时难以成立一个有规模的研究所，便决定在青岛观象台内设立与气象地震科、天文磁力科并列的海洋科。也正因此，宋春舫辞去了在北京大学的教职，迁居青岛，并于1928年11月成为青岛观象台海洋科的首任科长。

1930年8月，蔡元培在青岛主持召开中国科学社第15次年会，宋春舫和蒋丙然抓住蔡元培、李石曾、竺可桢、杨杏佛、蒋梦麟等全国知名学者云集青岛的有利时机，将建立青岛海洋科研场所的建议提上会议议程。当时蔡元培担任中央研究院院长，李石曾担任北平研究院院长。会议决定，先在青岛设立水族馆，建筑及开办费预定2万元，由青岛本地分担半数，中央研究院、北平研究院、海军部、教育部、工商部、农矿部各拨2000元，作为建设水族馆的补助经费……

最终，青岛水族馆的馆址定在青岛莱阳路海边，由青岛观象台海洋科负责设计，也就是由宋春舫主持青岛水族馆的设计。不久，青岛水族馆的筹备会议在上海举行，因青岛市市长胡若愚辞职，筹委会公推新任青岛市市长沈鸿烈担任常务委员长，并推荐蒋丙然为青岛水族馆馆长，但实际工作由宋春舫负责。青岛水族馆从1931年1月开工建设，到1932年2月建成，于当年5月8日举行开馆典礼，9月正式对外开放参观。

沈鸿烈在青岛水族馆开幕词中如是说："青岛水族馆建设之动机，始于民国十九年，由蔡孑民、李石曾、胡若愚及宋春舫、蒋丙然诸先生倡议，成立中国海洋研究所，以建设青岛水族馆为第一步工作，惨淡经营，历时年余，始有今日。”蔡元培更是直接把青岛水族馆的建成归结于“得二三君子之努力，以底于成，于此可见事在人为”……蔡元培所说的“二三君子”之一就有宋春舫。还有一事，也可见宋春舫对建设青岛水族馆的态度，青岛水族馆在开建之初，当时山东省政府捐资 1000 元，而宋春舫一人就捐了 600 元。

青岛水族馆是中国人自己建设的第一座集饲养海产动物、普及海洋知识、进行海产试验的博览场所，也是 20 世纪中叶东亚最好的海洋生物展览馆，并成为青岛海滨的标志性建筑。1935 年，宋春舫接待了北平研究院动物学研究所所长张玺，商定组建青岛胶州湾海产动物采集团，稍后开展了我国第一次大型海洋调查，这就是持续了 125 天的“赵村号”胶州湾调查，这次调查的意义是开拓性的，也为青岛成为中国海洋科研基地开启最初的耕耘。

1936 年，“国立海洋研究所”成立，一切刚刚开始。1937 年七七事变，1937 年底宋春舫离开青岛，不久病逝于上海。“国立海洋研究所”生不逢时，一直未能真正成立。直到 20 世纪 50 年代初，在童第周、张玺和曾呈奎等人的努力下，在莱阳路 28 号，才真正开始创办中华人民共和国的第一家海洋研究所……

现在，莱阳路 28 号的这栋老楼，经过重新整修，挂上博物馆的牌子，陈列着由收藏家收集的1000多件老家具。用博物馆负责人的话说，每一件老家具都有自己的故事……

沈鸿烈与一桩被责骂的婚恋

在青岛的现代历史上，曾在20世纪30年代担任青岛特别市市长的沈鸿烈，至今仍被青岛市民挂在嘴边。直到今天，提起沈鸿烈，在青岛依然还有许多传说，而沈鸿烈留下的踪迹更是成了许多青岛人挂在嘴边的骄傲。

譬如，对青岛海边栈桥的扩建、中山公园牡丹亭的修造、对第一次胶州湾海洋生物综合考察的支持，等等，沈鸿烈留下的背影依然清晰。

不过，我这次提到的沈鸿烈却未必是他的正面事例：1935年，43岁的民国前大总统黎元洪的孀妾危文绣在青岛与30岁出头的商人王葵轩结婚，引来黎氏家族的一片责骂。一时舆论大哗，而时任青岛市市长的沈鸿烈出面将危文绣驱逐出青岛，最终拆散了这段婚姻。

一连几个晚上，我案头的这本《老画报里的婚恋故事》一直吸引着我。从那些老报刊的版面里，可以读到许多在今天看来匪夷所思的婚恋。譬如，这篇《从危文绣改嫁风波看中国妇女解放的艰辛历程》：

1935 年 1 月 9 日，危文绣与王葵轩在青岛国敦酒店举行婚礼。看似一场极其普通的婚礼，却在全国掀起了轩然大波。原因有二：一是危文绣为已故大总统黎元洪生前宠爱的小妾；二是新娘时年 43 岁，新郎却仅 30 岁出头。当年的《申报》《北洋画报》《论语半月刊》《玲珑》《女声》《妇女共鸣》等报刊，为此发表了近百篇报道、评论和争鸣。这些文字不仅记叙了整个事件的始末，而且再现了孀妇再婚的艰难与困苦，更表达了社会各界形成的两种迥然不同的观点。

危文绣，江西人，原名危红宝。幼年家乡遭灾，父母双亡，流落至汉口烟花柳巷，凭其天生丽质与婉转的歌喉，成为红极一时的名妓。1905 年，清廷钦差大臣、兵部侍郎铁良赴湖北巡察，湖广总督张之洞派时任湖北新军第二镇协统兼护统领的黎元洪负责接待。黎元洪陪铁良到书寓冶游，由此与危红宝相识并生情。不久，黎元洪为危红宝赎身纳妾，并为其更名为黎本危。黎元洪的侧室只有黎本危一人，黎府上下皆称之为姨太太。1911 年武昌起义后，黎元洪为都督，革命军与清廷鏖战正酣之时，黎本危曾代表黎元洪亲往前线慰问伤兵，激励将士，当年报纸对她一片誉扬之声。从此，黎府上下均以黎夫人称之。嗣后，黎元洪当选副总统、大总统，每与外宾宴会，多携黎本危出席。黎元洪二次出山后，只有黎本危一人随侍左右。1923 年 6 月，黎元洪在直系军阀的逼迫下通电离京，乘坐专车赴天津途中，被直系军阀王承斌拦截并索要中华民国之玺和大总统印信。黎元洪说，印信均由其妾黎本危保管。黎元洪被逼下台后，蛰居天津。黎元洪在天津置有两处房产，一在英租界伦敦道（今常德道），一在德租界威尔逊路（今解放南路）。黎本危嫌威尔逊路上的楼房稍显腐旧，黎元洪立即依其意愿重新翻盖，耗资甚巨。

1928 年夏，黎元洪在津病逝。黎元洪生前对遗产分析甚清，尤其优遇黎本危一人，因此，黎本危生活优裕。《北洋画报》刊文说："危（文绣）于黎氏故后，即游行平津沪汉各地，萍踪不定。时黎宅每月供给生活费五百元，无论行至何处，准即如期汇寄。直迄民廿三（1934）年秋，危氏返津，寓英租界福善里内，意欲脱离黎氏家庭。其时黎氏在津亲友，百方劝慰无效，乃允如所求，并由黎家给予赡养费二万元（《申报》消息称二万五千元），唯黄陂（黎元洪）处置遗产之遗嘱则须废除。盖危本人既声明要脱离，自无享得遗产权利也。"

《论语半月刊》称："黎公先前为本危终身计，于天津德租界特置住宅外，更给赀巨万，以资维持。黎死未久，本危竟向法院控诉黎公子遗弃，经法院判决，黎子给予养赡费若干。当涉讼之时，舆论多谓本危侍候总统有年，黎子总应特别优待，以终余年。”从这些当年的报道中，可以看出黎本危曾与黎家子女发生矛盾而对簿公堂，于 1934 年秋经法院判决脱离黎家。但双方的交换条件即为黎本危获得一笔赡养费而放弃遗嘱中的各项继承权，并发表声明称：“前黎大总统给予文绣个人之遗嘱（关于遗产之处置问题者），自登报日起废除，以后不生效力。”黎本危脱离黎家后更名为危文绣。

在脱离黎家前，危文绣依据遗嘱获得黎家在津的大部分房产，并将德租界的房产租与天津东兴楼饭庄。她还投资 10 万元与青年商人王葵轩开办了一家绸缎商铺，三年后在青岛开设了分店，置办了房产，成为青岛颇有名气的绸缎商。“尽管王葵轩比危文绣小十余岁，但在合作中，两人产生了感情。加之此时危文绣与黎家关系不睦，让她与黎家渐行渐远，从而坚定了改嫁的信念。”“黎氏家族多生活在北平和天津。与黎家脱离关系确定改嫁后，危文绣担心黎家获悉后会出面干涉，遂选择在青岛国敦酒店举行婚礼。婚后，危文绣还在平津各报纸刊发结婚启事。岂料，一石激起千层浪，此事竟成了 1935 年的一个社会焦点。”

危文绣改嫁后，黎府中人皆认为是黎家的奇耻大辱，既辱没了黎家，又辱没了大总统在国际上的形象。而旅青的湖北同乡组织更是公开发表《湖北同乡组织义愤团讨危王》宣言，声讨危文绣和王葵轩："近日青岛上海各报，迭载黎前大总统之妾黎本危改嫁一事，深为黎公叹息。此等丑事，何忍多提，以污我笔墨。唯改嫁地点，适在青岛，旁观者对于鄂人置之不理，颇引为怪，同人等激于义愤，未便缄默……查（危氏）改嫁原不足计较，惟其事于国际体面攸关，于黎公身价有损，更于礼教风俗有妨。"

对此，危文绣发表了公开信予以回击："人之爱情，受命于天，其进行亦无止境。当此文明世界，新道德盛兴之际，孀者再嫁，礼所不禁；居孀守节，苦度岁月，乃愚妇所为。君等责我不应再作冯妇，此正智者见智，仁者见仁，吾亦深谢君之隆情。黎公待我虽厚，然二十年来尽心侍奉，虽不敢谓报答厚恩，亦无亏妇道。乃黎尸骨未寒，既不能相容于其后人，再不自谋相依，焉能图存？君达人鉴我环境之艰难，或亦相谅。纵人或不谅，但求我心之所安，更曷所顾乎？"

"沈鸿烈以故黎大总统之下堂妾危文绣，在青与商人王葵轩结婚，有玷黎氏名誉，特令公安局将危王驱逐出境。"1935 年 1 月 23 日刊登在《申报》上的这则消息披露了青岛市市长沈鸿烈将危王两人驱逐出青岛的"特令”。1935 年 1 月 30 日《申报》刊文 ：“接到青岛市府限期出境通知后，危文绣甚为不安，曾请人向青岛当局试图疏通，但无任何效果。公安局抓捕了王葵轩，查封了他在青岛的绸缎铺。被逼无奈，危文绣拟移居北平。28 日，她曾函致其北平亲属，申述嫁王苦衷，拟只身来平寄居，暂避社会舆论之攻击，并恳请亲属在北平代觅房屋。但其亲属严词拒绝，并且断绝了与她的书信往来。”危文绣辗转来到杭州，“尚未寻到落脚之所，却收到了王葵轩托友人从天津转来的一封信。信中称，他纵然是一个卖油郎，也不该有独占花魁之念。为此，他已答应沈鸿烈开具的出狱条件 ：今后不再与危文绣有任何往来。”

关于危文绣的结局，《老画报里的婚恋故事》一书的作者周利成说 ：“遍查民国时期各种报刊，唯在 1936 年 5 月 13 日《申报》的一则天津专电中，找到些许危文绣的消息。消息称，在天津特一区 12 号路上的日本浪人和白俄人合资开设的某娱乐社中，警察局发现在野军政界人员、名媛等数十人，在此聚众轮盘赌。12 日凌晨，警方突击行动，捕获男女赌徒 30 余名，押送公安局。其中即有危文绣。从此，危文绣就像人间蒸发一样，杳无音讯。”

20世纪30年代的青岛王局长

20世纪30年代的青岛留给今天的故事，往往是现代文人客居青岛的轶事，譬如闻一多和梁实秋结伴策杖走在去往国立青岛大学的山路上，譬如老舍与街头练拳的武师，譬如杨振声为首的酒中八仙，譬如沈从文与张兆和收获的爱情……当然还有与他们相比，在青岛安家的王统照，以及青岛的匆匆过客萧红、萧军，等等。

或许这些现代文人的故事已经成了那个时代留下的传奇，提起青岛的往事，往往与这些现代文人相关。与之对应的当年青岛市政当局留下的传奇，则多是时任青岛特别市市长沈鸿烈，沈鸿烈与青岛的故事其实不少于现代文人。在我的阅读中，提到沈鸿烈的多是他对青岛的诸多贡献等等。

正因此，在翻阅《老画报里的婚恋故事》一书时，看到那篇关于沈鸿烈指示公安局驱逐黎元洪孀妾的新闻时，不由得感慨万千。当时执行沈鸿烈驱逐令的时任公安局局长王时泽，恰是我正在阅读的《倒脱靴故事》的作者王平的祖父。

《倒脱靴故事》被标注为小说散文集，但我更愿意将其看成一部追寻往事踪迹的非虚构的纪实之作。譬如在《老照片钩沉》一篇里，他寻访梳理的就是他的祖父王时泽的人生轨迹。王平写道："有回在网上浏览，偶然发现一张祖父的照片被拍卖，颇为惊讶与感慨。这是一张我从未看到过的照片。照片上的祖父全身戎装，理平头，留八字胡，目光威严。两侧还有他的亲笔题字：'安德河先生惠存，王时泽敬赠。中华民国二十四年八月，摄于青岛。'并钤盖了一方印章。"这张被拍卖的照片，还有相关作品简介："王时泽像。拍摄于 1935 年任青岛公安局局长时，赠予安德河先生的珍贵肖像。粘于卡纸上，品相尚可。"这一年正是沈鸿烈下令让他驱逐危文绣的那年。

关于王时泽，拍卖公司还介绍说：王时泽（1886—1962），湖南长沙人，留学日本时加入同盟会，与近代民主志士秋瑾等人关系密切，秋瑾的豪言"吾自庚子以来，已置吾生命于不顾，即不获成功而死，亦吾所不悔也"，正是出自她写给王时泽的信中。

对于这段介绍，王平说，看来拍卖者对祖父的背景还有些了解，譬如秋瑾给祖父的信就是难得的史料。王平对照片上题赠的安德河先生产生了兴趣，看上去像外国人的名字，但不敢肯定。于是他将这张老照片拷贝下来，打电话询问在北京的表哥陈漱渝，是否知道安德河乃何许人也。

陈漱渝大王平近十岁，他们是表兄弟，陈漱渝写过多篇有关王时泽（即他的外公）的文章。作为现代文学研究专家的陈漱渝果然清楚此人。陈漱渝告诉王平：安德河是德国人，是当年王时泽为青岛市公安局聘请的警犬教练。原来当时青岛市公安局聘请德国人安德河帮助训练警犬，在 1930 年还开办了警犬训练班。也就是说，时任青岛市公安局局长的王时泽将自己的照片签名送给了警犬教练德国人安德河。

也正是从这张老照片，王平开始了对祖父的“寻访”——王时泽早年留学日本时，在湖南同乡会上结识了秋瑾。两人成为至交，以姐弟相称，多有书信往来。后在日本共同建立了反清秘密组织“三合会”，取合天、合地、合人之意，并歃血为盟。1905 年同盟会成立于东京，王时泽与秋瑾等转入同盟会……王平钩沉了王时泽投身反清和辛亥革命的历程。

关于王时泽与青岛的渊源，王平从几张老照片梳理勾勒出大致轮廓：“从北洋政府至民国政府时期，祖父曾辗转于国内多个城市担任不同公职。尤以在哈尔滨任东北航务局局长兼商船学校校长的时间为久。但就我而言，值得特别纪念的是青岛。因为我的父母是在青岛结的婚。”

王平写道：青岛在民国时期为特别行政市，相当于现在的直辖市。王时泽于20世纪30年代初，先任青岛海军学校校长，后又任青岛市公安局局长，均系当时青岛市市长沈鸿烈推荐。王时泽与沈鸿烈是在日本海军学习时的同学，更早之前王时泽在哈尔滨的任职，也是时任东北海军总司令的沈鸿烈推荐的。并且，沈鸿烈还是王平父母在青岛结婚时的主婚人。

王平说，他家原来有好几本老照片簿，其中有一张父母结婚时的大照片：父亲西装革履手持礼帽，母亲一袭洁白的拖地婚纱，两边还有男女傧相和男女花童……后来在20世纪60年代末期，这些相册都被抄走了。“在被抄去的相册里，就有不少父母在青岛时的照片，那恐怕是他们一生中最为难忘的幸福时光。并且小时候我在相册里就知道了，青岛有大海，有崂山，有教堂，有总督府，有漂亮的德国人建的别墅。祖父及家人即住在八大关的一幢别墅内。”过去若干年，“父亲单位又退还了极少部分残存的照片，其中居然包括几张父母在青岛时的留影，堪称劫后余生吧。只是可惜，小时候印象深的无一张在里面。”

王平从青岛的相关史料中找到了关于祖父当年的资料，由此揭示了王时泽离开哈尔滨来到青岛任职的原因：1923 年《海事杂志》第一卷第六期，刊载了王时泽担任东北商船学校校长时在开学典礼上的报告……“九一八事变”后，日本出兵东三省，1932 年 2 月哈尔滨沦陷。日本人要求王时泽继续担任东北联合航务局总经理，被王时泽拒绝。日军先派宪兵至航务局将其监视，旋又派南满铁道职员岛一郎等人至航务局，诡称仓促派宪兵系保护性质，今奉令请其继续任职，同时出任航运局长，待遇较前增加十倍，并提供其他一些优越的工作条件，且软硬兼施：“如不同意即是反抗，军部当予以断然处置。”

面对日军的威胁利诱，王时泽以家小均在南方，欲回乡探亲为由，进行拖延。于是年农历元宵节，趁大街上民众燃放花灯之际，王时泽只身潜逃出哈尔滨，径赴青岛。1932 年 5 月，王时泽由沈鸿烈推荐，被张学良派任青岛海军学校校长。

青岛市档案馆有一份关于王时泽的任命书，由时任国民政府行政院院长汪兆铭签署：“任命王时泽为青岛市公安局局长。”时在“民国二十二年九月十二日”。同月 18 日，上海《申报》登载了王时泽出任青岛市公安局局长的消息：“青岛公安局局长王时泽十六晨八时就职，并召全局职员训话，略谓凡有益于地方之举，决极力迈进，望各安心服务。（十六日专电）”关于王时泽在青岛担任公安局局长的行踪，现在所见资料有限，无法还原当年情景。不过，在王平搜集到的有限资料中，还有一张王时泽当年给哈尔滨商船学校学生曹占荣开具的一张遗失证明：

为证明事查曹占荣现年二十四岁河北清苑县人于民国十六年七月考入哈尔滨东北商船学校轮机班肄业至二十年三月期满毕业该生应领之毕业证书确经本员在东北商船学校校长任内亲手发讫兹据该生函称占荣之东北商船学校轮机班毕业证书因九一八事变遗失在哈尔滨恳请证明等情前来经查明属实相应缮发证明书一纸俾资收执此证

落款是“前任东北商船学校校长、现任青岛市公安局局长王时泽”，时在“中华民国二十三年十一月”，证明书并钤有王时泽私印及青岛市公安局大印各一。

在王平看来，“这张遗失证明，再次印证了祖父对他的下属及学生一贯关爱有加。在担任哈尔滨商船学校校长期间，祖父曾聘请了一位叫冯仲云的数学老师。王时泽在得知冯仲云是中共地下党员时，仍一直对他进行保护。祖父认为冯仲云会教书，且为人正派，不会干坏事。在冯仲云的影响和培养下，商船学校不少学生加入了中共，其中就有后来成为抗联骨干的驾驶甲班学生傅天飞，以及后来成为第三国际情报员、著名作家的驾驶丙班学生舒群。”

《王时泽与辛亥革命前后的中国海军》一文记载，当时日伪政权在哈尔滨大肆搜捕共产党人，傅天飞也被列入了黑名单。王时泽闻讯后，把傅天飞叫来对他说，如果你是中共地下党员，就赶快逃走，如果不是，你就坦然留下。傅天飞迟疑片刻，说没有盘缠。王时泽明白其意，马上送一笔路费帮助他逃离了哈尔滨。傅天飞后来追随杨靖宇将军，于 1938 年 3 月牺牲。现代作家萧军的长篇小说《八月的乡村》，其主要素材来源于傅天飞在游击队的亲身经历。傅天飞在青岛时，通过舒群的介绍，将其“腹稿”向萧军讲述了一天一夜。其时，萧红也在一边听得入神，竟然忘了厨房里还在煎饼，结果烧得满屋是烟。

晚年的舒群回忆说，当年商船学校虽是官费，可以养活自己，但养不了他的穷家。直到王时泽帮助他去航务局做俄文翻译，家境才有所好转。但未料几年后，舒群在哈尔滨也陷入险境，被迫南下逃亡。他首先选择青岛作为暂栖地，因为当年的王校长其时在青岛任公安局局长，而原东北海军司令沈鸿烈担任青岛市市长。他们的旧部也有不少人在这里，相对安全。然而，当时山东中共地下组织受到严重破坏，舒群和地下党青岛市委书记高崧还是被捕了。蒋介石钦定了三个要犯——高崧、倪鲁平和倪清华（舒群的妻子），要求将他们三人押解到南京陆军监狱。最后倪家兄妹被解往济南监狱，而高崧和舒群在王时泽及沈鸿烈的多方奔走干预下，被留在了青岛监狱。舒群因之在狱中创作了他的成名小说《没有祖国的孩子》。其间王时泽还亲自探监，给舒群送去衣物。最后在王时泽与沈鸿烈的斡旋下，舒群终于得以获释。舒群出狱后到了上海，不仅很快找到了萧军和萧红，还在周扬的帮助下恢复了组织关系；并且凭借《没有祖国的孩子》问鼎上海文坛并引起轰动，从而完成了从第三国际情报员到“左”翼作家的角色转换。

王平说：“祖父任公安局局长数年期间，青岛日本侨民颇多，浪人尤其屡挑事端，与中国官民相冲突。可是当时青岛没有中国驻军，祖父曾回忆道，‘防范责任均在警察，其间所经艰苦，非笔墨所能尽述’。1936 年 11 月，日方因青岛日本纱厂工人罢工提出抗议，要求公安局进行镇压，身为公安局局长的祖父却同情和偏袒工人，且出于民族气节，未按日方意图处分工人，招致日方不满。同年 12 月 3 日拂晓，日海军陆战队一千余人武装登陆，逮捕中国工人，并包围捣毁有排日嫌疑的青岛党政机构，且向南京政府外交部提出照会，祖父因此被迫辞职。”

“七七事变”后，撤离青岛的沈鸿烈于 1938 年当上山东省主席，再任王时泽为山东临时行辕主任。“这个职务并未经国民政府正式任命，只能算是沈氏幕僚。但身处抗战之际，祖父并不计私利，继续奔走国是。至 1940 年后，祖父终于脱离政界，携全家避居湖南湘西边城凤凰。……抗战胜利后，祖父又重新出山。先是国民政府派任在辽宁葫芦岛恢复的东北商船学校任校长，后又派任东北航政局专门委员、局长，直至 1948 年卸职归乡。”

1951 年，年逾花甲的王时泽被聘为湖南省文史馆馆员。

一个人的青岛记忆

有20年的时间，我每周走过最多的路就是青岛的太平路，因为我供职的青岛日报社就在这条路上——太平路33号。我走在太平路上，看海面上的四季变幻，看路边的针叶松，远处是海天一色，近处是一棵棵被海风雕琢的翠松，心情因海和树而惬意，步伐也变得轻松。或许是身在山中不知山，每天路过却对这条道路的前世今生没有丝毫探寻究竟的想法，仿佛太平路本来就是这个样子的。

或许离开了才感受到原来每天走的这条路的美好。2018年12月15日，随着报社从太平路33号的搬迁，我也结束了每天上下班行走在太平路上的日子。这也是看到蔡晓滨的新书《青岛文化地图》，我首先翻找关于太平路的缘由。太平路对蔡晓滨来说，意义更重大，他的几十年的报人职业生活都是在太平路33号度过的。

蔡晓滨的梳理让我对被称为“青岛之眼”的太平路有了真正的认识，尤其是这条路的来龙去脉：青岛开埠之初，胶济铁路尚未开建，航空客运更像是天方夜谭，往来青岛的旅人大都是“客从海上来”。当众多邮轮驶抵胶州湾口的时候，随船而来的人第一眼看到的便是太平路。从这个意义上说，太平路就像青岛的眼睛……

以前走在太平路上对经过的天后宫熟视无睹，从蔡晓滨的历史探寻里才有所了解：当年当局者在租借青岛拆迁旧建筑，修筑今天的太平路时，本地民众经过抗争才保留下海边的胶澳总兵衙门和天后宫。

“总兵衙门是主权的象征，尽管被租借、被殖民，乡绅们还是希望留下这点儿国家记忆。天后宫是祭拜天后娘娘的庙宇，当地渔民出海打鱼、进行贸易，总要祈求天后娘娘保佑平安。这是村民精神和信仰的寄托，又事关堪舆之学，岂可随意拆毁、异地重建？老百姓据理力争，逼得当局做出了让步：在德国建筑群中，保留总兵衙门和天后宫两处中国建筑。”从此，太平路上有了这样的奇观：两处中式房屋伫立在一片洋楼之中。天后宫至今还矗立在那里，而总兵衙门已经变成了今天的人民会堂。

蔡晓滨对总兵衙门的梳理体现了他作为职业报人对现实的关照：胶澳总兵衙门是一处典型的中国传统建

筑——飞檐斗拱，黛瓦白墙。门前是一块巨大的照壁，上画一个形似麒麟的怪兽，怪兽的头前是一轮火红的太阳。这怪兽以贪婪著称，贪尽了人间美味和财宝，还想吃太阳，自然是落了个葬身火海、粉身碎骨的可悲下场。当时的许多官衙门前都有这种图案的照壁，以警示当政者勿贪勿贿、清廉干事。照壁之后是规制严谨的四合院建筑格局，三进院落，东西跨院。前两进是衙门大堂、议事厅、幕僚办公处和兵丁宿舍，第三进则是总兵的生活起居之处。照壁前是衙门广场，广场上的几株银杏树今天依然高高耸立。

在1906年德占胶澳总督府建成之前，总兵衙门一直是总督及市政管理部门的办公场所。1914年和1938年日本两次占领青岛期间，总兵衙门成了日军兵营。1940年左右，这里建成了一所私立学校。1949年之后，私立学校停办，总兵衙门成了青岛二中分校，一部分用作教室，一部分做了学生宿舍。当时青岛二中面向全省招生，不仅山东半岛的学生能考进来，即使远在鲁南的郯城，也有优秀的学生报考入校。1959年5月，青岛市政府决定拆掉总兵衙门，在原址盖一座现代化的大礼堂。“拆除总比建设快得多，也容易得多。没多久，这座挺立了60多年、经历了无数风雨和世事变迁的大衙门便訇然倒地，化作了一堆垃圾。”礼堂于1960年5月建成，被称为

“新建礼堂”。20世纪70年代末，改名为人民会堂。“今天，人们只能透过人民会堂广场前那几棵高大的银杏树去遥想当年总兵衙门的庄严与肃穆了。”

经蔡晓滨在该书里的提醒，确实感觉到“太平路上的天后宫实在是一个突兀的所在，一座中国庙宇夹杂在周边的西洋建筑中，很有点儿不伦不类”。天后宫其实早已不是明成化三年（1467）初建时的模样，甚至也不是同治四年（1865）和同治十三年（1874）两次大修翻建时的格局。青岛城市化进程的迅速推进抹去了古老青岛村耕读渔樵的痕迹，天后宫成了一个民俗文化展演的舞台。1936年，全市商民集资兴建了天后宫大戏楼。戏剧演出、社火灯谜等民间活动在这里轮番举行。1949年后，天后宫经多次维修扩建，遂成今日两进庭院，正殿、配殿、前后两厢、戏楼、钟鼓楼一应俱全的古建筑群。如今，天后宫被辟为青岛市民俗博物馆，供市民和游人免费参观。

青岛日报社所在的太平路33号，原来的大楼建于1900年，属于亨利王子饭店名下，后来更名为中和饭店。1945年，美国太平洋舰队进驻青岛，中和饭店又变成了美国海军俱乐部。名字虽然变来变去，但其作为饭店的基本属性没变。对于太平路33号来说，本质性改变发生在1949年12月10日，《青岛日报》正式面世，青岛日报社在这栋楼里安家。“1997 年，太平路 33 号被鉴定为危楼，拆除势在必行。时任分管城建工作的副市长毕业于同济大学道桥专业，他力主保留外墙，里面进行现代化的改造。他说：拆掉了，盖得再好，也不是原来的东西了。报社的想法是通过翻建扩大办公面积，实现现代化改造。2018 年年底，青岛日报社由太平路 33 号迁出，搬往东部崂山区株洲路 190 号的新办公楼。”

蔡晓滨对太平路 33 号的勾勒细致而清晰，其实我更想读到作为曾担任青岛日报社总编辑和社长的他对这栋大楼的个人回忆……

文人字与“小草年年发”

五四前夕，许多同龄或稍许年轻朋友在自媒体上发了许多感慨。看朋友们发的各种文字和图片，像在欣赏遥远的风景。有一位朋友在朋友圈贴了一个链接，感慨当年五四时代那些文人们的手迹，感叹现在的文人还能写出这样的字吗？看到这个帖子和现代文人墨迹的图片，不由也感慨万千，那时的文人那时的文人字啊。

现在还能写一手毛笔字的人已经不多了。不由想起20年前我曾采访的一位老人，当年看老人在凌乱的书桌上肆意挥毫，我默默感慨：这样的老人这样的字，今后还会有吗？从老人家里出来，一路感想颇多，当晚就写了一篇随笔《悬壶与书法》，文章不长，抄录如下：

老人的家在青岛浮山新区一幢普通住宅楼的底层，窗外墙上挂着一块牌匾，上下两行分别刻着：“名老中医何中州。”走进首先感受到的是简朴：光秃秃的水泥地，没铺地板，但置身其中却感受到了书墨盈香。两室一厅的面积并不大，厅里醒目地横着一张大大的写字桌，上面铺着墨迹斑斓的毛毡。我们进去时，老人坐在桌前正为病人把脉。厅里四壁上挂着老人的照片、书法和山水画作，老人自题的“榆荫庐”斋名镶在一个小镜框里，与之相邻的是刻在板上的另一个斋名“六迁居”。与写字桌一端相顶的墙上，挂着两幅书写的楹联——绿字刻在漆黑的木板上，楹联是老人为一家药房题写的。楹联下，贴着一张不大的横幅，隽秀地小行楷写着老人把脉开方和题墨写字的润格，更扎眼的是一张镶在镜框中色泽陈旧的中医执业证书。给病人开好方送出门外，老人把我们让到沙发上，而他自己却坐到了一个小马扎上，说这是他的专座。

老人已经91岁（2002年）了，但神态却远远年轻于实际年龄。老人从青岛骨伤医院中医科退休已近20年了，虽然退休但仍一直行医，这几年才贴出告示，只在上午接诊。老人说，年纪大了，精力不如以前，给病人把脉容不得丝毫大意，下午休息，养精蓄锐也是对病人负责。

我问老人墙上怎么挂了两个斋名。老人说《榆荫庐》是他一直挂的斋名，为什么叫“榆荫庐”呢，老人脸上漾起微笑说：老家场院南边有一棵大榆树，树冠几乎遮住了整个场院，场院北边的房子就是我家，我从小在那儿长大成人的，榆荫庐也就成了我的斋名。至于“六迁居”更好理解了，活这么大岁数，从老城小棚户直到现在这处房子，正好搬了六次家。老人对这处房子言谈话语间流露出满意，“搬了六次家，现在终于有了改善，也有了最后的归宿”。

老人的这处房子是1998年旧城区改造拆迁后的安置房。除了挂上《榆荫庐》的牌匾，又兴致勃勃地写下了“六迁居”的新斋名。从中可看出老人的洁身自好和对名利的淡漠与达观。

“榆荫”二字也形象地描绘出老人的家世：何中州出身于青岛平度的一个中医世家，到其父亲，已是祖传三代行医。何中州18岁学医，25岁通过了南京民国政府考试院的中医执业资格考试，领取了中医执业证书。老人说，那个证书可不好考，上边还有考试院院长戴传贤的签名，那时候要求特别严格，领到证书才有了养家的饭碗。从26岁在青岛华盛药房挂牌行医直到现在，已经干了60多年。

老人指指墙上挂着的中医执业证书说，这个证书就是原来南京考试院发的证书换回来的——1949年后何中州继续从医，原来的民国证书1952年交到北京，由卫生部核准换发新证书——你们瞧，上面的签字还是冯玉祥的夫人李德全签的呢，那时候她是卫生部部长。

壁橱上夹着一幅墨迹犹新的行书作品，笔墨饱满苍劲。谈起书法，老人笑着摆手说他写的字哪算得上书法啊，“哎，就是胡写呗。这幅字是早晨起来有了情致写下的，是《三国演义》的开篇诗，我觉得这首诗道尽了人情世故……”其实老人过谦了，何中州盛年时曾在书法上下过硬工夫。书法也是何中州给自己开的一剂良药，老人一生曾承受过很多坎坷磨难，书法让他的心灵得到寄托和慰藉。悬壶济世与寄情书墨，何中州为自己构筑了一生的精神家园。老人谈书艺之道更是处世之道——从老庄、陶渊明到郑板桥，人生哲学、艺术感悟，娓娓道来，其实也是养生之道。

谈起早年经历，何中州尤其难忘的是当年除了随父亲学中医，还曾跟随着从日本法政大学毕业回到青岛的同乡丁宏芹先生学传统古籍，说起当年曾私淑的丁宏芹先生，老人动情地说：“丁先生对我的影响很深，他从日本留学回来，南京国民党政府曾请他去当官，他拒绝了，却来到青岛教书育人。他四书五经讲得很好，我的传统文化知识就是他给我打下的基础，我很感激他。七七事变后，丁先生回到了平度老家，得病去世了。”

从老人的自述中得知，从40岁开始，每天结束门诊便铺纸习字。先是临帖，接着临碑，从《圣教序》《兰亭序》到《龙门碑二十品》，等等，老人感受了赵体的圆熟、王体的苍劲和柳体的刚硬。到50岁时，老人说那一年是道坎，爬过了那道坎，握住毛笔便在纸上“胡写”了。“胡写”了十年，亲朋好友有来索字的了，有朋友说，你的字写得好啊，是书法。老人笑了，他们拿话哄我，以为我不知道，我这哪儿是书法，就是胡写嘛。

其实，我第一次看到何中州这个名字就与他的书法有关——几年前在青岛一位作家朋友拥挤的书房兼客厅里挂着一个镜框，里面镶着一幅字，上书“小草年年发”。写得逸兴遄飞，充满文人意趣。自此，我记住了老中医何中州的名字，也喜欢上了他的苍劲洒脱的文人字。

言谈间可以感受到，老人对自己的书法很不看重，说到行医，老人的脸上顿时弥漫着自豪。作为一名老中医，何中州为人称道的是在内科和妇科的造诣。老人说，当一名合格的中医，起码做到的就是掌握传统医学的精华，打好传统文化的基础，当然，更要先做一个好人。

看了一辈子病，老人最自豪的是墙上挂着的一个铜牌——“赠给何中州医师：德术重光”。这是青岛市卫生局和青岛市中医管理局于1992年联合颁发的。除了行医，老人还拥有印石，老人说要刻一方闲章，刻上一句话：双百石印老人。“齐白石曾刻了一枚闲章，说他是三百石印富翁，我现在已经有了200方石章，还不敢说是富翁，年龄过了90了，只敢说刻一枚双百石印老人。”老人说着说着陶醉了……

这篇随笔最初写于2002年夏天，我至今记得老人写的那幅行草“小草年年发”。当时老人还即兴写了几幅字，分别送给我们在场的几位。

纸上风流何处寻

写信，在日常生活里已经变成一种奢侈和特意为之的行为，还需要在信纸上写信吗？手机微信上连输入文字都可以省略，直接语音传递，还有视频对话更直观方便。信纸、稿纸更成了过去年代的遗存。收拾案头时，看到一摞空白的稿纸，像是拾起遥远的记忆。

记得刚参加工作时，看到单位空白笺纸上印着的那行红色的单位名称最后的“笺”字，还有一种新奇感。很快习惯了在印着方格的稿纸上抄写文稿，若写信的话，则用印着红色“笺”字的白纸写。后来，慢慢才了解笺纸的由来。近些年，经常收到一些文友自制的笺纸，并不会使用，更多成了把玩欣赏之物。薛冰的《笺事：花笺信札及其他》摆在案头已经多日，也成了这段日子里时常把玩的读物。正是从这本《笺事》里，对“笺纸”有了更多了解和认识。

《笺事》是关于笺纸书札的收藏与欣赏的一本书。薛冰依据的多是自己的收藏，并非只是关于笺纸的介绍，还有他寻访收藏笺纸的体验和情感。譬如，留心收集老文化人的书信手稿，除师友往还信件悉心保存外，历年来还收了数十位老先生流散的书札百余件。用薛冰的话说，闲来欣赏各有意趣。譬如，画家宋玉麟回信向索字的前辈解释自己不擅书法，但最终还是满足了对方："书道余不擅，故一直未能动笔。尊长再三催之，只能勉力为之。"这样的书札，再和画家与前辈的交往联系起来，结合当时薛冰作为江苏省作家协会专业作家，文坛与画坛，同辈与前辈，书笺背后的故事也是一则掌故。

薛冰从笺纸过去的实用功能一直写到当下的收藏价值。"笺的本意，指狭而小的竹片。在纸张出现之前，人们以竹简作为书写载体，遇到需要标识的地方，就用这种小竹笺系在简策上，以后被借指一种精美的小幅纸张，供文人墨客写信或题诗之用，俗称信笺、诗笺。由于笺纸多印制精美，又有花笺、彩笺、锦笺之美誉。"并以具体的实例，对历代笺纸尤其是"花笺"进行详细解读。用薛冰的话说，虽然在20世纪后半叶，书写工具彻底变换，随着钢笔、圆珠笔等完全取代毛笔，书法渐渐成了一种高雅的技艺，花笺几乎失去了实用功能，而成为纯粹的审美对象和艺术品。例如，北京荣宝斋再版《十竹斋笺谱》，上海朵云轩复刻《萝轩变古笺谱》，南京十竹斋复刻《十竹斋笺谱》，都是将其作为欣赏与收藏的对象。也正因为如此，花笺之美才得以淋漓呈露，重放光华。

薛冰解读《十竹斋笺谱》：画幅虽不大，但结构谨严，匀称工整，细腻而不烦琐，明快而多变化。特别是充分运用象征手法和简明形象表达传统人文典故，如“融梨”画盘中梨果以喻孔融让梨，“周莲”画莲花以喻周敦颐之爱莲，“举案”画几案以喻孟光、梁鸿举案齐眉，均不出现人物。在刻工、印工上逼近绘画效果，郑振铎评价为“持较原作，几可乱真”。同时人称其“汇古今之名迹，集艺苑之大成，化旧翻新，穷工极变”，不但可做文人案头清玩，而且可供初学绘画者做范本临摹，因之“销于大江南北，时人争购”，不计工价……薛冰说《十竹斋笺谱》诞生于南京，也是有原因的：首先，明代南京长期作为陪都，是南方的经济文化中心，汇集了大批官僚商绅，笺简应酬自然就多。江南士子科场应试，人文荟萃，笔墨交往更是不断。社会需求推动了笺纸生产的发展，而市场竞争促使出版商重视并提高花笺的质量。其次，新兴的市民阶层对于通俗读物的需求，形成了巨大的图书市场，而南京宽松的文化环境，又吸引了当时版刻水平最高的刻工、印工以至出版家，版刻技艺交融，遂成一时之冠，为花笺创新提供了技术基础。最后，利玛窦等西方传教士带来的西洋印刷品，又引起了南京出版界在艺术上和技术上的思考……

小小的一张笺纸，同样也成为时代变化的见证。清末民初，西方现代印刷技术以不可阻挡之势取代中国雕版印刷技艺，与石印书籍一样，石印笺纸迅速进入市场。阿英曾记述多种以《红楼梦》人物故事为题材的石印笺纸，既有以名家之作为底本的，也有商家专请画人绘制的。不仅如此，西方的机制纸也急剧地涌入中国，占领中国广大的纸品市场。现代机制纸信笺，最初被称为“洋纸”。洋纸适宜钢笔书写，钢笔又较毛笔更为便利，在20世纪初成为文化界的一种时髦。换个角度说，“洋纸”可用毛笔书写，而宣纸却难以用钢笔书写，即以此论，洋纸已占了上风。旧式纸坊也不得不生产所谓“洋纸笺”。至于宣纸寿命千年，“洋纸”不过百年，恐怕写信的人是不会太在意的。

那一时代的亲历者郑逸梅对此变化颇为不满：“所谓名流，多用钢笔洋纸，以趋时尚，不若先辈之拈毫拂素，行间字里，饶有古色古香也。”郑逸梅主张收藏书札的对象“与其当代名流，毋宁十年前之先辈”。然而这一取舍标准，郑逸梅也难以严格实行，因为他的同辈文人朋友，例如周瘦鹃、程瞻庐、程小青、徐碧波、俞天愤、严独鹤、天虚我生等人，也是喜欢用钢笔“洋纸”写信的。

用薛冰的话说，有多少思维正常的人，会考虑自己的一封平常书信，能否流传千古呢？

花笺随着时代变化而浮沉。20世纪中叶，花笺的生产一度趋于停滞。那一阶段，一些老文化人所用的花笺，多是过去留存下来的。受影响最大的当是荣宝斋，1953年补刻再版《十竹斋笺谱》，1958年再版《北平笺谱》。又如20世纪60年代初，陈子庄为诗婢家画过一套十枚白描山花笺稿，刻印俱佳。但除了北京荣宝斋、上海朵云轩、成都诗婢家等硕果仅存的老字号，难得再有什么地方生产这种迎合旧文人习气的花笺了。

20世纪80年代初，花笺生产渐有复燃之势。上海朵云轩复刻《萝轩变古笺谱》1981年面世，是一个划时代的事件。只是此本仅印了200部，且每部售价高达300元（少量古色纸本定价330元），明显是作为收藏品而非实用品。扬州广陵古籍刻印社利用所存《西厢记》插图旧版刷印花笺销售。十竹斋、荣宝斋、西泠印社等老字号，也都有利用旧版或翻刻新版刷印的新花笺……20世纪末的新印花笺，多是用宣纸或毛边纸，有许多是以旧笺图案制版机印或影印的。在南京书市上，薛冰曾购得荣宝斋制单色压印古器花笺四种，所用宣纸以四层裱托，厚度近乎卡纸，故图案深凹，十分可喜。

现在，各种利用古代花笺图案制作的文创衍生产品层出不穷，除影印笺纸之外，多的便是笔记本。薛冰说，以他所见最具匠心者，当数商务印书馆的《笺谱雅集》，将《萝轩变古笺谱》《十竹斋笺谱》《北平笺谱》各选百余图，以宣纸影印，线订为三册，装入特制的木盒，号称“中国笺纸艺术的典藏之作”。不过，薛冰也坦率指出：这种影印只能算“中国笺纸图案的典藏之作”。

围绕“花笺”的前世今生，薛冰谈了笺纸收藏的本质：一种实用功能减退的物品成为鉴赏收藏的对象，可以说是一个客观规律，陶瓷如此，家具如此，墨砚如此，花笺同样也如此。前辈收集花笺，多数仍以使用为最终目的；20 世纪八九十年代，爱玩花笺的只是少数艺术家和文人学士；21 世纪以来，花笺已渐成为一种收藏品。尤其是古代流传下来的花笺，片纸零缣，皆为人所重，甚至成为拍卖会上的宠儿。而各种新制、复刻花笺层出不穷，衍生产品争奇斗艳，花笺的鉴藏与欣赏，也成了值得细细探研的命题。

老药铺的时代记忆

“老板娘是一个超爱美的女性，对于一般坊间常见的美容保健品并不喜欢，只钟爱珍珠粉。可能是习惯使然，她对于品质要求特别高，而且还指定要现磨的！”读到这段描写不由笑了，原来当年台湾高雄的老药铺，还有这样的功能。这段描写，出自《药铺年代》一书里的《贵妇人的养颜圣品》一节，生动有趣地还原了当年药铺里珍珠粉的磨制和美容功能：药铺的珍珠粉都在自家药铺研磨，而磨珍珠粉要耗掉大半天，这位老板娘不要一般常见规格的珍珠，而要选用小如细沙的珍珠粒。“药铺的珍珠大部分都是产自大陆的淡水养珠，只有少部分产自东南亚，且没有海水养殖的珍珠，若要全部都是小如细沙，还真是少见，不过老板娘总认为个头小的珍珠，年纪轻，拿来保养特别有效……”

《药铺年代》一书副标题是“从内单、北京烤鸭到紫云膏”，由这个副标题不难读出该书的内容：一家有 80 多年历史的台湾中药铺的时代记忆与料理配方。该书作者卢俊钦是台湾高雄凤山顺安中药房的第三代传人，从小在中药堆里长大，讲述了自家老药铺从 1936 年至今的故事，从孕妇产后的七帖生化汤、小孩半夜发烧的犀牛角水，到隔壁总铺师的专属药膳配方、为街坊泡制的养生药酒……“作者推开老药铺的门，让我们看到了过去街坊间的邻里亲爱、中药铺从业者的妙手仁心；作者也重拾起中国人药食同源的文化智慧，为我们分享多年研发心得，让躺在药柜里的中药材变成厨房中的药膳配方、中式香料，使老药铺焕发新生”。这本书也可以说是一家传统中药铺经历时代变迁的备忘录。

从作者的叙述里看到时代的痕迹：方圆百米内，连同他家整条街上有 10 家中药铺，随着时代的演变，有几家挨不过时间的摧残，已歇业或搬离当地，到其他地方另谋发展。作者的伯公家，全盛时期在凤山有 3 家药铺，现已歇业两家，剩下一家也搬迁隐身在一家服饰店的后头。他小学同学家的药铺也歇业了，这些都是有六七十年历史的老店，而他家则因道路拓宽及其他因素也搬离了，现在附近零零散散地只剩下 5 家中药铺，当年的盛况已不复见，只能说时代的巨轮威力实在太大，让一些老店招架不住。

而对于给产妇滋补的“生化汤”，作者的描述更留下了时代的特色。对于有新成员诞生的家庭，第一件事大概就是到药铺来抓“生化汤”。“生化汤七帖”是他当年最常听见的，喝完后，又是一连串黑黑汤汁的进补。“以前上药铺买生化汤，几乎都是婆婆妈妈，少有年轻人自己上门购买，后来渐渐有先生来帮太太买，不过毕竟是少数。以前多是婆婆帮媳妇坐月子，或是妈妈帮女儿坐月子，不像现在还有专业的月子中心，或是专人送餐点到府的服务。”在作者的记忆里，“生化汤七帖”成为新生命的代名词，上药铺来买“生化汤七帖”也算喜事一件。现在坐月子当然比以前讲究多了，但在作者眼里，无论时代如何转变，唯一不变的是“生化汤七帖”，仍旧是新生命的代名词。

《半夜的犀牛角水》一节，不仅是作者的童年记忆，也给那个逝去的年代留下一份温情的记录。20 世纪 80 年代前，小地方没有大医院，也没有夜间急诊，如果遇到半夜生病发高烧，大人倒还好，总有办法挨到天亮再就医或到药铺抓药；若是小朋友半夜发高烧，大人就慌了手脚，就算大半夜也要想尽办法，先让小孩的高烧退了再说，没地方送医，就只好来敲药铺的门。以前人情味重，即使半夜来敲门，药铺也会有人起身应门的。知道来意后，多半是立刻磨一碗犀牛角水。虽然要价不菲，不过会在半夜前来的多半是街坊邻居或是熟人，总之，先让来敲门的人带回家应急再说。

“平日里，犀牛角通常就只会磨成粉，再小心翼翼分装成数小包。当时药铺并没有空的小药瓶，只能用包药粉专用的小纸张分装，让来药铺的人带回去保存。将犀牛角磨成粉是一件大工程，一整支的犀牛角并没有专门的研磨工具，即使当年有小型的电动研磨机，也不适用，没有人会一次购买一整支犀牛角，再请药铺研磨，因为要价实在太昂贵……在夏天只磨一丁点粉末，往往就满头大汗。”至于用犀牛角磨犀牛角水就容易多了。拿一个内有一条条刻痕的钵，倒入一杯水，慢慢将犀牛角在钵内磨出粉末，过程中会闻到一股特有的味道，味道慢慢变重，钵内水的颜色会从清澈变灰白。至于要磨多久，浓度如何辨别，是否会有预期的药效，靠经验而定。对于半夜来敲门的，药铺通常是用这种方法。

《药铺里的内单》一节，是从老药铺独有的“内单”里梳理自己的记忆和对生活的感受。所谓内单，也就是药铺自己开的药方。作者写道：内单通常不叫处方笺，那是医院或诊所才会用的名词，是针对疾病所开出的药方。药铺不是诊所，开出的药方并不完全是治病的，有时也会是餐饮业的料理香料配方，或是食品加工业所用的香料组合。且内单的配方组成资料，通常是不让客人带回去的，所以在药铺里，不叫处方笺，而称之为内单。内单还是以药单居多，但并非一般药书或方剂书籍出现的老祖宗留下的固有成方，而是针对个人当时情形及需求所开的药方，有时是熬煮式的煎剂，也可能是散剂或泡制成的药酒等，也就是“客制化”，看客人的需求来呈现，以前的老药铺早已将“客制化”三个字，发挥得淋漓尽致。以前生病上医院，或到熟识的药铺看病抓药，再正常不过。若是平时就常用的药方，便会留下药单，日后直接抓药即可。

“老药铺的药柜中，虽然都存放着药材，但一定有个角落或一格药柜收藏着过往的回忆。虽然现在科技发达，很多资料都存放在电脑中，做成格式化的资料库，但从泛黄的纸张中，看到的不单是药方，也有私家养生料理、创业历程中的故事，从内单可看尽生老病死、重生喜悦，更有创业艰辛史。”用作者的话说，内单中的主角来来去去，生老病死，老药铺都看在眼底。其中一张香料配方，让他印象特别深刻，也唯有香料配方，能沿用数十年不变。如附近市场内卖咸水鸡的大婶，一卖就是数十年，和他儿子两人一起经营市场内的生意，每到逢年过节忙不过来，在外经营果汁生意的女儿总会暂时歇业，回家帮老妈妈的忙。前几年老妈妈因病过世，做女儿的不希望美味就此失传，毅然决然回家传承妈妈的手艺，让这好味道继续飘香，也让这张香料内单延续它的生命。这张“咸水鸡”的香料配方和操作步骤，也被我抄录下来：

香料包（将以下香料放入棉布袋里）：肉桂 5g、香叶 2g、白胡椒 5g、八角 3g、小茴香 3g、山柰 3g、甘草 1g、草果 1 颗、丁香 1g；其他散状香料：花椒 3g、八角 2 粒、土鸡腿 3 只、私房胡椒盐、葱 2 棵、姜 5 片、香油适量、葱花适量、米酒一小杯、盐适量。

1. 干锅放入盐、花椒、八角，以小火炒香。

2. 鸡腿去骨洗净后沥干备用。

3. 将炒香的盐，均匀涂抹在鸡腿肉上，放入冷藏静置 3 小时待其入味。

4. 另起一锅卤水放入葱、姜、香料包、米酒及盐。

5. 煮滚后再以小火煮 20 分钟，让香料香气融入汤中。

6. 放入鸡腿肉以小火煮 5 分钟，熄火焖泡一小时，筷子能穿透即可捞起。

7. 放入冰水中冰镇到喜欢的温度。

8. 切片或手撕，撒上胡椒盐、淋上香油、拌上葱花即可。

当然，这份“咸水鸡”配方即便是抄录下来，也不可能照搬，因为有多种配料显然无法模仿，譬如作者的“私房胡椒盐”。但是，却可以参照这份配方，做出自家的“私房咸水鸡”。

书法不是让你感受字的

《历代书论札记》放在案头一段时间了，有时随手翻阅几页，犹如阅读明清文人画家的断章札记。尤其是一页页翻阅作者的手稿墨迹，在流畅俊秀的笔走龙蛇里又有着严谨的一丝不苟。不过，翻阅这本书也时时感到错愕，因为此书作者的另外几本书的主题和内容与书法的距离有些遥远，譬如他的译作《具象表现绘画文选》《世界之轴：帕特海姆的艺术》《德法之争：伽达默尔与德里达的对话》《维特根斯坦与维也纳学派》等，而他的著作《德国新电影》和《本雅明历史哲学探微》更是与这本从内容到形式都非常传统的"书论札记"相隔遥远。但这又确实"混搭"在一个人身上——他就是孙善春。

关于孙善春，浙江大学哲学博士，曾供职于同济大学德国哲学与文化研究所，现任教于中国美术学院人文艺术学院。其学术研究领域包括德国哲学与美学思想，尤其专注于瓦尔特·本雅明研究，学术兴趣侧重于摄影与电影理论，当然现阶段的学术研究还包括书法。

《历代书论札记》就像这个书名所体现的，并非是一部符合当今“学术著作”规范的学术专著，其形式更符合中国传统的文人笔记。这部文人札记，其实是孙善春讲授传统书法和研究历代书论的成果。对于曾写过《本雅明哲学探微》这种学术专著的学者，在撰写关于中国历代书法研究的专著时，却选择了传统笔记札记体的写作方式，本身就是一种写作的姿态，也是对传统文化的致敬和坚守。

《历代书论札记》源于孙善春在中国美术学院开的一门课——他讲过一个学期的书法课。他讲书法跟别人不大一样，譬如他讲苏东坡——孙善春坦言对苏东坡并没有太多的热情，觉得苏东坡的字写得不够好，而且更进一步跟大家坦白，在他的眼里，在中国两千年的书法史上，写得很好的特别少。他感慨：“我们只要花一点功夫，就会了解，但是我们都不敢说，就像我们整天讲达·芬奇，讲得学生都烦死了。”因此，他才选择讲苏东坡。但是，他讲课时并不单单只讲苏东坡的书法，而是把苏东坡的字、诗、词、文章糅在一起讲，“目的是让大家理解字的时候，不仅仅是一个形象的字，还同时具备了语音、语意、历史流变、形象和感情结合在一起的字，当然中间有一环节很重要，书法家是可以把汉字间的某一部分打开给别人看”。也就是说，孙善春讲书法，是从苏东坡的字开始，进一步解读剖析苏东坡写字之外的整个人生和精神世界。

对于书法，孙善春的态度也是很极端的。例如在他看来，一个中国文化人，若不懂书法去读古人的诗，从古诗里得到的享受是大打折扣的，“因为一个天才的诗人在写诗的时候，他的诗里面的每一个字并不仅仅是作为语音和语意出现的，还会作为形象出现。”其实对于历史上的文化人来说，这不是问题，因为古代的文化人，写字并不是问题。写字成为问题，是我们的书写工具发生变化之后的结果，而现在“写字”都成了问题，更遑论“书法”。孙善春在一次提问中说：“发现书法是很难说的，书法很难说，画也很难说，就加倍意识到艺术很难。”也正是在这样的体验中，才有了这本《历代书论札记》的写作。谈及这本书的写作，孙善春说在写字上他认为痛苦居多，很少感受到快乐，因为他整天所想的都是写字的事儿，也是这几年“研究书法理论”让他体验到的最深切的感受，“因为书法这个东西不是让你感受字的，而是超脱字之外的”。

孙善春的书论札记，看似随手捻来，其实是建立在对古人书法的体悟和独特认识上。札记这种传统文体，表面看似随意轻松，其实是建立在博闻强记上，更反映了作者阅读的广泛和深刻。例如，他写宋人沈括《梦溪笔谈》论书画："书画之妙，当以神会，难可以形器求也。世之观画者，多能指摘其间形象、位置、彩色瑕疵而已。至于奥理冥造者，罕见其人。"

再如孙善春引清人札记《大瓢偶笔》："颜真卿《祭姪稿》真迹奇闻，许子阳谷为其述之。杨氏文尾曰：识者曰此不祥物也，所至必祸人，岂以其文故耶？"然后他对此评论说："杨宾此语，大可注意。颜鲁公节义千秋，青史不朽；而以书名世，竟得碑刻过多之议；而妙笔神物，足证忠贞，乃有致人横死之谣言，真不知此识者何人耶？何心耶？明人张二水瑞图，有书名世，而附逆魏阉，书迹有避火之用；虽曰视之等同邪物，以毒攻毒，然颜公书迹如此，不能庇佑文人，不亦大怪事哉！或曰，乃知人心歧异，远胜其面，小人反复，其实难测矣。千载之下，不能不为颜真卿等义士忠臣痛泣也。"最后一句"痛泣也"，也见出文人真性情。

孙善春论书犹如与古人对坐品茗畅谈。例如，他谈苏东坡："苏轼论书曰：辨书之难，正如听响切脉；知其美恶则可，自谓必能正名之者，过也。东坡是语得之；然须于学书中细审察，亲体悟之，得具正法眼藏，方为知书。盖汲汲于真伪迹宜为藏家商贾之务，非有志于书者所应为也。今日于此三致意焉。”再如，他论李叔同：“举世皆称弘一法师之墨迹，推为人间法宝，无可复加。马氏论其之失，不可学处，以免后人误于名家大人，此君子之风，正道直言，足为书人学者法则。”对世人称颂的弘一法师的书法，孙善春则以马一浮对其的评价“正道直言”告诉我们，像弘一法师这样风格独特的墨迹，后人其实是不可学的。

梁漱溟：我是怎样一个人

在 20 世纪中国知识分子中，梁漱溟无疑是一位特立独行的思想家和社会活动家。学者张中行评价说：有悲天悯人之怀，忠于理想，碰钉子不退；性格耿直，有一句说一句，心口如一；受大而众之力压，仍不低头，为士林保存一点点元气；亦不作歌颂八股，阿谀奉承，以换取綮驾的享受。社会学家费孝通更是直言："环顾当今之世，在知识分子中能有几个人不唯上、唯书、唯经、唯典？梁漱溟先生是一个我一生中所见到的最认真求知的人，一个无顾虑、无畏惧、坚持说真话的人。"

梁漱溟说，他常常对人表示他不是一个学者，但他承认自己是一个有思想的人，并且是本着自己思想而去实行、实践的人。他说自己好像一个乐天派：对前途不悲观，既然事实发展要如此，你悲观有什么用呢？事实要发展，发展总是好的……晚年的梁漱溟，回顾自己一生的努力与反省，更是在剖析自己到底“是怎样一个人”。

在《我是怎样一个人——梁漱溟自述》里，以时间顺序收入了梁漱溟的自我回忆和反省，全面反映了梁漱溟从入学读书、任教北大、参与乡村建设运动、参加抗战，到为民主建国奔走等经历，从中可以了解他在“中国问题”和“人生问题”两者支配下的人生。

梁漱溟未受过正规学院教育，系自学成才。对他来说，自学是他一生的根本。他说：自学最要紧是在生活中有自觉，读书不是第一件事，第一件事却是照顾自己身体而如何善用它。用它来做种种事情，读书则是其中一种。以他自己为例，孱弱多病的体质，到后来慢慢转强，很少生病，精力且每比旁人略优，主要得益于以下两点：其一，虽讲不到修养，然于身体少斫丧少浪费，虽对于身体仍愧照顾不够，但似比普通人略知照顾；其二，胸中恒有一股清刚之气，使外面病邪好像无隙可乘。反之，偶尔患病，细细想来总是先由自己生命失其清明刚劲、有所疏忽而致。

梁漱溟说：“我自幼呆笨，几乎全部小学时期皆不如人；自十四岁虽变得好些，亦不怎样聪明。讲学问，又全无根底。乃后来亦居然滥侧学者之林，终幸未落于庸劣下愚，反倒受到社会的过奖过爱。此其故，要亦不外：一、由于向上心，自知好学，虽没有用过苦功，亦从不偷懒。二、环境好，机缘巧，总让我自主自动地去学，从没有被动地读过死书，或死读书。换句话说：无论旧教育（老式之书房教育），或新教育（欧美传来之学校教育）其毒害唯我受的最少。”归根结底，“向上心是自学的根本，而今日我所有成就，皆由自学得来。”

梁漱溟的学问不是为书斋里的学问，而是为社会尤其是乡村建设和教育。例如，在《丹麦的教育与我们的教育》一文里，虽然所谈是对《丹麦民众学校与农村》一书的介绍和评述，但最后落脚点还是论述当下的中国教育——今天来看，尽管梁漱溟所谈的中国教育问题已经是现代历史上的昨天的一页，但对于我们今天的读者来说，仍有阅读的参照意义。

梁漱溟说，在旧日（指西洋式教育未入中国之时），中国虽极注重教化，而于今日所谓教育者大半阙如，或听诸人民自理。此教化盖与西洋之宗教略具相当功用，其内容为人生的教训而绝不含知识技能在内。又以生产技术及其他技术未进于科学之域，各项职业的训练，但行于父子师徒之间，鲜以学校教育行之。其有类乎学校教育者，厥为“士子”之读书。读书不成，仍归于农工商各途；读书而能成其为士者，则士亦即为一种职业于社会间。其职业即为官或教书等，为官教书又主于以教化为事。故士之教育除一部分为文艺教育外，主要在明人生而敦伦理，凡所诵习莫能出此，是可征也。然自清光绪间废科举兴学校以来，一切情形大变于旧。今所谓中国教育问题，正指此三十余年间之新式教育言……

梁漱溟念兹在兹的是“乡村教育”和“民众教育”。为何会关注“乡村教育”和“民众教育”呢？梁漱溟溯本清源：“……西洋近代文明是建筑在工商业上的一种文明，亦即是以都市为中心而发挥的一种文明。其所以称霸于世界，远侵到东方，震撼惊醒吾人之迷梦的在此，故吾人急起自救，模仿他的亦在此。新式教育即此模仿中的一件事。虽不必单提直指地办都市教育，而因其为西洋那样社会孕育发展出来的一种教育，固自不期而然地是一种都市教育了。所以三十年间新式教育的结果，就是一批一批地将农村人家子弟诱之驱之于都市而不返。又以我工商业之不发达，麇集于都市之人乃不得不假政治名义重剥农民以自养，乃不得不争夺其所剥削的地盘而酿发战祸。故新式教育于乡村曾无所开益，而转促其枯落破坏。然中国固至今一大乡村社会也，乡村坏则根本摧。教育界之有心人发见其非，于是有乡村教育之提倡。乡村教育是大标特标出来的……”

“民众教育”则是由人才教育而来：“当初所以兴办学堂，所以派学生出外游学，原是造就人才。因为在西洋国家有许多可歆羡的事，中国想仿办的，都必须从造就人才入手。例如想办海军，必须派人游学海军，想练陆军，赶紧成立陆军学堂，想办警察、想修订法律、想开矿、筑铁路，乃至种种，都必派人游学或兴学。所以那时游学回来的人，国人莫不以奇才相待，而学堂毕业出身的，亦都要奖官授职。初办教育时其用意如是，眼光如是，固为时势所不能逃。乃时至今日，不嫌人才少，反苦人才多。不但军界人才多，法政人才多，即农业工业人才亦摆起来，没有用。始恍然几个专门人才决救不得国，必待一般民众觉悟而且进步，整个社会才得好。于是民众教育之呼声大起。”

今天再读梁漱溟的所思所感，仍然能感受到那个时代的氛围和他独特的个人气息。他的文字在我们今天读来，或许已经有所不适，但若细细读进去，沉浸在他的思想和表达中，对于我们的思考不是没有裨益的。或者说，有价值的阅读也是有挑战性的。

梁漱溟在 20 世纪 30 年代初期曾投身致力于“乡村建设”，用他自己在晚年的话说：乡村建设是他一生中一桩大事，在事隔多年之后，仍有必要回忆，同时也自我反省批判。

梁漱溟为“乡村建设”奔走呼吁：1927 年，在广州曾分十个小题目做了《乡治十讲》；1928 年，在两广政治分会提出设立乡治讲习所建议案；1929 年春，从广东出来游历各地，考察乡村工作，写有《北游所见记略》一文；1930年，蒋阎冯中原大战之后，原河南省主席韩复榘转任山东省政府主席，邀请梁漱溟等人在山东进行乡村建设工作，于是成立山东乡村建设研究院，选定邹平县为其实验区，于1931年年初开始工作。梁漱溟写成《山东乡村建设研究院缘起及办法概要》一文，自此“乡村建设”一词遂通行于世。

正是在20世纪30年代的山东农村，梁漱溟等众人开展了“乡村建设运动”。梁漱溟回忆说：1932年后，连年有全国乡村工作讨论会之集会，以迄其后有乡村建设学会之组成，盖非偶然。要言之：乡村运动的大发展，形成高潮，实以全国农村经济的大破坏、大崩溃为其前导。此大破坏在国际贸易进出口上表现为不出亦不进，引起上海金融界的惊呼；救济农村遂为当务之急，南京政府因以特设农村复兴委员会；同时乡村改进工作乃纷纷见于全国各地矣。“1935年后山东乡村工作之大展开，则激于日寇侵略，悍然唱出‘华北五省（晋、绥、察、冀、鲁）三市（北京、天津、青岛）自治’口号而来。原计划以三年时间全省（山东）各县普遍设乡农学校为基层地方行政机关，并适应国防需要，负责当地壮丁的军事训练，惜只进行得70余县而日寇遽侵及鲁境，加以省当局自违其初衷而失败……”

反省过去，梁漱溟后陆续写了《我的努力与反省》等回忆之作。检讨自己一生的得与失，梁漱溟对中国文化又是自信的，他坚信“未来将是中国文化的复兴”，这在他的《东西文化及其哲学》一书里有论述。“若问世界文化的未来就是中国文化的复兴，具体言之是什么？”梁漱溟对此给出了肯定的回答，这就是阅读他的著作——“请细审旧著《中国文化要义》一书所阐明的要义。”

梁漱溟的著作多关涉人生和社会问题，《怀着深情看人》就是梁漱溟如何看人的结集。梁培恕在《怀着深情看人》一书的前言里说，父亲梁漱溟的心愿是在中西文化之间架一座桥，始终关注人类的生存。

在梁漱溟眼里，人类生活从古到今，总不出三大问题：第一是人对物的问题；第二是人对人的问题；第三是人对自己的问题。人类创造的文化则是对这三大问题的回应。人不能脱离物质而生活，认识物质是人类首先和必需的选择。西方文化的长处正是这方面。

杨绛：隐身衣下的内心世界

尽管杨绛说她只是一个业余作者，但她的文学成就早已得到公认。施蛰存说，杨绛的小说《洗澡》给他的印象是半部《红楼梦》加上半部《儒林外史》。而夏衍更是对杨绛的《洗澡》赞誉有加，甚至说你们都捧钱锺书而他却要捧杨绛，由此可见那一代文化老人对杨绛的褒扬。而柯灵对杨绛的话剧作品的评价更是激赏："一枝独秀，引起广泛注意的是杨绛。她的《称心如意》和《弄真成假》是喜剧的双璧，中国话剧库中有数的好作品。"同时代朋辈文人的评价或许有友情的成分在，但杨绛其人其作无疑已成为文学与人学的一个标志，就像陈晓明为吕约的《喜智与悲智：杨绛的文学世界》一书写的序言《重绘杨绛的文学肖像》里说：杨绛深受一大批文艺青年热爱，她早已是一种文化象征，一种精神规格，一种历史仅有的存留。

在陈晓明眼里，杨绛是一位具有贯通意义的中国文学家。说她“贯通”，不止因为她的生命穿越了 20 世纪，更因为她的创作贯通了“现代文学”与“当代文学”，贯通了戏剧、小说、散文等多重文体。不过，杨绛的创作始终游离于 20 世纪文学史主潮，她恪守知识分子的基本立场，有意身披“隐身衣”，与波诡云谲的中国现代史（文学史）保持着适度的观视距离。吕约的《喜智与悲智：杨绛的文学世界》一书就是对杨绛文学作品的详尽解读——体察杨绛作品独特的审美特征、精神意蕴与文化内涵，进入这位身披“隐身衣”的智者的内心世界，领略其幽默与悲悯交织、理性与感性并举的智慧魅力。

“通过个案分析把握 20 世纪中国历史变迁中知识分子的精神脉动”，吕约将杨绛的创作特征总结为“智性”，也是杨绛与萧红、张爱玲、丁玲等女作家的本质区别。不过，陈晓明说，杨绛的“智性”是有温度、有关怀的，那不是纯然的客观理性，而是理性对感性冲淡中和后的动态平衡。由此，吕约将“智性”推进为“喜智”与“悲智”——试图用这组情感辩证法来诠释杨绛，并还原文学研究的某种“感性”。

关于《喜智与悲智：杨绛的文学世界》，吕约说，在喧嚣的当代文坛，杨绛披上“隐身衣”，将自己隐藏在一种精纯蕴藉的语言文字背后。在文学史上，这一类的作家作品，虽可超越时代而流布久远，却难以成为一时之热点、竞相追逐之显学。在吕约看来，探究这样一位作家的毕生创作，解读其中隐藏的精神信息，就像试图揭开她所珍视的隐身衣，窥见其真身与灵魂，并探查其精神文化渊源。对吕约来说，写作此书，更是一种精神上的寄托：身处“软红尘里”，尘埃蔽目，时有忧世伤生之思。面对现实世界与人生的不完美，面对天人之际永恒的冲突与和解，“喜智”与“悲智”，作为人在面对自身与世界时理性与情感的双重智慧，恰如彩凤双翼，缺一不可。以此为书名，也许可以寄托作者对某种存在境界的“企慕”情思。

20世纪中国文学史中的许多著名作家，如郭沫若、茅盾、巴金、老舍、曹禺、丁玲等都跨越了“现代文学”（1919—1949）和“当代文学”（1949—）两个历史时段，但他们在这两个历史时段的创作差异较大，并出现了风格上的断裂。在吕约看来，要保持个人创作风格的连续性有三种可能，一种是隐身而搁笔（如沈从文等），一种是冒险而消失（如路翎等），还有一种是出走（如张爱玲等）。不过，这三种方式杨绛都没有选择，她选择的是“半搁笔”或“半隐身”姿态，文学创作中断了，文学活动没有中断，转向文学翻译和文学研究。而且其翻译和研究的选择标准、审美趣味和潜在观念，与五四文学一脉相承。待到20世纪80年代，杨绛又重新开始创作，其语体和文体的总体风格，与40年代戏剧创作风格之间并无断裂。

吕约将杨绛的文学创作分为三个时期：早期阶段（20世纪40年代）为剧作家时期，主要以喜剧创作产生影响。20世纪50年代初期至70年代末为其文学创作“中断期”，主要以文学翻译和文学研究产生影响。中期阶段（20世纪80年代至90年代）为创作的“再生期”或称“高峰期”，以散文《干校六记》《将饮茶》、长篇小说《洗澡》等作品为代表，成为80年代的重要创作现象。晚期阶段（21世纪以来）为“总结期”，以长篇纪实性散文《我们仨》和长篇思想随笔《走到人生边上——自问自答》为代表，进入总结性和终极思考阶段。

对杨绛的文学风格，钱锺书曾如此描摹：“世情搬演栩如生，空际传神着墨轻。自笑争名文士习，厌闻清照与明诚。”吕约在此书里从精神风格、语体风格、情感风格、理性风格、结构风格五个层面详尽解读了杨绛的写作风格。文本解读之外，吕约还从文学史意义、语言艺术成就、文学创作的文化内涵以及知识分子人格精神四个角度解读了杨绛对于20世纪的意义。

锺叔河的《念楼学短》和书简

几位书友惠顾寒舍，一杯清茶，书里书外，海阔天空，话题围绕案边的几卷新书。引起大家共鸣或说惊奇的是两卷价格不菲的布面精装《念楼学短》，面世不久再次印刷，据说出版一年多已印刷发行超过了10万册。即便是出版方，也没有料到。《念楼学短》出自锺叔河先生之手，所谓念楼，系因锺先生家住20楼，廿与念同音，念楼也就是20楼。

《念楼学短》原是锺叔河为教育孙辈而编纂的古文选，每篇选文都由锺先生精心拣择，包含文言原文，并有他做的白话翻译“念楼读”和评点“念楼曰”。关于《念楼学短》的性质，锺叔河说：“学其短，是学把文章写得短。写得短当然不等于写得好，但即使写不好，也可以短一些，彼此省时省力，功德无量。汉字很难写，尤其是刀刻甲骨，漆书竹简，不可能像今天用电脑，几分钟就是一大版。故古文最简约，少废话，这是老祖宗的一项特长，不应该轻易丢掉。我积年抄得短文若干篇，短的标准，是不超过一百个汉字，而且必须是独立成篇的。现从中选出一些，略加疏解，以飨读者。”

《念楼学短》内容横跨多个领域，四书五经、笔记小说、序文题跋、文论诗话、名人酬唱，涵盖各种文体，包罗古人生活的方方面面。锺叔河的《念楼学短》始作于 1991 年，连载于报刊。2002 年集结为一卷本《学其短》，收文 190 篇。2010 年再版，更名为《念楼学短》，扩为五卷 530 篇。2018 年再版，由锺先生在五卷本基础上修订，并调整全书结构，焕然一新，终成 1200 余页的两册精装大书。

“篇篇短小精悍，句句朗朗上口。”书前有杨绛女士 99 岁时写的一篇序，按手迹原样印了出来。20 世纪 80 年代初，钱锺书曾为锺叔河的《走向世界》一书写序，2009 年又有杨绛的这篇序，钱杨夫妇为一人作序，也是罕见。杨绛在序言里说：“《念楼学短》合集，选题好，翻译的白话好，注释好，批语好，读了能增广学识，读来又趣味无穷。不信，只要试读一篇两篇，就知此言不虚。”

关于锺叔河，湖南平江人，1931 年生。1949 年 8 月始当编辑，1979 年着手编印《走向世界丛书》。1983 年将新编《曾国藩全集》列入国家规划并组织实施。1985 年首倡重印周作人著作，编订《知堂书话》为1949年后第一部以周作人本名出版的书。其学术著作有《走向世界：中国人考察西方的历史》《从东方到西方》《中国本身拥有力量》等。散文随笔集有《小西门集》《笼中鸟集》《书前书后》《念楼学短》《记得青山那一边》《大托铺的笑话》等。

新版《念楼学短》受到读者欢迎，精装版的《锺叔河书信初集》问世后在坊间也受到广泛好评。这也是锺先生书信第一次结集出版。

夏春锦在《锺叔河书信初集》“小引”里介绍了编辑锺先生书信集的缘由：他与锺叔河先生结识，源于读书民刊《梧桐影》。当时杂志已编印至第四期，从同类刊物中得知，先生很看重民刊，于是慕名寄去几册，不久就收到了回信。“收到锺先生来信，首先被他颇具特征的字迹所吸引。后来才知道当年他被打成右派后，曾经给长沙的一些高校刻过蜡纸以维持生活，想必正是那时练就的一手爽利的硬笔字。虽是初识，先生却能开诚布公，在短短的三百余字中，既表达了获赠杂志的谢意，又着重肯定了我们对杂志的定位，并据此有所阐发。此外，还评点了杂志中他比较中意的几篇文章，于信文行将结束之际顺手拎出了一个错别字。其独到的眼光、超拔的见识、率性天成的文笔、睿智而不失风趣的做派，着实令人解颐。信文虽短，但起承转合，一气呵成，没有一字的草率。”

从那以后，夏春锦就开始大量购读锺先生的著作，对锺先生的认知也逐渐加深，知道他不仅主持出版了“走向世界丛书”和曾国藩、周作人著作等，还创作了大量散文随笔。2018 年，恰逢锺先生米寿，当他在检视其等身的著述时，却意外发现缺了一种书信集。于是起了征集的念头，第一时间征求老先生的意见。锺先生说他在回顾一生时，也很想能检阅此前写给别人的信件，只是苦于年迈，手头上的事又多，对回收之事心有余而力不足。有了锺先生的支持，又得同道援手，更有通信者的群起响应，在大约半年的时间里，就收集到了锺先生写给 70 个人的近 400 通书信。

夏春锦说，根据锺先生的提议，近 400 通的书信按收信者的年齿先后排列。其中领头的是周作人，他年纪最长，生于 1885 年。年纪最小的一位出生于 1988 年。也就是说，锺先生的写信对象，年龄跨度超过了 100 年。尽管写信对象年龄有大小，身份有差异，但就内容而言，所谈无不与书籍及研究、写作、编辑、出版和阅读有关。在这部书信初集中，有锺先生写给杨绛、金性尧、范用等老一辈文化名人的书信，透露了许多书里书外的故事。例如，他在给杨绛的信中提及《小西门集》的出版，因为坚持要保留一篇文章和附录，辗转历经了七八家出版社后才得以面世。从写给范用的信中，可以看到原来《学其短》辑印成书最早是范用的提议。如今回过头去看，不能不叹服范用作为出版家的眼光。

正如夏春锦所言：书中也有许多锺先生回复普通读者的信，或答疑解惑，或赠书签名，真实记录了锺先生与读者之间的来往点滴。这是锺叔河先生书信的第一次结集，锺先生本人亲自敲定书名为“初集”，其意是告诉大家，还会陆续推出二集、三集。换言之，目前收录集中的只是锺先生几十年来所写书信中的小部分。不少受信者入集虽只几通，实际数量却远不止此，其余信件今后仍很有可能面世。

看到这部印制精美的《锺叔河书信初集》，不由惭愧在心——当时编者在征集锺先生书信时，也给我发来了征集函，我却拖延耽搁至今。惭愧之余，利用休息日从杂乱的书房里终于找出了两通锺先生写给我的信。之前曾参与编辑锺先生的《笼中鸟集》，那段日子和锺先生联系较多，亲身体验了锺先生做事的认真和对晚辈的耐烦与宽厚。现将两通锺先生的来信和我的说明附后，作为对《锺叔河书信初集》编者继续征集锺先生书信的响应。

附：锺叔河致薛原（二通）

薛原先生：

寄上本月份《文学界》抽印本一份，其中善意的吹捧不足道，“智者”更是纸糊的假冠，一笑置之可也。但《读书杂记十八篇》却是我的近作，请批评指正。还有“言论”“答问”“自述”和“说明”，也是我的自白。杨绛的来信则未经她的授权，请勿再传了。

祝好。

锺叔河 7.27/05

说明：锺叔河先生此短信写在《文学界》2005年5月号“锺叔河专辑”抽印本的封面上。“杨绛的来信”是该专辑收入的一篇锺叔河夫人朱纯写的文章里的内容。

薛原兄：

必改者只有两处，即小序和插图。插图“流沙河”非改不可，原图布置亦不妥，且太难看（全是我的责任），不如集中介绍三幅“滚灯”，将图幅放大，说明文字的位置调动一下，便会好看些了，重印时并盼能换厚点不透印的纸为好，均请卓裁，有事打电话问我就是。谢谢！敬礼！（如此改后，我拟购180本）

锺叔河 8.18

说明：此信是2009年8月锺叔河先生审校《笼中鸟集》二校清样后，寄回改红清样时附上的修改意见，其中所说插图“流沙河”，指原来提供的插图有一幅“流沙河坠简《致问春君》原字迹”，锺先生将此图删掉，只保留了另外三幅插图。当时我参与编辑锺先生的随笔集《笼中鸟集》，此书2009年由青岛出版社出版。

窗头明月枕边书

从桑农谈方令孺和闻一多、林徽因和谢冰心、龚业雅和梁实秋等现代文人的轶事与掌故里，可以领略《窗头明月枕边书》的写作特色。用韦力的话说，桑农的文笔简炼谨严、客观冷静、点到为止，会思索一些读书界寻常所见的问题，而后不随人言地得出自己的结论……

桑农说："读些杂书，写点笔记；述而不作，辞达而已。"这大致可见他的"读写观"。桑农任教于安徽师范大学，著有《花开花落：历史边缘的知识女性》《开卷有缘：桑农读书随笔》《随遇而读》《读书抽茧录》《爱书者说》等，编有《塞万提斯的未婚妻》《书海遇合》《五四百年评说》等。

《窗头明月枕边书》是桑农的读书随笔选集，内容主要分三辑：第一辑"颂红妆"，记民国女性事迹；第二辑"乱翻书"，记现代文人掌故；第三辑"笔墨缘"，记个人读写交往。桑农的阅读与写作，重点还是现代文人轶事和掌故的解读，他在广泛阅读的基础上，对比各种说法梳理出现代文人的清晰脉络，揭秘纷纭的流言与传说。

譬如，桑农写《方令孺与闻一多》：1930年9月，方令孺离开南京，只身来到青岛，应聘于刚刚创立的国立青岛大学，任文学院国文系讲师，教“大一国文”和“文选学”。桑农引梁实秋《方令孺其人》一文，其意不仅仅在方令孺，而是在“方令孺与闻一多”，梁实秋谈到与方令孺的相识：“我最初认识她是在1930年，在国立青岛大学同事。杨振声校长的一位好朋友邓仲存（邓顽伯之后），在青岛大学任校医，邓与令孺有姻谊，因此令孺来青岛教国文。闻一多任国文系主任。一多在南京时有一个学生陈梦家，好写新诗，颇为一多所赏识，梦家又有一个最亲密的写新诗的朋友方玮德，玮德是方令孺的侄儿，也是一多的学生。因此种种关系，一多与令孺成了好朋友，而我也有机会认识她。”桑农就此说：梁实秋兜了一个大圈子，无疑是要牵扯出闻一多来。方令孺与闻一多的关系到底发展到什么程度、属于什么性质，梁实秋没有说破。但他在另一些场合，多次点明闻一多在青岛时期情感上的“一点涟漪”。由于梁实秋一边强调方令孺跟闻一多是“好朋友”，一边又指出闻一多当时“情感上吹起了一点涟漪”，很容易让人在两者之间产生联想。而闻一多后人编撰《闻一多年谱长编》时，不加避讳地将其坐实："所谓'情感上吹起了一点涟漪'，大概是先生与中文系讲师方令孺之间的关系。"

方令孺与闻一多过从甚密，并非只有梁实秋的孤证。1930 年 12 月 10 日，闻一多致朱湘、饶孟侃的信里有这样一段话："此地有位方令孺女士，方玮德的姑母，能做诗，有东西，只嫌手腕粗糙点，可是我有办法，我可以指给她一个门径。"这是闻一多现存文字中，唯一一次提到方令孺。当时两人相识不久。闻一多是国文系主任，方令孺是国文系讲师，两人是上下级关系，自然会有教学业务的往来。此外，闻一多是新月派的重镇，方令孺此前在南京，通过侄子方玮德结识陈梦家和徐志摩，并在《新月》上发表了散文代表作《信》。于是，在两人的交谈中，学校工作之外，又有了彼此更感兴趣的话题。闻一多是如何给方令孺指示写诗门径的，已经无从知晓。有一点可以肯定，方令孺确实是来青岛后才开始发表新诗的。1931 年暑假，闻一多将即将分娩的妻子高孝贞送回老家，返校后迁住八号宿舍楼。方令孺住的是七号楼，两人离得不远。这段时间，两人频繁的来往引起了流言蜚语……

桑农在相关的阅读里，一一梳理方令孺和闻一多"流言"的来龙去脉，遗憾指出：方令孺留下的所有文字里，均未出现闻一多的名字。方令孺和闻一多交往时的心理，没有直接线索，不好妄加猜测。孙玉石的《闻一多〈奇迹〉本事及解读》一文认为，不妨将方令孺的《诗一首》和《灵奇》看作对《奇迹》的“回答”，并且“可能看出一点似乎相关的信息来”。

闻一多于1932年春将妻子重新接回青岛，不久，方令孺因患甲状腺亢进疾病，去北京治疗，并且再没有回来过。由于种种主客观的原因，两人从此淡出各自的生活。在桑农眼里，方令孺和闻一多两人之间并没有逾越感情的界限，更没有见不得人的行为，但人言可畏，不得不防。闻一多有妻小，方令孺虽与丈夫分居，却没有正式离婚。另外，有一个没有被人注意的事实，即方令孺的年龄实际比闻一多还大两岁多。闻一多受到一定的压力，方令孺自然会受到更大的压力，她怎么能漠然置之、无动于衷？方令孺内心的郁闷，可以从她当时创作的《任你》一诗中感受到。该诗1932年7月发表在《诗刊》第四期：“任你是：天神一样尊严，/ 或是冰崖一样凛冽；/ 千年一现的彗星 / 能把你毁灭。// 任你说：心像月一样皎洁 / 或是海水一样平静；/ 可惜这阴云的天 / 谁信有星辰？”正是由于这段微妙的情感经历，方令孺与闻一多尽管有一年多的频繁接触，却没有像她对徐志摩的那样，写下《志摩是人人的朋友》那样的怀念文章。大概是分寸不好把握，很难措辞吧。此后，对于闻一多，她还是非常关注，也并非闭口不谈的……

再如桑农写《林徽因与冰心》：林徽因以她的美貌，以她多方面的才华、脱俗的趣味，以她的热情、大方、直率和健谈，成为当时文化圈里最有魅力的女性。她赢得了许多男性精英的尊敬、崇拜和爱慕，但在上层知识女性中，却没有一个可以对话的朋友。这里有当时社会习俗的因素，也有女性心理的因素，很难弄清其中缘由。林徽因与冰心的矛盾，倒是颇能见出她的性格和脾气。

因为彼此的丈夫早年留学美国时同住一个宿舍，林徽因与冰心很早就认识了。后来在北平，两家也有过来往。现在已无法弄清冰心出于什么动机，写了短篇小说《我们太太的客厅》。影射那么明显，讽刺和挖苦又那么不留情面，而且与林徽因的诗文同时发表在同一份《大公报 · 文艺副刊》上。

李健吾《林徽因》一文写道："我记起她亲口讲起一个得意的趣事。冰心写了一篇小说《我们太太的客厅》讽刺她，因为每星期六下午，便有若干朋友以她为中心谈论时代应有的种种现象和问题。她恰好由山西调查庙宇回到北平，带了一坛又陈又香的山西醋，立时叫人送给冰心吃用。"

冰心直接提到林徽因，仅见于晚年的一篇文章中：

“1925 年，我在美国的绮色佳会见了林徽因，那时她是我的男朋友吴文藻的好友梁思成的未婚妻。”关系交代如此清楚，口气却十分冷漠。林徽因直接议论冰心的文字，可见 1940 年 11 月她写给费慰梅、费正清的信中 ：“朋友 Icy Heart 却将飞往重庆去做官（再没有比这更无聊和无用的事了），她全家将乘飞机，家当将由一辆靠拉关系弄来的注册卡车全部运走，而时下成百有真正重要职务的人却因为汽油受限而不得旅行。她对我们国家一定是太有价值了！很抱歉，告诉你们这么一条没劲的消息！这里的事情各不相同，有非常坚毅的，也有让人十分扫兴和无聊的，这也是生活。”这封信原是用英文写的，由梁从诫翻译为中文。梁从诫当然知道 Icy Heart 是谁，却有意保留了英文原文。

在桑农看来，林徽因在英文信中将“冰心”写成 Icy Heart，很是耐人寻味。这不是音译，也不是意译，而是“冰心”两个汉字的直译。“冰心”在汉语中是个好词，Icy Heart 在英语中却是贬义的。凭着让费正清都折服的英语水平，林徽因不会犯这样低级的错误，她肯定是故意为之。由上下文可见，林徽因对冰心也是冷嘲热讽。傅斯年曾上书，请求政府接济战时陷于困境的梁家，其中提到林徽因 ：“其夫人，今之女学士，才学至少在谢冰心辈之上。”林徽因读过原信，感慨万千，在致函傅斯年时说：“尤其是关于我的地方，一言之誉可使我疚心疾首，夙夜愁痛。”看来，傅斯年的赞词恰好触及了她隐潜的心结。

从桑农谈方令孺和闻一多、林徽因和谢冰心的两篇读书札记里，可以领略他的关注和写作特色。在徐雁看来，桑农深心认同戴望舒诗句“窗头明月枕边书”的悦读意趣，在相关阅读与写作时，以感受为引线、以史料为依据，在文章中表达自己的真知灼见，其澹定自守的读写态度，也令人折服。

“好字都是文人写的”

“无情未必真豪杰，怜子如何不丈夫？知否兴风狂啸者，回眸时看小於菟。”张瑞田说，鲁迅的诗、字俱佳，均是他心目中的杰作。由此也可得知张瑞田对文人书法的判断标准。不过，文人书法并非就是名人书法。张瑞田在《文人墨色》一书的后记里如此说，“士之致远，先器识而后文艺”，古人讲得通俗易懂。缺乏人生体验和思想感情的艺术作品，肤浅而苍白。从这个角度理解与思考文人书法，就会看到书法艺术的真相，也会掂量出书法艺术的真实价值。

在张瑞田看来，当代人视域中的文人书法往往与名人书法混淆，这是缺乏书法史知识的表现，也是自身认知能力的局限。正是因为这样的缺乏和局限，一些人眼中的书法就是笔墨——仅是字形，对书法的“器识”视而不见。张瑞田说，他有一个固执的认识，历史中的好字都是文人写的。当然，历史中的文人和现实中的文人有生存际遇、身份角色的差异，当代文人已经失去了传统文人所面对的文化语境，那支看似柔软却十分坚硬的毛笔，从当代生活中逐渐退出，书法艺术成了断线的风筝飘荡在空中，引人遐想。种种误解，因此而来。

文人，是中国文化史寓意颇多的形象，独立的生命价值和文化理想，与庙堂的靠近和疏离，其才能与风流，是永久不衰的话题。文人书法亦然。

那副“先器识而后文艺”的笔墨留下了无尽的历史遗绪和文化信息。典雅凝重的书写、文墨兼优的形态、“先天下之忧而忧”的风骨，给予我们深刻的人生启示和审美陶冶。这也是张瑞田关注文人书法的理由。

《文人墨色》一书里所谈的文人书法，是张瑞田从书法角度对现代文人的精神剖析。例如，书中《花开花落两由之——鲁迅与书法》《今朝尘尽光生，照遍山河万朵——马一浮的人格与书格》《一个真实的沈尹默》《“光绪至道光”年间的墨色——周作人与书法》《独立之精神——以陈寅恪与龙榆生手札、诗札为例》《漫谈郭沫若和他的手札》《高韵深情与坚质浩气——叶圣陶和他的书法》《与美人同梦——或近或远的吴湖帆》《古调今弹——丰子恺书法印象》《一尘不染——读张伯驹书法》《晨窗日日磨丹砚——俞平伯与书法》《“逸民”之书——作为书法家的台静农》等篇章，就体现了“字如其人”的本质。

以张瑞田对郁达夫其人其字的解读为例：郁达夫一生传奇，1896 年生于浙江富阳，先后在富阳、杭州求学，1914 年考入日本东京第一高等学校医学部，后改读法学部政治学科。期间开始阅读俄国、德国小说，也尝试创作。1921 年，与郭沫若、成仿吾等人发起成立文学团体“创造社”，同年，出版中国现代文学史第一部白话短篇小说集《沉沦》，一举成名。1922 年回国，在安徽、北京、广东等地任教。1928 年，加入“太阳社”，在鲁迅支持下，主编《大众文艺》。1936 年 2 月，应福建省主席陈仪的邀请，出任福建省参议兼公报室主任。期间，郁达夫号召福建文化界开展抗日救亡活动。同年秋天，为纪念鲁迅先生逝世，写下《怀鲁迅》一文。1938 年，前往新加坡，在船上写下《岁朝新语》，坚信“中国决不会亡，抗战到底，一定胜利”。1942 年初，出席由陈嘉庚领导的“新加坡文化界抗敌联合会”成立大会，被选为联合会主席。新加坡沦陷后，流亡印尼苏门答腊岛。1945 年 9 月 17 日，被日军杀害。

郁达夫以小说名世，《迷羊》《春风沉醉的晚上》《迟桂花》《过去》《她是一个弱女子》等。周立民说：在新文学中，能与郁达夫比肩的作家没有几个，在他读过的有关北京的散文中，没有一篇能够超过《故都的秋》。郁达夫可以说是“被我们亏待了的一位作家”。郁达夫对其他作家的影响，也被低估了，比如郁达夫对巴金的影响。巴金的每一部作品，都跟他的人生经历有多多少少的关系，就像郁达夫的自叙传风格……

郁达夫的小说、散文读者最多，其次是他的格律诗。在现代新文学作家中，对于郁达夫的旧体诗，有学者评价为“周氏兄弟第一，然后就是郁达夫，二流空白，剩下的都是三流。”因为旧体诗与书法靠近，张瑞田说，他正是从旧体诗开始关注郁达夫的书法。

斯舜威在《学者书法》一书中，曾专门谈及郁达夫的书法：“他的书法和他的文学作品有着同样的内质。由于个性使然，他的书法极其随意、自然，信手拈来，不矫情、不做作，甚至不过多地在意常规的用笔方法和笔墨变化……他写过一幅有名的‘曾因酒醉鞭名马，生怕情多累美人’，侧锋取势，欹中取正，线条瘦削而劲挺，着墨不厚而刚毅，与文字的苍凉意境颇为切合。读这幅作品，如同听到一声百感交集的叹息。”

2019 年 7 月 7 日，澎湃新闻发布了一条新闻：郁达夫创作于 1932 年的中篇小说《她是一个弱女子》的手稿，在西泠印社 2019 年春季拍卖会“中外名人手迹与影像艺术专场”，以 780 万元落槌，计入佣金，总成交价 897 万元。拍卖前，这份手稿曾经巡展，张瑞田得以拜观：手稿用纸为两百格的“东京创作用纸”，154页，黑墨水书之，对折装订，封面是郁达夫手写的书名。封面略有污损，21页破损，基本结构整齐，保存完好。这份手稿是郁达夫故居旧藏，也是郁达夫小说手稿保存最为完整的一部。《她是一个弱女子》与郁达夫的妻子王映霞关系密切，手稿有“谨以此书，献给我最亲爱、最尊敬的映霞”字样。手稿中有一句被多次改动最后删除的话：“五年间的热爱，使我永远也不会（能）忘记你那颗纯洁的心。”小说构思五年，淞沪会战被困上海时写成。小说构思的五年，正是郁达夫与王映霞热恋的五年。小说出版后，郁达夫与王映霞从上海搬到杭州，用这部小说的稿费建构了新家“风雨茅庐”。其实，写作《她是一个弱女子》时，郁达夫与王映霞的感情已出现裂痕，小说中的人物、情节、场景，似乎都能找到王映霞的影子。《她是一个弱女子》手稿，由郁达夫亲属捐赠给郁达夫研究会，拍卖收入用于郁达夫的研究。

张瑞田写道，细读《她是一个弱女子》的手稿，可以感受到郁达夫写作这部作品的整个过程，重点描写还是一笔带过，对着意刻画的人物形象，手握的钢笔沉实、凝重，写到情感波澜笔锋颤动，易见作家的心理变化。张瑞田说，他读过郁达夫许多毛笔书法，正如斯舜威所言“瘦削而劲挺”。再读《她是一个弱女子》手稿，发现郁达夫的毛笔书法与硬笔书法如出一辙。“他的书法，给人的总体感觉可用一个字来概括，这就是‘郁’，劲瘦冷峻，沉郁忧伤，一如他那沉郁而没有笑容的脸。如果把他悲剧性的一生用‘感伤的行旅’加以形容，那么，感伤的色调不但表现在文学作品中，而且同样表现在书法创作中。”

青菜花里的春色

在微信朋友圈里，看到苏州陈新老先生贴出来的几张图片，拍摄的是桌上的一盆青菜花，配文是：

> 乡人范石湖《田园杂兴》有云："桑下春蔬绿满畦，菘心青嫩芥苔肥。"年来气候多温热，乡下拿来的青菜放几天就抽苔开花了。万物有灵，不知这拔雪挑来的踏地菘，是不是也盼望着风和日丽万紫千红的真正的春天早一天到来。春，不只在溪头荠菜花！春天，也在案头青菜花！

这段文字是典型的陈新老先生的风格，所触发的感受来自日常生活的琐碎，而且即便是一点感受，也能从古人的文字里找寻切合当下的文句。

陈新先生已经80多岁，但在微信上，我却时常忽略他的真实年龄。偶尔在微信交流中，也时常忘记陈先生已是耄耋老人，事后往往为言语的直率感到自责，但陈先生一直不以我的直率为无礼。虽然没有见过陈先生，但他的风格和文字都充满苏州风味的绵软温馨。

近些年来，一直坚持给我所编辑的报纸副刊提供随笔散文的作者里，陈先生是年纪最大的一位，也是时常让我忘掉他的年纪的一位老先生，私下更是期待他的随笔。陈先生关于苏州四时风物的随笔尤其吸引我，娓娓道来，内容丰富韵味悠长。陈先生的这些风物随笔编选结集有了这部典雅俊秀的《针蔬小集》。初春时节，这册小书一直放在案头不时翻阅，书中收入的文章有多篇曾刊载在我编辑的副刊上，现在再看备感亲切。因为受副刊版面的限制，陈先生的随笔在刊载时往往做了删节，在书中可以欣赏完整的文字。

陈新先生的随笔，既有鲜明的江南地域特色，又饱含深厚的文化底蕴。例如，他写的《菜花塘鳢鱼》："三月江南，杂花生树，草长莺飞，水澄鱼游。花里最美艳的是桃花，最灿烂的是菜花。鱼里最肥美的是鳜鱼，桃花流水鳜鱼肥；最鲜嫩的是塘鳢，漫山遍野的油菜花香里的，菜花塘鳢鱼。"接着，他细细地描绘了苏州塘鳢鱼的特点，并揉入了苏州的地方元素：在苏州人的口语里，塘鳢鱼的名字叫"土鲋鱼""塘鲋鱼"；写的时候，则写成“土步鱼”“荡婆鱼”；又因其样子实在难看，而且有点呆头呆脑，所以又叫“呆荡鲋”，或写作“呆荡婆”，在苏州话里，步、鲋、婆三个字读音相同。当然，它也有个漂亮名字，叫菜花鱼、菜花鲈。塘鳢鱼的正式学名不知道叫什么，反正不见于经典，陈先生说，他只见过清人赵学敏《本草纲目拾遗》卷十《鳞部》列有“土附”条目，说“一名菜花鱼，以其出于菜花时最肥美，故名”，又，“此鱼质沉，常附土而行，不似他鱼浮水游也，故又名土附”。

读陈先生的文字会呈现清晰的画面感：遍野油菜花开的时候，捉塘鳢鱼，除了钓，还可以用小“赶网”赶，在淘米洗菜的踏渡两边，石头驳岸空隙里，或河岸边老树伸到河里的树根的洞罅里，人站在水里，张好赶网，一根小木棍朝洞罅里鼓捣几下，总能赶到几条十几条大大小小的塘鳢鱼；还有人晚上将瓦罐或破甏沉在踏渡下面，第二天起个早，轻轻提起来，运气好的话，里面往往也会有几条塘鳢鱼……画面之外的解说往往是旁征博引：塘鳢鱼虽不上席，但肉质肥嫩，味道鲜美，有人甚至认为不亚于松江四腮鲈鱼，清人沈云《盛湖竹枝词》有道：“北通莺脰又分湖，紫蟹银鱼味绝殊。何似入春乡味好，燕来新笋菜花鲈。”自注：“莺脰湖在平望界……笋之早者曰燕来，菜花时有鱼名土附，其形似鲈，俗名菜花鲈。”在太湖流入松江即吴淞江一带乡村，都将塘鳢鱼叫做“鲈鳢”。而同苏州隔湖相望的湖州一带，也视塘鳢鱼之美不输鲈鱼。明人徐献中《吴兴掌故集》之《风土》篇说：吴兴庖人斫松江鲈脍，历来有名，松江与太湖之水流原本相通。吴兴一带的鲈鱼，乡人称作土鲈，亦称作“荡部”；而塘鳢鱼则称作“鲈鳢”，以土鲈、土步其味可互相媲美也……

陈先生说：苏州人知道，每年春天油菜花开时，塘鳢鱼开始产卵，是其滋味最腴美的时节，称作“菜花塘鳢鱼”。红烧、清蒸、煲汤均佳。若以刚上市的春笋切片，加香葱红烧，曰“笋驳塘鳢鱼”，是为春令时菜。这其貌不扬的塘鳢鱼，到了苏州的烹饪大师们手里，熘、汆、炖、烧、熏，可以烹调出白汁塘鳢鱼、红烧塘鳢鱼、笋驳塘鳢鱼、糟熘塘鳢片、莼菜汆塘片、塘鳢鱼炖蛋，以及熏制成松鼠塘鳢鱼等美味。菜花塘鳢鱼走上苏州百姓饭桌上时，除了上面提到的各种烹烧方法，还有一道特别的“豆瓣汤”，这豆瓣汤里的“豆瓣”，同雪菜豆瓣汤里的蚕豆豆瓣以及雪里蕻咸菜，毫无瓜葛……

虽然都是写苏州的鱼，也侧重点不同。例如，陈新先生写苏州的《碎鱼》：碎鱼，是苏州人对杂鱼的叫法。碎鱼指的是各种杂七杂八的小鱼，像小鲫鱼、小草鱼、小黑鱼，也包括小虾小蟹。陈先生引清人王光熊《莺脰湖棹歌》诗句："河棚十里米成市，水阁重围鱼有城。馀米换丝还换布，碎鱼论斗不论秤。"可知碎鱼之名，由来已久。陈先生写碎鱼，其实更是写苏州的乡土人情：苏州四乡河港浜塘纵横交错，一年到头穿浜走港捉鱼的大多是一种小网船。这种小网船，长不足一丈，宽只有三四尺，中舱上有一苇编或竹编的船篷，没有挂帆，行船仅靠一支木橹，一根竹篙。船中舱住人，后艄支一行灶，用以生火做饭。前艄有平基板，为捕鱼活动场所。平基板下是鱼舱，舷旁凿有一小洞，与河水连通，网到的鱼可以养在里面……

《碎鱼》里描述的更多是童年记忆：捉来的碎鱼，吃法通常是一镬煤——普通话叫一锅煮。放在一口铁锅里烧煮，灶膛里稻麦柴火旺旺的，好多种鱼味交杂融和在一起，那种味道是没吃过的人无法体会的。吃碎鱼，如果是在寒冷的冬天，抓两棵自家腌制的咸菜，最好是腌雪里蕻，雪里蕻切得细细的，加葱姜酱油，同碎鱼一起烧煮，一烧两大碗。或特地留下一碗，或吃剩半碗，第二天端上桌便是"鱼冻"。咸菜、碎鱼裹在凉凉滑滑的琥珀似的胶状冻里，其味美不胜收。加上碎鱼小，烧得透，骨头酥烂，吃时也根本不用当心有刺。陈先生说，他小时候居住的小村里，有几户人家——好像是从苏北兴化、高邮一带搬迁过来的，汪曾祺的家乡，那儿也是水网地区，碎鱼也多得是，他们会把碎鱼直接烧在麦糊糊粥或米粥里，旁人或许会觉得有鱼腥气，但他们却吃得有滋有味……从前的碎鱼味道鲜美，乃源自野生，加上那时的河浜都是原生态的。不过，这种碎鱼味道再鲜美，也是不能招待客人的，只是一家子围在饭桌上享用的一道下饭菜。

再如，他写《青青豌豆苗》：中午饭桌上有一碟清炒豆苗，苏州人说豌豆苗一般都不带豌字。如今小菜场差不多一年到头有豌豆苗卖，喜欢的话，买上半斤择洗干净，将锅烧得通红，多加些油，飞快地煸炒几下出锅，满目翠色，略带点涩味的清甜，让齿颊久久留香……从豌豆苗，写到田里的野菜，引苏轼诗中“铺田绿茸茸，豆荚圆且小，槐芽细而丰”“春尽苗叶老，耕翻烟雨丛”的描写，谈紫云英嫩时可入蔬；作为绿肥老来耕壅美田。种田的人都知道，紫云英主要用作农田绿肥，嫩的时候也可以食用，饿肚子的时期，还救了好多人的命。又引知堂《故乡的野菜》，文中也说到紫云英与豌豆苗：扫墓时候所常吃的还有一种野菜，俗称草紫，通称紫云英。农人在收获后，播种田内，用作肥料，是一种很被贱视的植物，但采取嫩茎瀹食，味颇鲜美，似豌豆苗。花紫红色，数十亩接连不断，一片锦绣，如铺着华美的地毯，非常好看，而且花朵状若蝴蝶，又如鸡雏，尤为小孩所喜，间有白色的花，相传可以治痢。很是珍重，但不易得……

丁天缺：一排凸出的脊梁骨

丁天缺无疑是有故事的人，他自己的故事，还有他记忆里老师和同学的故事。

丁天缺，原名丁善庠（1916 – 2013），出生于江苏宜兴。1935 年考入国立杭州艺术专科学校，师从吴大羽，后担任其助教，与吴冠中、朱德群、赵无极是同窗。与几位名冠中外的艺术大家同学相比，丁天缺无法与他们相提并论，用《丁天缺诗词集》编者石建邦的话说：丁天缺先生和吴冠中、赵无极等都是同学，都是当年国立杭州艺专油画系吴大羽的学生。丁老当年在班上是老大，很多事情都由他牵头处理，俨然领袖人物。但是，吴冠中和赵无极后来都成名了，在国内外知名度很高。丁先生的遭遇却截然不同，曾受误解，遭受牢狱之灾，遣送家乡劳改，直到 20 世纪 70 年代末才回到浙江美术学院（现中国美术学院）——当了一个临时工，做

《美术译丛》的编辑。他一生的心愿就是想回到美院，得到美院的承认……

《丁天缺诗词集》里附有石建邦撰写的《丁天缺生平传略（初稿）》，其实这个传略初稿就是一部《丁天缺传（初稿）》，梳理描绘了丁天缺颇有“故事”的一生，也是令人感叹不已的一生。石建邦说，他与丁天缺的相识很偶然：2005年，他写了一本关于吴冠中的书，后来这本书送给当年艺专的几位老先生，包括吴大羽的一个学生，他说你应该去杭州拜访一下丁天缺，他是当年我们老大一样的人物，但是一辈子受了很多苦。秋天时，石建邦就跟着吴大羽的学生一起来杭州拜访丁天缺。当年丁天缺刚刚90岁，留给石建邦的印象是：“口才很好，给我们讲了很多当年的故事，赵无极、吴冠中……而且老先生口无遮拦，什么好的坏的都说……”

丁天缺是2013年去世的，在8年时间里，他给石建邦看了很多东西，包括他和师友的通信，当然也讲了很多他和以前的老师与同学的事情。石建邦说：“因为我大学里学的历史，所以对丁老的口述历史很感兴趣，他为我们提供了许多很珍贵的东西。我感受最深的就是从丁先生的口述里面，发现一个线索，然后再找文献资料来印证就非常方便，而且会有巨大的发现。”石建邦举例：丁天缺说在艺专迁址昆明安江村的时候，当时艺专校长滕固怕老婆，经常是滕校长在前面跑老婆在后面追……后来石建邦读到清华大学外文系教授吴宓的日记，西南联大时期也写到滕固很怕老婆，这样得到相互印证，说明丁天缺所谈不虚。再比如，丁天缺曾说赵无极夫妇在抗战时期和文学家徐迟关系很好。听丁天缺这么说，石建邦找到徐迟的传记和相关文章，里面讲到赵无极和太太谢景兰与徐迟的亲密交往……

关于丁天缺一生的遭难和坎坷，在石建邦的《丁天缺生平传略（初稿）》里有全面的呈现，而之前出版的《梦里孤山：丁天缺艺术人生》，也可以说是丁天缺的自传回忆录，虽然有些人生“转折”的细节被“忽略”了，但仍能读出他的倔强和悲愤。在阅读时有一个细节难以忘记：1980年春天，丁天缺为了将来的生活和工作去北京登门找他的舅舅——大名鼎鼎的周培源——在周培源的联系下，丁天缺到木樨地22号楼去找已经恢复美术界领导身份的江丰。江丰问：“你舅舅的意见怎么说的？”丁天缺答：“我舅舅叫我来找您，一切都听您的。”江丰听后对丁天缺说，你还是回杭州，那边都是熟人，尤其是马上就要担任浙江美术学院院长的莫朴为人非常好，你直接去找他，他一定会做出安排的。第二天，丁天缺就买火车票回到了杭州。莫朴对丁天缺说：“丁先生，真对不起，过去很多事情让您吃了很多苦，希望您别挂在心上。江丰同志的信我已经收到了，请您放心，我一定尽力而为。”

1980年9月1日，丁天缺在浙美油画系任教的老同学带来莫朴的口信，说油画系早就超编，金冶主持的《美术译丛》缺少编辑，希望他暂时担任英法两国外语的校审工作，等待办理政策落实手续，并请他谅解。当时，丁天缺已经20多年没再接触外语和绘画，但他已经别无选择，只好接受了这个临时在学报编辑室的工作，“以临时工身份，月支生活费50元，和临时打扫卫生的清洁工一视同仁”。在《美术译丛》编辑部，丁天缺做了两年半的临时工，为了落实政策，他曾多次上书学校，院长莫朴也多次慷慨陈词，为他主持公道。当时很多友人为他呼吁奔走，包括在浙江省文联恢复领导身份的著名女作家陈学昭等人。但校中有人坚持以“学校档案无丁天缺其人，落实无据”为由，不予办理。据说，丁天缺的档案“早就被不喜欢他的那个人一把火烧掉了”。1982年底，浙江美院院方派人通知丁天缺：“丁先生，我奉院部之命，通知你的工作到今天为止，你把编辑部该移交的事办好移交手续，明年元旦，你就不必来校上班了。”

在石建邦写的《丁天缺生平传略（初稿）》里却有这样一段记载：1948年是多事之秋，无论是时局还是当时在杭州艺专身为吴大羽助教的丁天缺，遭遇了因“学潮”

而引起的离职——尽管“学潮”平息了，但时任校长汪日章埋怨这次学潮背后的推手就是丁天缺。于是在暑假学生离校之际，宣布解聘同为教师的丁天缺和倪贻德。倪贻德得知消息，立即筹办了“杭州艺术研究所”以求自立，并联系丁天缺共同进退，于开学后由同学集体向汪校长提出请他俩一同返校的要求，丁天缺表示同意。但是，秋季开学后，经过学生们和校长交涉和争取，汪日章复聘了丁天缺，但倪贻德则始终未能回校。倪贻德认为丁天缺背信弃义出卖了他。“丁天缺一直认为，之后遭受的所有磨难都与这一误会有关。”

雕塑家李秀勤曾塑了一个丁天缺半身裸体雕像。在谈到创作这件作品时，她说一开始想塑一个裸体，但是她想这个雕像要不一般，丁先生的一生是非常特殊的，经过思考，觉得还是塑一个半裸的雕像。等塑好以后，她邀丁先生来看。丁先生围着雕像转着看，然后对她说：“你这个像是象征主义的。”李秀勤说：因为害怕丁先生有一些疑问或者不认可，她特意给他看雕像的背后，背后塑了一排凸出的脊梁骨。她很担心丁先生不能接受。但丁先生转了一圈，没有再说第二句话，令她印象深刻。在李秀勤眼里，“那件雕塑后面是一根用铁做的脊骨，感觉他就永远这么梗着脖子，一辈子都在梗着脖子在跟命运抗争！”

“一排凸出的脊梁骨”“一辈子都在梗着脖子在跟命运抗争”，的确塑造出了丁天缺的个性和人生的象征。

丁天缺晚年创作的一幅油画肖像也值得评说。1988年春，在杭州艺专建校60周年校庆时，丁天缺与已经失去联系38年的当年在艺专的恋人徐祖瑛重逢了，之后不久，他俩结婚组建了家庭，那年丁天缺72岁，徐祖瑛62岁。他认识她的时候，只有32岁，到了72岁才终成眷属，中间整整隔了40年的沧桑。又过去10年，丁天缺为徐祖瑛画了一张油画肖像，这张画与他俩初恋时他给她画的第一张肖像已经相隔了半个世纪，于是他为这幅新油画肖像取名《半个世纪的画像》。

一只低空逆行的雁

《记忆碎屑》是一部独特的文本，作者施铮铮是一位80多岁的老人。正如杜觉民在序言里所说：她的文字质朴真诚，呈现的是一个透明的灵魂。阅读她的日记，仿佛静对一个没有任何面具的率真心魂，看似漫不经心地叙述着细碎琐事，却能看到她内心的深邃，那真挚的目光似乎穿透了幽暗的社会却又不屑地闪开……字里行间流露出不俗的神韵。文字之外，再读她的画，画面上也直接流淌着文人情怀；她的画不多，没有讲究的造型构成，也没有娴熟的笔痕墨气，但能生生地打动你。特别是她笔下的猫，仿佛像一个具有思想的哲人在观察，在透析你的灵魂。这些文字和画作好比她一路散落下来的岁月——岁月的碎片整理成册，这些碎片背后时隐时现的人生履痕，交织在时代大墙上，产生了斑斑旧色，也正是无法躲藏的历史印痕！

她写自己的生活，也写她视野里的人物，记忆与印象，回望与思辨，在平淡的叙述里蕴藏着时代的波澜。譬如，她写油画家卫天霖先生，就像一幅色彩斑驳惆怅满篇的旧画：卫先生活着的时候，没有人望他，也没有人回望，他生活在沉闷的空气中。他的画，因为受印象派的影响太深而长期被人冷落，他这个人因为不追随变动的艺术潮流而被撂在一边。终于，他在堆满了自己劳作的居室里一幅一幅亲自“杀死”它们。站在一旁的吴冠中老师看得有点不忍心，就小心翼翼地发问：“是不是我可以保存一幅，留个纪念？”卫先生在心冷如灰的状态中深受感动，就推出全部作品激动地对吴冠中说：“都在这里了，你就自己选吧。”吴冠中选了卫先生最钟爱的题材《芍药花》。

她感叹：想必是吴冠中先生当时的处境略比卫先生宽松，想必是吴冠中先生的仗义品行打动了卫天霖，以至在今天，人们还有可能在“回望”中见到卫先生画的芍药花。卫先生有深厚的人物功底，可是在20世纪五六十年代他很少画人物，也没有加入主题性绘画的创作行列，在他的作品中多是静物油画，而在众多的静物中卫天霖又特别倾心于对芍药花的刻画。卫先生所在的北京艺术学院后来被撤销了，他调到了中央工艺美院。从艺术学院院长的位置落到了工艺美院的一名普通教授，在卫先生的内心没有纹丝颤动，因为他的使命不为这个。

在施铮铮的眼里，卫天霖先生是一口深井，丰富的情感一直下沉到井底。“细读他的后期作品，色彩斑驳灿烂，笔触层层重叠，一片浑厚中透出凝重和苍凉。也许我们见到的仅仅是几棵向日葵、一瓶紫丁香、一筐金黄的水果、一棵端庄的芍药花？不是吧，那是从井底升上来的艺术家的情感。”

施铮铮散淡的文字里呈现着她的性情和坦率。譬如，她在《风车岁月》一文里说，有一次，朋友问她：“人生最大的享受是什么？”“是什么呢？”她反问。朋友说：“是落雨天，拖一双旧鞋，坐在摇椅里看书。”听到这话，她笑得前仰后合。但在朋友走后，她又把这句话捉回来，像嚼青橄榄似的嚼了一遍，深惊其语言之精确。把落雨天、旧鞋及摇椅都踢开，就剩下“人生最大的享受是看书”。她感叹这句话真是说到了她的心里。自此以后，作为一名教师的她，经常去熟读课表，盼望着半天没课，又下着雨；于是拉上窗帘，拖一双大布鞋，深深地陷进摇椅里去，捧一本最喜爱的书。

她回望自己，几十年过去了，她一直是大书小书错杂读，虽毫无出息，却也享受到了人间的另一番奢侈。她说有时候对生活理解得太宽、要求太高，时常感到左右不满意，如今经朋友点拨，倒也有所悟，每逢下雨，她总是关门拉窗帘，坐摇椅读闲书，假如有开水，她还会给自己沏一杯滚烫的浓茶，外加一包椒盐花生米。这样的片段，也是流水日子的享受。

再如，她写杭州的林风眠故居：玉泉东侧的树林里，灰砖、灰墙、灰瓦，安静的露台和阁楼。铁门敞开着，一条小路转了一个弯通向露台。门口有一块黑色的牌，牌上写着绿色的字——林风眠故居。

她说，她喜欢林风眠先生的画！走上小小的楼梯就见到令人兴奋的《鸡冠花》。画很小，装在精致的黑边镜框里，红火斑斓的暖色、浓黑概括的粗线、暗幽中跳跃着亮点，这一切使她深深惊讶："鸡冠花竟会如此美丽！"再看看翠绿的柳、安静的岸、透明的浓重倒影，让人思怀江南。有一群雁从野塘上空飞过，天色阴沉、空远。再看看夜深不眠的猫头鹰，黑色的树干像荆棘，发出幽蓝的光……林先生画的裸女呈古铜色，轻松的线条，古典而又入时的装饰显得清丽脱俗。所谓画如其人，从中可以看见林风眠先生的心境。一个倔强而孤高的艺术大师、一只低空逆行的雁……

"一只低空逆行的雁"是林风眠先生艺术与人生留给她的印象。其实，这句话也适合拿来形容阅读《记忆碎屑》的感受和读后的印象。哀而不伤，在琐碎的记忆里提炼生活里的亮色，就像她在《西窗独语》的结尾所总结的："当痛苦在心中慢慢沉淀后，画面就流淌出淡淡的忧伤。"

“长吃不厌是家常”

在我的朋友圈里，有几位朋友的日常帖子是我追读的风景，或是他们的写作，或是他们的书画，或是他们的随感札记，或是他们的读书分享，或是他们的嬉笑怒骂，或是他们的杞人忧天……吕三就是之一。

与吕三至今未见一面，已经忘记如何与他成为微信好友，但他却成了我微信朋友圈里绝然不同时俗的独特风景。看吕三画册上的个人照片和简介，短短几句：本名吕斌，别署坡子吕三,四川自贡大安人。照片是坐在江边礁石上的他，脚下放着一双拐杖。照片上的他神定气闲。

吕三以水墨画养家，他的水墨画题材广泛：花鸟、人物、山水皆有涉猎。吕三对自己的艺术是有底气的，用他自己话说，他虽以卖画为生，如果迎合客官，真的茫然不知所措。唯有随性而画，自然而然地画，不去迎合任何人，才是最好的迎合。“我鬻艺养家，老小尚能温饱，自忖个中缘由，大致若此。”吕三说，他画画动笔之时，不考虑能卖否，也不刻意迎合谁。他虽然知道这样的态度对于他这种依靠卖画养家糊口者来说，显得好像不负责任，但在他看来，世间之事往往无心插柳柳成荫，前提是那柳要长得健康茂盛，不过说是无心，其实选枝、择土、浇水、除虫是必要的条件，不然仅靠撞大运般地乱播，估计最终成荫的概率极少。其实，吕三的态度是“不迎合就是迎合，迎合的是真知己”。

艺术最终还是人的真实写照，装不出来的。有什么样的人就有什么样的艺。这是吕三的艺术观，也是他的写照。他的画充满人间烟火气，但在他的烟火气里，却又分明有几分自己营造的桃源意味，在这意味里淡漠了庸俗日常里的无奈，让生活添了一点暖色的调子。尤其是他在画面上的题跋，让他的画有了更高一层的韵味，也呈现了不一样的“文人画”特点。

譬如，他画春分节气里的“观花”，题曰：“今天春分，十点起床，下楼去十栋超市，买鱼一条，及芹菜、蒜薹、青椒……沿湖漫步，悠然回家。累了，木椅上朝阳而坐，春阳灿烂，和风入怀，将两天的烦忧晒走吹去。草地里，几朵不起眼的野花，悄悄、欢欣地开。它们不因无人理会而气馁，不因无名而生怨，平风地长在隙地，静静地过着自己的美好时光。”

吕三的画看似寻常，却稚拙生动，在简约平淡里蕴含深情，也体现着他简约朴实的生活态度和源于民间的人生智慧。他对案头文玩的态度，用他自己的话说，平常简陋，既没有稀罕的文玩珍赏，也没有精良的笔砚文房，都是寻常物件。他于写字画画，除了纸和墨讲究，其他能用则可，随遇而安。在他看来，凡物必有可观之处，只要怀着普世皆美的真心，一颗并不稀罕的小石头，一株普通无奇的小草，一个有些时日的笔筒，都会给案头带来野趣、生机和文气。对待案头如此，对待生活里的一切也是如此。

吕三把琐碎的日常过成了艺术生活。譬如，他画《天边云影共徘徊》，描绘的是自己湖边所见，题曰：湖畔独坐，云映水中，与睡莲随风摇曳，想起朱熹诗句“天边云影共徘徊”，归来遂画。其实于画，也须永流不断的源头活水才能常画常新，不至于千画一样，这源头活水，就是生活，就是传统，就是画外修养。

吕三的画有日常生活的感情，也有对庸常人世的思考。例如，他画《笼鸟》：“习惯了笼中生存的鸟儿，即使笼门已开，春光再好，也懒想飞向自由的天空。”相比于“笼中鸟”，吕三的艺术是野生的，也是自由的。“长吃不厌的是家常，屡画不厌的也是家常，久看不厌的，也是身边的草草木木、山山水水。”吕三几乎无所不画，但他画得最多的还是日常的饮食蔬果，这也是他真情实感的写照。

吕三曾为自己刻印一方“买菜做饭画行画”。他自言这算实话实说，因为他对自己要求特低，“画画以前是业余爱好，现在能赖此养家糊口，心知肚明，自己只不过是画行画的，混过日子而已”。对于画坛的所谓主流和高雅之类，他连“徒有羡鱼情”都无。虽然说自己是在画“行画”，但是他也坦言自己画每一张画，其实“都是反抗故我，世界那么精彩，岂能固守一式”。这世界于他有三层意思：外界，内心，画。

“为艺万全之策，是找到一方润土，一直挖，深入挖，直到汩汩水涌，坐享甘甜。我是拎着一个不成器的锄头，东挖西挖，左顾右盼，自知是不会有好收成的，只是享受过程的乐趣。”这话里虽有自谦和调侃，更有一种为艺术、为生活的态度和执着。

张大千、朱东坡与《嘉瓠集》

《嘉瓠集》里有一篇题目为《张大千绘朱东坡》，打眼一看，我的第一反应是怎么会把苏东坡错成朱东坡？转念一想，觉得以朱万章的严谨，不至于犯如此错误。翻到这一篇细看，才豁然开朗。所谓朱东坡者，是张大千画的一身红袍的苏东坡。《嘉瓠集》的副题是“近代画苑馨香录”，也道出了此书的真谛。

在此书之前，朱万章还出版了一部《画里相逢：百年艺事新见录》，是对近百年来中国画坛诸如齐白石、黄宾虹、陈半丁、叶恭绰、颜世清、徐悲鸿、张大千、苏卧农、费新我、赵少昂、黎雄才、关山月、张珩、苏庚春等人物有关的个案考察。

这两本书虽然就艺术家而言，有诸多重合之处，但论述的角度和题材则有霄壤之别。譬如，在《画里相逢》中，朱万章从现存的张大千绘画中，剖析除了自画像外，东坡形象可以说是其最为钟爱的人物画题材，并详细叙述了张大千对苏东坡的不同描绘。而在《嘉瓠集》里则针对张大千的“朱东坡”等人物造型做了鉴赏剖析。

朱万章在《张大千绘朱东坡》一文里写道：张大千画过多件《东坡笠屐图》，也画过《西园雅集图》《东坡居士行吟图》《前赤壁图》《后赤壁图》等以苏东坡为中心的人物画。除此之外，尤为特别的是，张大千至少画过两件绛衣东坡图，一为《坡公偃松图》，一为《东坡居士吟望图》。

《坡公偃松图》作于 1944 年，所绘苏东坡身着红色长袍，头戴方巾，脚蹬木屐，双手捻着虬髯，左侧倚着木杖，侧身伫立于松树下。苏东坡因富有个性的须髯，故有“髯苏”之称，苏轼自己也有“同僚不解事，愠色见髯苏”之谓。故在此图中，张大千刻画其“髯”尤为着力。画中，东坡须髯飘逸，凝神远望，颇有几分仙气。这是以苏东坡《偃松屏赞》为意境构思的东坡形象。画中，松的品格，实为东坡的品格；东坡的品格，亦为松的品格。故在此画中，张大千将一生偃蹇的苏东坡与偃松融为一体，别具怀抱。苏东坡身穿绛衣，而绛衣在古代多为军服，张大千以绛衣配东坡，或喻其一生颠沛流离之意。图中，深红色的东坡与深褐色的松形成强烈的视觉反差，故朱东坡能夺人眼目，烘托其中心色彩。

《东坡居士吟望图》作于1945年，其构图与《坡公偃松图》大致相近。略有不同的是，《坡公偃松图》中苏东坡脚蹬木屐，为浅黄色与褐色相间；《东坡居士吟望图》中苏东坡脚蹬布鞋，为蓝色与红色相间。《坡公偃松图》中只见偃垂之松枝，而无其他衬景；《东坡居士吟望图》除茂密的松枝外，尚可见虬曲的松干及浅蓝色的地表。在诗堂及裱边，另有俞陛云、溥儒、陈曾寿、邵章、张伯英、郭则沄等人于1946年所书题跋。诸家所题均从不同角度对张氏此画做了深入解读，在题跋中，有的是友朋间的客套揄扬，有的是借题发挥有感而发，也有的从历史的视野对东坡此类画像作评述。无论怎样的态度与初衷，张大千此幅朱东坡得到了当时名流的青睐与肯定，则是毋庸置疑的。

朱万章指出：张大千的两件朱东坡风格相似，颇有程式化倾向，但也可看出张大千对这一创作模式的乐此不疲。1941年，张大千远赴敦煌临摹历代壁画，历时近三年，以上两件朱东坡正是其从敦煌回来不久所绘。在敦煌壁画中，厚重的色彩与人物的线条对张大千后来的人物画影响较大。故张大千的两件朱东坡，或在色彩方面受敦煌壁画的影响，给人一种强烈的视觉冲击。

供职于国家博物馆的朱万章，在品鉴近现代书画家代表作品方面，无疑有着得天独厚的条件，他关注的人物和作品往往是“近水楼台”。譬如，《嘉瓠集》中他所关注的人物，既有晚清岭南花鸟画坛的重镇居廉、“海上画派”的代表人物任薰，也有20世纪画史中的代表画家黄宾虹、陈半丁、高剑父、张大千、关山月、陈大羽和黄胄等。在书画家之外，也涉及书画鉴定家（如何瑗玉和张珩）和文献学家（如简又文）。

朱万章说，有朋友曾经问他，画史上璨若星河的众多名家耆宿，为何偏偏选中“甲”而非“乙”？朱万章答：不外乎两个缘由，一是他们本人的艺术历程或某件作品戳中了他的盲点或兴趣点，急于厘清或深入探研下去。如在2019年6月，他因到广西艺术学院参加学术活动，循例参观当地的博物馆，在南宁市博物馆中惊见一件杭州博物馆馆藏黄宾虹的《钟馗图》。在他的阅历中，黄宾虹的人物画极为罕见。他当即拍了照，仔细研究其笔墨，在确定该画确为真迹无疑后，回到客舍便开始撰写读画札记。待回到北京，核对了相关文献，补充了有关资料，一篇有感而发的小文就新鲜出炉了。也有一些文章酝酿很久，如他写张珩鉴藏南宋画家陈容作品，仅搜集资料就断断续续持续了一两年，待有了信而有征的材料后才动笔。

二是因为博物馆工作需要，为策划展览、编辑出版等而撰写专论，如关于简又文、司徒奇、黄胄等大抵如此。写《冯玉祥将军传》《太平天国革命运动史》的简又文，以做过冯玉祥的秘书和太平天国史专家的形象留在我的阅读记忆里，但在朱万章的《简又文与岭南金石书画》一文里，则呈现了简又文的另一面：简又文作为一个地道的广东人，对本土书画青睐有加。其斑园珍藏中，绝大多数都是广东书画。香港中文大学文物馆藏广东书画中，八九成源自斑园。由此足见其对桑梓文化的酷爱。简又文的广东书画鉴藏，厚古而不薄今，从汉至元之金石到明清书画墨迹，直到20世纪的新国画，甚至包括与简又文同时的“岭南画派”、广东“国画研究会”和其他有名的书画家作品都在他研究与收藏的范畴。这就使得他所垂注的广东书画发展史保持着难得的完整性与延续性。

朱万章说，在广东书画通史性质的鉴藏外，简又文对其中的个案梳理与研究也倾注了心力，以画家高剑父为例：简又文与高剑父（1879—1951）的关系，既是友朋关系，又是艺术赞助人与艺术家的关系，很难想象，如果没有简又文，我们今天是否还能见到“岭南画派”创始人之一的高剑父。简又文不仅在财力上给予高剑父大力支持，还不遗余力地为高剑父的艺术和革命主张鼓与呼。他先后撰写了《记剑父画师的苦学与苦行》《高剑父》《革命画师高剑父》《高剑父画师苦学成名记》《濠江读画记》等，在高剑父去世后，又系统整理和撰写了《革命画家高剑父——概论及年表》。正是这些关于高剑父原始资料的梳理和积累，为后来的“岭南画派”——尤其为高剑父个案的研究开启了先河。简又文对高剑父的艺术形成过程、“新国画”的理念、与反对派的论争、艺术特征及艺术活动历程均作了首创的记录和阐释。如果没有简又文这些史料的留存，恐怕很难想象有关高剑父研究是否如今天所示一样完整和详尽。

周家兄弟的书话

鲁迅的形象自然要比周作人的面貌清晰，也更有风骨。不过，或许是鲁迅的斗士形象已经根深蒂固地印刻在记忆里，也就不知不觉地对鲁迅多了几分敬畏，而对周作人则多了几分亲近，像面对一位随和风趣的老者。关于周氏兄弟，他们兄弟之间又是如何看待呢，在微信“夜书房”读书群里，看到一则止庵的话：周作人 1923 年 7 月 18 日致鲁迅信云“大家都是可怜的人”，晚年写《知堂回想录》于此有云“可是有什么办法呢，人总只有人的力量”。在止庵看来，这是两句极沉痛的话，其意义又不限于某一特定之事。“大家都是可怜的人”，或许也是周家老二对自己和兄长的态度吧。

鲁迅和周作人的书，也是我所收现代作家的著述版本里最多的两位，从 20 世纪 80 年代初开始，对周家兄弟的书，购买和阅读的情景不同：对鲁迅，已经不是一本一本地追买，而是奔着人文社的《鲁迅全集》一次购回；对周作人，则经历了一本一本追买的过程。至今记得在书店里看到周作人的书时的惊喜，现在说起来也是将近40年前的记忆了。那是岳麓书社出版的周作人作品集，《谈虎集》《雨天的书》等等，几册合一本精装。后又见到虽是平装但感觉不亚于精装的《知堂序跋》和上下两册的《知堂书话》。在那些年，我追着买岳麓书社的周作人系列，可以说望眼欲穿。那时买书不像现在这么方便，而是要在新华书店里碰，能不能碰到自己想买的书全凭运气。

读周作人当然是在读鲁迅之后。因为当年中学语文课文里有多篇鲁迅的文章，有的还要求背诵，譬如，《雪》《纪念刘和珍君》等等。对鲁迅已经有了先入为主的印象，再读周作人就觉得不如鲁迅写得痛快。以当时的理解，这就是兄弟之间性格上的差异吧。不过，那时读鲁迅和周作人，很难说真正理解或读懂了他们。40多年来，中国现代作家里，能够一直陪伴阅读的，鲁迅、周作人还是排在阅读书单的前两名。不过与最初阅读也有了变化，譬如最初读鲁迅，主要读《鲁迅全集》前两卷，也就是文学创作卷，都是鲁迅的小说和散文。

当年读鲁迅和周作人，有一类是读不进去的，这就是他们写的序跋，还有他们的书话。关于书话，从唐弢、姜德明的著述里知道原来还有这样一路文章，也是在读唐弢的文章里对书话有所了解，知道了《西谛书话》等。而后看到《知堂书话》自然也买了一套，但一时读不进去。读不进去的主要原因，大概是他谈的书大多不了解，闻所未闻，更别提阅读了。渐渐地，读鲁迅和周作人也相应变化，他们谈书的文章和序跋也读出了滋味。

读孙犁谈买书，他说有个时期是根据鲁迅日记里提到的书目买书，细看书单，显然非我这样的读者所能阅读，也就作罢。同样对于周作人的读书，更是望洋兴叹。只能把他们写关于书的书话当成一种消遣的阅读，而非跟着他们的阅读而阅读。

案头摆放着一部锺叔河编选的《知堂谈吃》，周作人写的吃，是我时常拿来消遣和自娱的，而他的书话已经很少再翻了，不过关于他的藏书故事却吸引着我，譬如厚厚的《乘雁集》，此书我视之为一部“知堂藏书录”——整本书有 620 余页，其中一篇《知堂藏书聚散考》就占了 430 多页，可以说是一部专著。这部专著我读得津津有味，看周作人的藏书聚散，也看到了在大时代里他的人生选择和波折。

关于周作人一生的是非功过，当然不是我这样的读者所能评论的，但有一点就像锺叔河说的，他读的书多，留下的文章也多，他的文章在今天仍然值得阅读。譬如，他谈吃的文章，我读得兴致勃勃，而且在时令菜蔬下来时，也会想到周作人谈过的菜。

而鲁迅的书，现在放在手边的却是一册薄薄的《鲁迅诗集》。或许，因为有了多套《鲁迅全集》，还有各种选本的鲁迅选集，譬如，钱理群和林贤治的选编和注释本，反而鲁迅的单本书手头很少，新版的《鲁迅：刀边书话》算是一个例外。此书的正文前，是编注者林贤治写的一篇代序，把鲁迅的写作概括为“带着枷锁的跳舞”，贯穿着林贤治始终如一的“一个人的鲁迅”的精神。其实，如果把鲁迅的写作归入“带着枷锁的跳舞”，那么，周作人的写作，还有鲁迅同时代的作家们又何尝不可以归入“带着枷锁的跳舞”的行列里呢。当然，这是题外话，但就书话而论，鲁迅和周作人的书话同样可观。

现在，就“书话”这一文体有不同意见，甚至有论家否定有所谓“书话”存在。其实，书话也罢，随笔也罢，札记也罢，或者直接说读后感也罢，未必要一言定音。约定俗成或各说各话未必不是一件好事，至于将来如何看待这样的话题，自然有时间的淘洗。比之于《知堂书话》《鲁迅书话》，亦是如此。

对于阅读或读书，鲁迅说：“我们自动的读书，即嗜好的读书，请教别人是大抵无用，只好先行泛览，然后抉择而入于自己所爱的较专的一门或几门；但专读书也有弊病，所以必须和现实社会接触，使所读的书活起来。”鲁迅谈的是一般意义上的读书。是否阅读和是否能沉浸阅读，大体是自己的阅读感受，而这种感受更是与人生的历练和体验有关。在青年时读鲁迅和周作人，与人到中年时再读是不一样的。也正是在这种不一样里，或许更亲近了周作人和他的苦雨斋，也就对鲁迅更抱有一种远而敬之的仰望。

“画隐”与被遮蔽的人物

按照曾在《画院画家》主持“现代画隐批评”专栏的罗方华对现代“画隐”的定义，所谓“画隐”：为画之隐者逸士也。画隐古而有之，大多“身处江湖之远”而其人其画不随流俗、志趣高迈，古人或称为在野派，西人则以非主流画家谓之。在20世纪80年代，像陈子庄、黄秋园、陶博吾、张朋、沈耀初、刘知白、尤无曲等许多艺高运蹇、湮没不彰的画家被“挖掘”或“发现”，他们中的大多数人，在相当长的岁月里，或主动或被动的“隐”着。罗方华说，这些现代画隐的艺术或许在特定的时代“不合时宜”，但他们延续了民族传统艺术的精要，焕发着人文精神的辉光。也就是说，“艺高运蹇”应该是“画隐”的“标配”，并非“湮没不彰”的画家就是“画隐”。

在互联网时代，要想“湮没不彰”都很难。即便是真正的“画隐”，也会被眼光锐利的伯乐们挖掘推出，想当

“画隐”更难。与挖掘“画隐”相比，其实伯乐们更愿意推出的是未被“发现”的真正的“大家”或“巨匠”。当然，这样的伯乐其实也越来越少了。

或许每个地方都有“湮没不彰”的“画隐”，但能否被发掘并誉为“画隐”则不是“发掘者”一厢情愿的事情。仍以我自己的耳闻为例——虽然我孤陋寡闻，但也目睹耳闻了本地几个例子——某老画家当年曾与李苦禅同窗，若追溯，据说当年在日本留学时还与聂耳交游，后来时运不济，回到青岛郊区村里默默无闻。20 世纪 80 年代，已经名满天下的李苦禅来青岛，老先生的弟子带着老先生的画代老先生前去拜访，李苦禅对来者说：“你老师画得好，我画得不如他。”不过，这话总觉得哪里不妥，且不说李苦禅是否说过此话，即便说过，听来也像是客气话。又如，读唐吟方写江南湖州老画家谭建丞，他当年拜访谭老时，谭先生已 80 多岁了，唐吟方写道：谭先生画的葡萄在江南很有名。李若禅去世前看到谭老的画，认为很了不起，写了“江南书画第一擘”差儿子送给谭先生。至少这样的“字据”要比“口说”显得有力。

同样是弟子对老师的推崇，唐吟方对沈红茶的推崇、介绍和评价更朴实客观。《沈红茶先生和他的师友圈》一直摊开在案上，也让我引起一些联想。关于沈红茶，我是从唐吟方的《雀巢语屑》里看到这个名字，才知道原来沈红茶是唐吟方的老师。当时别说不知道沈红茶，唐吟方这个名字更是陌生。在书店里，偶然看到了这本小书，书名《雀巢语屑》引起了我的注意，拿起来一看，却是郑逸梅《艺林散叶》的风格。尽管不知道唐吟方是何方先生，还是买了一本。由此认识了唐吟方，进而看到了他笔下的沈红茶。

对沈红茶其人其画，唐吟方的介绍和评价客观公允，并没有因为沈红茶是授业老师而过高美誉。看沈红茶的书画，也能看出唐吟方绘画上受其影响的痕迹所在。而唐吟方在后来的著述中，对自己的老师也在不断推介。

在唐吟方看来，沈红茶并非“湮没不彰”。唐吟方说：20 世纪初出生的沈红茶（1902—1985），其实在 1949 年前就已是画坛受人关注的国画家。例如，1948 年出版的《中国画年鉴》收入了沈红茶的小传。和沈红茶同事或交往过的画坛朋辈如丰子恺、陈之佛、潘天寿、诸乐三、余任天等相比，沈红茶在画坛不以单一的画家身份出现，但国画的确伴随其一生，并为之付出巨大的心血与精力。

在画家身份之外，沈红茶另一个重要身份是民众艺术教育家。譬如，他曾供职中央大学民众教育学院和杭州民众艺术馆。抗战时期，沈红茶和友人还在绍兴创立孑民美术院……对他的绘画，唐吟方评价说：“整体风格带有浓郁的中国笔墨情调与风韵，清新雅健，古朴多姿，现代感强烈。”

看老先生的绘画，注重看其在动荡年代里的作品，譬如 20 世纪 40 年代，沈红茶正是人生壮年，四十不惑到知天命的阶段，经历的战乱和波折在他的画里自然流露，但更多的还是一种淡然的心境。

一本书出版的背后（代跋）

看到案边收到的《画室风景》样书，感慨颇多。因为已不是第一次出书，所以看到自己的新书，已经没有第一次出版的惊喜。之所以感慨，当然是有原因的。

记得前段时间看到一位先生的话，大意是现在的出版社还能继续坚持出版小众纸质书令人肃然起敬……这位先生是名家，著述丰富，对自己新出版的书都有如此感叹，可以想见现在的传统纸质书的出版现实。

近年来，我编订整理好了三本小书，《画室风景》是第二本，收到了印制精美的样书，欣喜有加也是自然的。从 2010 年出版《闲话文人》至今，已经过去了十余年，回望与出版社朋友的结缘，在一本本小书的背后，亲历了十余年来小众书出版的过程。

在《闲话文人》出版六年后，有了再版机会，我趁此做了修订和补充，虽然此书的修订版还搁置在某出版社里。在“再版后记”里，我写到之所以“闲话文人”的理由：我的阅读和写作仍一如从前。

不记得从何时开始，我对作家作品的阅读趣味转到了他们的日记书信，尤其对他们在人生拐点上的所思所感有兴趣，以读巴金、沈从文、胡风等在1949年10月1日前夕写给家人的书信时的感想最深。当把这样几位作家放到一起，阅读他们当时的书信，不能不感慨系之。沈从文和萧乾都是影响我青年时代阅读的现代作家，尤其是沈从文写湘西风情的小说散文和萧乾晚年的回忆《未带地图的旅人》等，给我带来的不仅仅是阅读的快乐，更有对文学改变生活的期待。在我有限的藏书里，这两位作家的书我搜罗得最多，尤其在他们的文集、全集出版后，对照阅读他们的书信也就成了夜读的必修课。如此夜读慢慢读出了故事：大时代里的文人命运和人性的复杂……

与金城出版社结缘源自与《蜜蜂文库》和蜜蜂书店的相遇与合作。犹记得第一次去宋庄蜜蜂书店的情景，也由此有了我主编的《带一本书去未来》《如此书房》《独立书店，你好！》等系列与“枕边书”丛书的陆续出版，后来也陆续在金城出版社出版了《闲话文人》《画家物语》和《海上日记》等。十多年过去，往事历历在目……

在《画家物语》增补版之后，《画室风景》在印制上采用图文形式，四色小精装。《画家物语》的配图为彩色插页形式——每篇仅选一幅彩图，《画室风景》随文排图的好处就是可以多放几幅彩图。既然是介绍画家及作品，用图说话要比只用文字丰富许多。而且锁线装订、圆脊精装的好处多多，可以摊开在桌面上平放，任意掀开一页都能平整舒坦。一本小书的出版，凝聚了许多人的付出，这也是感念在怀难以忘怀的缘由。

封面图：唐吟方《春分》

封底图：薛寒冰《阶梯》